Wo nimmt dee Haaan bloss dee Kraft her, Emmil?!

Werner Schmidt

Wo nimmt dee Haaan bloss dee Kraft her, Emmil?

Kernige Geschichten
aus dem Land Pumpernickel

Westfälische Reihe

Verlag: Westfälische Reihe, Münster
ISBN: 978-3-95627-427-5 (Paperback)
978-3-95627-428-2 (Hardcover)
Printed in Germany 2015

Bibliografische Information der Deutschen Nationalbibliothek:
Die Deutsche Nationalbibliothek verzeichnet diese Publikation in der Deutschen Nationalbibliografie; detaillierte bibliografische Daten sind im Internet über http://dnb.d-nb.de abrufbar.

Inhalt

Vorwort

„Hopsten, nur ein Dorf … aber Oho!“ ist die Überschrift eines Zeitungsartikels aus den 30er Jahren des vorigen Jahrhunderts. Brinkmanns Willem hat ihn ausgeschnitten, liebevoll eingerahmt und in der „Upkamer“ – dem Gästezimmer seiner „Wäärtsschup“ aufgehängt. Verfasser und Name der Zeitung sind abgeschnitten und vergessen; die wichtige Botschaft aber bleibt: „Hopsten, nur ein Dorf … aber Oho!“

Hopsten steht hier stellvertretend für viele Dörfer in Westfalen, in Nordwest-Deutschland oder gar in ganz Deutschland. Die Personen, die hier lebendig vor uns hintreten, sind eher zufällig. Es gibt sie in ähnlichen Schattierungen und Ausprägungen überall. Sie leben in einer bäuerlichen Welt, in einer ländlichen Kultur mit ihren Ausdrucksweisen, sie sprechen plattdeutsch, wie andere bayerisch sprechen. Aber ihre Welt, ihre Sprache, ihre Kultur verdunstet und entfleucht. Es gibt sie heute nicht mehr … oder aber bald nicht mehr.

Die alte bäuerliche Kultur, die Jahrhunderte lebendig war, hat sich unter dem Impakt der Moderne aufgelöst. Der immer schneller werdende Vollzug des Unterganges des alten bäuerlichen Lebensstils und der überbrachten bäuerlichen Kultur lässt sich am besten durch Anekdoten darstellen, „Dönekes unn Vertällkes vann frööher“ – so wie es früher einmal war und heute nicht mehr ist.

Da ist die alte „Wäärtsschup“ von Brinkmanns Willem mit ihrer täglichen Begegnungs- und Erzähltradition; alles, was im Dorf Rang und Namen hat, trifft sich nachmittags um fünf dort; „dee Wäärtsschup“ von Brinkmann's Willem gibt es heute nicht mehr.

Die Aussage „Hopsten – nur ein Dorf!“ stimmt auch noch im 21. Jahrhundert! Hopsten ist immer ein Dorf geblieben. Im Zeitalter der abnehmenden Bevölkerung wird es auch wohl immer ein Dorf bleiben. „Hopsten – nur ein Dorf!“ ist also eine bleibende Wahrheit.

Das „Oho“ wollen wir mit vielen „Vertällkes unn Dönekes“ deutlich machen und mit amüsanten Tatsachen unterlegen. Aber gemach! Es gibt vorab noch einiges zu erläutern.

Das wahre Leben in Hopsten steht im Mittelpunkt dieser unserer „Vertällkes“, Erzählungen und „Dönekes“, Geschichtchen – und nicht die Heimatgeschichte mit historischen Daten und Fakten, mit Statistiken über die Entwicklung der Einwohnerzahl durch die Jahrhunderte und dem Anteil der Landwirtschaft an der Gesamtbeschäftigung der erwerbstätigen Einwohner.

Einige altvordere Hopster lassen wir in ihrer Originalität zur Sprache kommen, ihre kleinen Schwächen wollen wir liebevoll und mit viel Empathie aufzeigen und ihre großen Taten rühmen, wenn es sie denn gibt. Natürlich gib es sie, aber derzeit eher noch im Verborgenen. Damit ist jetzt Schluss.

Wir wollen unsere Vorfahren und Zeitgenossen dem Vergessen entreißen und einiges aus ihrem Leben der Nachwelt überliefern und auch ein wenig verklärt zeichnen. Sie sollen und dürfen nicht vergessen werden.

Der Hopster steht als Person, als Mensch im Mittelpunkt unserer Erzählungen. Es sind Menschen, die die Geschichte eines Dorfes im 20. Jahrhundert mit Leben erfüllt haben und sie geschrieben haben. Der Name Hopsten steht – das sei noch mal gesagt – für viele Dörfer, in denen sich Ähnliches ereignet haben wird.

Wo nimmt Spinnekers Hahn bloß die Kraft her?

In meinem Erstlingswerk „Emmil, lass den Gaul ma puupen – Kernige Geschichten aus dem Land Pumpernickel“ hatte ich von Spinnekers Hahn berichtet, der geschlachtet wurde und dann – oh Wunder – ohne Kopf über „dee Sschoppen“ – die Scheune flog und noch ein Huhn getreten hat. Erst dann fiel der wackere Hahn tot um.[1]

Auf einer Autorenlesung in Neuss zeigt sich eine Zuhörerin fasziniert von diesem Hopster Hahn. Solche Hähne gibt es ja sonst nicht mehr!

„Wo nimmt der Hahn bloß diese Kraft her?", fragt sie.

„Datt sitt drinn" – das hat der drauf.

Eine bessere Erklärung fällt mir dazu nicht ein.

„Wenn du Hahn bist, musst du Hühner treten können", so singt ein kölsches Karnevalslied nach der Melodie von Joe Raphael. Also: Datt sitt drinn!

Nun hat aber eine Heimatforscherin in Hopsten nach langen Recherchen herausgefunden, dass die Geschichte mit Spinnekers Hahn sich doch anders abgespielt hat. Das ist bedauerlich. So berichtet denn Jannemanns Paul, wie es wirklich war: er kennt das Ergebnis der geheimen Untersuchung.

Die ganze und ungeschminkte Wahrheit und das Ergebnis der Nachforschungen lautet:

Spinnekers Hahn hat mit „appenen Kopp" den „Sschoppen" überflogen und dann ein Huhn getreten. Soweit ist alles korrekt berichtet worden.

Es ist aber jetzt bewiesen: es waren zwei Hühner: „Hee häff noch tweij Hohner trätt" – zwei Hühner hat er noch getreten. Das ist die ganze Wahrheit.

Ganz frei nach Wilhelm Busch: „Vater werden ist nicht schwer!"

1.

Hopsten, Deutschland und die Welt

Blicken wir zunächst in die große weite Welt und in das Jahr 1954. Deutschland ist viergeteilt. In Berlin treffen sich die vier Außenminister der Siegermächte des 2. Weltkrieges: USA, Großbritannien, Frankreich und der Sowjetunion. Der „Rat der Außenminister“ oder auch einfach „Die Berliner Außenminister-konferenz“ versammelt sich 1954 in Berlin.

John Foster Dulles aus den USA, Wyatscheslaw Molotow aus der Sowjetunion, Georges Bidault aus Frankreich und Anthony Eden aus Großbritannien machen sich auf den Weg nach Berlin.

Was hat das nun mit Hopsten zu tun? Sehr viel!

Quod erat demonstrandum – und hier ist der Beweis!

Am 25. Januar 1954 steht Drosten August (gesprochen Au’us) auf dem elterlichen Hof in Hopsten „Rüschkendarrep“– Rüschendorf, den sein Bruder Otto bewirtschaft. Otto ist „dee Buur“, der Eigentümer und der Betreiber des Hofes, und Au’us, der im 1. Weltkrieg ein Bein verloren hat, lebt und arbeitet als „Öhm an’ne Müürn“ – als „Onkel an der Mauer“ auf dem Hof.

Au’us ist der ältere der zwei Brüder und somit wäre er eigentlich der Hoferbe. Aber der 1. Weltkrieg hat ihn zum Invaliden gemacht, und so wurde Otto der „Buur“ auf dem Hof.

Landwirtschaft bedeutet in jenen Zeiten harte körperliche Arbeit, zu der Au’us aufgrund seiner schweren Kriegsverletzung nicht mehr fähig ist. Au’us blieb aber Eigentümer eines Teiles der Ländereien und somit ist er sozial bis an sein Lebensende abgesichert.

Was ein „Öhm an’ne Müürn“ ist, werden wir noch erklären müssen. Zunächst einmal belassen wir es bei der Feststellung: Onkel

Au'us ist der „Öhm an'ne Müürn up Drosten Hoff in Hopsten-Rüschkendarrep."

Der Drostenhof ist der mit Abstand größte Hof in Hopsten, so dass man als Beobachter zu Recht mit Onkel Au'us sagen kann: ein Flugzeug fliegt über unseren Hof – „flüch örwer uusen Hoff".

Au'us hört also Flugzeuggeräusche und schaut zum Himmel. Genau über seinem Hof fliegt tatsächlich ein Flugzeug, ein britisches Flugzeug, um genau zu sein. Ein geschultes Auge, über das Au'us eben verfügt, erkennt das sofort. Schließlich sind im Verlaufe des Krieges viele Flugzeuge, ganze Flugzeugverbände mit ihren Bomben über Drosten Hoff auf ihrem Weg nach Berlin oder auch nach Schweinfurt geflogen. Jetzt ist es nur ein einziges.

Beim Anblick des Flugzeuges weiß Au'us sofort, worum es geht:

„Dee englischke Außenminister Eden iss vann mon'n noah Berlin floagn" – der englische Außenminister Eden ist heute Morgen nach Berlin geflogen.

„Datt häff't Radio meldt." – Das Radio hats berichtet.

„Hee flööch jüss örwer uusen Hoff" – er flog direkt über unseren Hof.

„Uuse Hoff lich direkt up denn Wech tüschken London unn Berlin" – unser Hof liegt genau zwischen London und Berlin.

Wer also von London nach Berlin fliegen will, kommt zwangsläufig über Hopsten, und um noch genauer zu sein: „örwer Drosten Hoff", das meint zumindest Onkel Au'us. Anthony Eden ist der Beweis vom 25. Januar 1954. Mehr Beweis geht überhaupt nicht! Er ist kein geringerer als der britische Außenminister. Und Drosten Au'us ist Augenzeuge.

Das ist Fakt und ein „Oho" wert! „Oho" – ausgerechnet über Hopsten fliegt der britische Außenminister? Jawohl! Und dann noch über Drosten Hoff.

Hier sollen nun weitere „Vertällkes", „Dönekes" und lustige Begebenheiten geschildert werden, eben aus diesem Hopsten, das „tüschken London unn Berlin lich."

Wir folgen dabei keiner besonderen Systematik, sondern es geht hier zu, als wenn wir in einer „Wäärtsschup" säßen und uns die Neuigkeiten aus dem Alltag des Dorfes erzählen. Es wird gehopst – wir sind eben in Hopsten –, und wir springen von einer Begebenheit zu einer anderen, von einem „Vertällken" zu einem „Döneken" und dann wieder zurück vom „Döneken" zum „Vertällken". Es gibt eben keine Systematik: es ist „Döörgemöös" – Durcheinandergemüse, wie wir es aus der guten westfälischen Küche kennen. Dieses westfälische „Döörgemöös" ist deftig, nahrhaft und nicht ohne Salz. Schmackhaft!

Sicherlich liegt etymologisch in dem Ortsnamen Hopsten schon etwas von dem Beieinanderhocken der Hopster in „denn Wäärtsschups" – in den Wirtschaften, denn Hopsten kommt von „Hopseton" – Haufsassen und hat mit hopsen, herumhopsen nichts zu tun.

Die meisten der „Dönekes" hört man in den Wirtshäusern; da wird vieles erzählt und auch kommentiert. Die wirklich interessanten Nachrichten kommen in den Jahren nach dem 2. Weltkrieg nicht aus dem Radio und aus dem Fernseher.

Der Radioapparat ist zunächst der Volksempfänger mit viel „huihuihui" – Wellensalat, wenn man einen Sender suchen will. Das Fernsehen ist erst nach der Fußball-Weltmeisterschaft 1954 in Hopsten eingezogen.

Die lebendigen und echten Neuigkeiten erfährt man in den Wirtschaften. Dort trifft man sich zuhauf. Das ist die Börse für „Watt Neijes" – Neuigkeiten.

Die Hopster sind „Hopsetoner – Haufsassen", was darauf hindeutet, dass es vor vielen hunderten von Jahren in dem heutigen Hopster Gebiet bereits eine dichtere Besiedlung gegeben haben muss. Die Hopster sitzen immer im Haufen und nie alleine. Und wo?

Heute sitzen die Hopsetoner vornehmlich „bien Wäärt bie eneene" – beisammen und produzieren viele der „Vertällkes und Dönekes", die hier wiedergegeben werden.

Und wenn man sich dann vorstellt, dass zwischendurch beim „Haufsassen" immer mal wieder ein frisches „Bierken" oder eine Runde „Ssluck" geordert werden, dann ist der Zugang zu unseren „Dönekes" gelungen.

Der Ort unserer Geschichtchen und Histörchen – nämlich der Ort Hopsten – mit der schon näher beschriebenen „Wäärtsschup" von Brinkmanns Willem liegt im nördlichsten Zipfel von Westfalen, von Nordrhein-Westfalen um korrekt zu sein, an der Grenze zum heutigen Kreis Emsland in Niedersachsen.

Früher sagte man: „ann dee Chrenze toe't Hannöwärschke" – an der Grenze zum Königreich Hannover. Alteingesessene sagen noch heute: „Ick föhr in'nt Hannöwärschke" – ich fahre ins Hannoversche, und meinen damit das angrenzende Emsland im Land Niedersachsen.

Die Grenze kann man nicht nur an der Grenzlinie auf einer Landkarte, sondern auch optisch an einem Grenzstein feststellen. Aber diese Grenze ist darüber hinaus noch viel farbenprächtiger und deutlich sichtbarer markiert. Sie ist eine grüne Grenze und im Sommer eine Grenze mit vielen Farbtupfern.

Auf der Seite des „Hannöwärschken" weiden die „Sswattbunten" und auf der Seite des Mönsterlandes die „Roatbunten". Gemeint sind die Kühe, Bullen und Kälber diesseits und jenseits der Landesgrenzen. Hier gibt es eine strikte Farbentrennung: die „Sswattbunten" hier und die „Roatbunten" dort.

Nun gibt es Menschen, die glauben einfach: Kuh ist Kuh – ob „sswattbunnt" oder „roatbunnt", das ist doch egal.

Der Bauer weiß es besser: die „Sswattbunte" gibt mehr Milch; die „Roatbunte" mehr Fleisch. Alles hat also seinen Sinn. Die „Sswattbunten" sind die Milchigen und die „Roatbunten" die Fleischigen. Hopsten ist „roatbunt" und der Nachbarort Schapen im „Hannöwärschken" ist „sswattbunt". Auf Hopster Seite gab es ohne Ausnahme nur „Roatbunte" und auf Schapener Seite nur „Sswattbunte".

Ein Hopster, der über die Landesgrenze hinweg eine Frau aus dem Emsland, „uut ett Hannöwärschke" heiratet, heiratet unter Kennern eine „Sswattbunte". „Miene Frau iss ne Sswattbunte" – dann weiß der Kenner: sie kommt aus dem alten Königreich Hannover.

Und die „Sswattbunte" erzählt ihrer Familie im „Hannöwärschken" dann, dass sie einen „Roatbunten" heiraten will. Und auch die wissen dann bescheid. Die Herkunftsregionen sind damit genügend bezeichnet. Eine Heirat von „Sswattbunt" und „Roatbunt" ist eine Verbindung über die Grenze Königreich Hannover und Westfalen hinweg.

Bei den Frauen zählen natürlich nicht die Farbe und das Fleischgewicht, das muss man zur Vermeidung von Missverständnissen noch hinzufügen. Die Frauen aus dem königlichen „Hannöwärschken – dee Sswattbunten" – und aus dem „Mönsterland – dee Roatbunten" – sind alle gleich hübsch, natürlich mit je individuellen Unterschieden. Darin unterscheiden sie sich unabhängig von „sswattbunt off roatbunt".

Nur wer über die Grenze hinweg heiratet, hat im heutigen Sprachgebrauch einen Migrationshintergrund, den man akustisch wahrnehmen kann. Das Plattdeutsch ist verschieden, es variiert von Dorf zu Dorf.

Wenn man sich nun eine direkte Linie von Osnabrück nach Münster denkt, dann liegt Hopsten nördlich davon, etwa vierzig bis fünfzig Kilometer gleich weit von beiden Städten entfernt. Es gibt keine direkte Bahnverbindung nach Hopsten, nur Provinzialstraßen führen dahin. In sechs Kilometer Entfernung vom Dorfzentrum führt die Kleinbahn „Tecklenburger Nordbahn" – „Pingelanton" genannt – südlich an Hopsten vorbei und die alte Deutsche Reichsbahn – „Beester Bärnd" genannt – und spätere Deutsche Bundesbahn acht Kilometer nördlich. Im 21. Jahrhundert sind beide Bahnstrecken weitgehend stillgelegt.

Einige sagen nun, dass die Welt in Hopsten darob erst zwanzig Jahre später zugrunde gehen wird. Was abzuwarten ist und uns im Moment weniger interessiert. Uns interessieren die vergangenen Jahrzehnte des 20. Jahrhunderts.

Alle „Dönekes" und „Vertällkes", die hier festgehalten werden und auch die Menschen, die wir liebevoll in Erinnerung behalten wollen, sind vornehmlich Menschen aus jener Zeit des 20. Jahrhunderts. Die Generation des 21. Jahrhunderts ist ja noch im Werden, sie beginnt gerade erst ihren Weg ins Leben.

Vor einigen Jahrzehnten sprach man in Hopsten vornehmlich „Plattdüütsch", das „Hopster Platt", und in dieser niederdeutschen Sprache, die wiederum zur westeuropäischen Sprachfamilie zählt, werden auch hier einige kernige Aussagen wiedergegeben. Auf Hochdeutsch würden sie an Pep und Würze verlieren. Das „Plattdüüschke" werden wir in den meisten Fällen ins Hochdeutsche übertragen; aber immer nur dann, wenn es ohne diese Übertragung unverständlich bliebe.

Bis zur Volksschule wuchsen die kleinen Hopster einsprachig auf, ab dann zweisprachig. „Hee kummp uut'n plattdüütschket Bärre" – er kommt aus einem plattdeutschen Bett. Das heißt: seine Muttersprache ist Plattdüütsch.

Der erwachsene Hopster des 20. Jahrhunderts ist im Prinzip zweisprachig. In der Volksschule lernt er das Hochdeutsch. Jedoch ab der Mitte der fünfziger Jahre beginnt das Fernsehen seinen Siegeszug und wird zum Lehrmeister für das Hochdeutsche. Das Hochdeutsch verdrängt allmählich das Plattdeutsch. Heute versteht man noch Plattdeutsch, die Mehrheit aber spricht es nicht mehr als Umgangssprache. Nur die Älteren können noch Platt. Schade!

Wenn wir auf Plattdüütsch zitieren, folgen wir nicht irgendwelchen plattdüütschken Rechtschreibregeln – wenn es diese Regeln denn für Hopster Platt überhaupt gibt –, sondern es geht nach Gehör, so wie Hopster Platt klingt.

Hopsten und die Demokratie in Deutschland

Vom „Hopsten … aber Oho" sollten wir einen Schritt weitergehen zu „Hopsten … Aha".

Da sehen wir, dass einige Hopster beim zarten Beginn einer Demokratie grenzüberschreitend in Deutschland dabei waren. Das ist so! Hopsten als Avantgarde.

Wieso?

In der Pfalz liegt das Hambacher Schloss, unweit von Speyer. Dort im obersten Geschoss des Schlosses begegnen wir in dem historischen Saal gleich zwei Hopstern, deren Namen hier ehrenvoll verzeichnet sind. Man stelle sich vor: von Hopsten nach Schloss Hambach in der Pfalz!

Auf dem Hambacher Fest im Jahre 1832, so erklärt uns der Führer, wurden fünf große Reden vor einer großen Menschenmenge von rund zwanzigtausend gehalten; diese Reden kann man sich heute per Kopfhörer anhören; sie werden von Schauspielern nachgesprochen.

Eine dieser fünf großen Reden hielt Heinrich Brüggemann aus Hopsten als Vertreter der Heidelberger Studenten. Brüggemann war mit seinen 22 Jahren der jüngste aller Redner auf Schloss Hambach.

Der Nordamerikanische Präsident Ronald Reagan hat bei seinem Besuch auf Schloss Hambach im Jahre 1987 – zusammen mit dem damaligen Bundeskanzler Helmut Kohl – in seiner Ansprache den Hopster Heinrich Brüggemann ausdrücklich zitiert. Das ist doch was!

Brüggemanns Hein ist in der deutschen Geschichte der Sprecher der Studenten aus Heidelberg und damit der Vertreter der deutschen Studentenschaft schlechthin. An seinem Geburtshaus in Hopsten, direkt neben der Pfarrkirche, weist noch heute eine marmorne Gedenkplatte auf diesen großen Sohn Hopstens hin:

In diesem Hause wurde am 29. August 1810
Karl Heinrich Brüggemann geboren,
der Vorkämpfer für des Vaterlandes
Einheit, Freiheit und Größe.
In drangvollen Jahren von 1845 – 1855 war er
Chefredakteur der Kölnischen Zeitung.

Den ersten Vornamen „Karl“ lässt man in Hopsten einfach weg: er wurde mit Heinrich – Hein angesprochen.

Das Geburtshaus steht auch heute noch; nur wurde das Fachwerk aus dem 19. Jahrhundert Mitte der fünfziger Jahre des 20. Jahrhunderts mit einen Zementüberputz versehen. Das Haus gehört jetzt den Meiers. Der Name Brüggemann ist in Hopsten ausgestorben.

Und noch eins: Die „Kölnische Zeitung“ nennt sich heute „Kölner Stadtanzeiger“, und der weltweit bekannteste Mitarbeiter von Karl Heinrich Brüggemann, damals Chefredakteur bei der Kölnischen Zeitung, war Karl Marx aus Trier.

Und dann sieht man in diesem historischen Saal des Hambacher Schlosses auch noch das Konterfei des Freiherrn Wilhelm Emmanuel von Ketteler, der 1848 als Pfarrer von Hopsten in der Frankfurter Paulskirche dabei war: er ist ebenfalls im 19. Jahrhundert ein Vorkämpfer für Demokratie in Deutschland. Daher hat man ihm einen Ehrenplatz im Hambacher Schloss zugewiesen.

Ketteler ist der spätere katholische Oberhirte des Bistums Mainz und als sozialer Bischof in Deutschland bekannt. Zeitlebens hat er einen Butler – so würden wir heute sagen, damals sagte man einen Diener – aus Hopsten bei sich gehabt: Jaspers Heinrich und dann Wiesmanns Bernhard.

Dem Bernhard Wiesmann aus Hopsten hat Ketteler am Ende seines Lebens alle seine persönlichen Unterlagen, Briefe, Redeentwürfe anvertraut und überlassen.

Ketteler hatte kein Interesse daran, dass sie der Öffentlichkeit bekannt würden. Wiesmanns Bärnd hat diesen Vertrauensbeweis seines Bischofs und Auftraggebers sehr ernst genommen und die ganze papierne Erbschaft auf dem Dachboden einer Nichte in Hopsten versteckt.

Die Unterlagen des großen deutschen Sozialbischofs und Mitstreiters für die Demokratie lagerten viele Jahrzehnte, ja mehr als ein Jahrhundert, bei Rutemöllers Buur in Hopsten auf dem Dachboden und sind Ende der 90er Jahre des 20. Jahrhunderts bei einem Brand ungesichtet und unbearbeitet verbrannt. Schade!

Bundeswirtschaftsminister Ludwig Erhard in Hopsten

In Zeiten der Bundesrepublik Deutschland nach 1945 fand auch der erste Wirtschaftsminister und Begründer des deutschen Wirtschaftswunders, Professor Ludwig Erhard, schon mal den

Weg nach Hopsten. In Zeiten der Weimarer Republik war er Assistent des Reichstagsabgeordneten Wilhelm Vershofen in der Deutschen Reichsversammlung.

Vershofen verbrachte in der Regel die Sommermonate in Hopsten und wohnte im Haus Nieland oder Nyland; er ist der 2. Ehrenbürger überhaupt in der Ortsgeschichte von Hopsten.

Das ist eine große Auszeichnung. Es ist viel einfacher Ehrenbürger von Berlin, Köln oder München zu werden als Ehrenbürger von Hopsten. Vershofen hat es geschafft. Das ist eine beachtliche Leistung. Außer ihm ist nur noch Bruns, genannt Bloomen, Bärnd Ehrenbürger von Hopsten. Insgesamt gibt es nur zwei Ehrenbürger in der Ortsgeschichte von Hopsten: Professor Dr. Wilhelm Vershofen und Bloomen Bärnd, der in den Zeiten des tausendjährigen Reiches von den Nazis aus seinem Amt als Bürgermeister gedrängt wurde.

Noch ein Satz zu Bloomen Bärnd; er war auch bis 1933 Kreistagsabgeordneter des Kreises Tecklenburg. Jedes Mal, wenn er zu einer Versammlung in den Kreistag fuhr, schickte er sich selber eine Postkarte.

Der Briefträger Laagen Au'us wohnte in seiner Nachbarschaft und musste ihm seine anonym, ohne Absender geschriebene Postkarten zustellen. So konnte Au'us dann erzählen, dass der Bürgermeister von Hopsten wichtig ist und sogar Post erhält. Das fördert die Popularität.

Die Werkleute auf Haus Nyland

Wilhelm Vershofen ist 1912 der Mitbegründer der Werkleute auf Haus Nyland, ein Dichterzirkel, der sich der Arbeiter- und Industriedichtung widmete. Das Haus Nyland – literarisch mit y – oder auch Nieland geschrieben liegt in Hopsten und ist heute noch ein kleiner lokaler Anziehungspunkt. Man trifft sich im Blauen Saal von Haus Nieland; diesen Saal kann man auch heute, so wie er war, in unveränderter Form besichtigen.

Josef Winckler ist der Schwager von Wilhelm Vershofen. Er

ist der Autor eines Bestsellers aus den 20er Jahren des 20. Jahrhunderts: Der tolle Bomberg. Dieses Buch ist immerhin mehr als eine halbe Million Mal verkauft worden und wurde in den zwanziger Jahren des vergangenen Jahrhunderts von der Auflage her nur von Remarques „Im Westen nichts Neues" übertroffen.

Zu den Werkleuten zählen sich weiterhin Jakob Kneip, Theo Rody, Severin Kirfel, Heinrich Lersch und andere. Sie trafen sich im besagten „Blauen Salon" von Haus Nieland.

Josef Winckler hat seine Kindheit in Hopsten verbracht. Er ist in Rheine an der Ems geboren, wo sein Vater Salinendirektor im Ortsteil Bentlage war. Das Familieneinkommen der Wincklers, des Salinendirektors Winckler, war aber so gering, dass Tante Seefken Aobürcks sagt: „Dee wassen in Rheene an'nt vessmachten" – in Rheine litten sie Hunger, deshalb kamen sie zu Oma und Opa nach Hopsten. Denn auf dem Lande verhungert man nicht.

So meint denn auch Wesselbärnd nicht zu unrecht als Quintessenz seiner Erfahrungen in den Hungerjahren nach dem 2. Weltkrieg zu seinem Freund Hein, dem Dorfbauern: „Ihr Bauern habt nach dem Krieg keinen Hunger gehabt, sondern immer nur Appetit".

Das stimmt für alle Zeiten. Josef Winckler kann das bestätigen. In Hopsten gab es für ihn und seine Familie genug zu essen. Hungern war für ihn und seine Familie kein Thema mehr.

Josef Winckler ist heute noch in Hopsten bekannt als „datt Leegenjüppken – Lügenjosef", weil seine dichterische und erzählerische Fantasie schon mal über die Stränge schlug und mit ihm durchging. So meint wenigstens Aobürcks Guste, Klassenkameradin vom Wincklers Leegenjüppken.

Winckler hat in seinem Buch über Hopsten und über den Hopster Menschen viele Histörchen, Geschichten, Dönekes niedergeschrieben. Der Titel: „Pumpernickel, Menschen und Geschichten um Haus Nyland" war ein schriftstellerischer Erfolg. Über 100.000 Exemplare sind davon in den 20er Jahren des vorigen Jahrhunderts verkauft worden.

Man muss wissen, dass eine Aufzählung bekannter Namen und Ereignisse, wie wir es gerade gemacht haben, einem Mann vom Dorfe guttut. Es gibt in einem Dorf in der Regel nur wenige Ereignisse und Personen, die über den kleinen Dorfkreis hinaus eine größere Beachtung finden und mit denen man angeben kann. Etwas angeben wollen wir ja!

Viele Zeitgenossen scheuen sich, ihren dörflichen Heimatort zu nennen, und wenn, dann nur zögerlich. Warum ist das so? Weil es ein kleines „Dörfken" ist, vollkommen unbedeutend im Land und in der Welt, nach rückständigem Mittelalter riecht; der aufrechte Gang wurde vor noch nicht langer Zeit erst eingeführt, und dazu liegt es hinterm Mond. Das Land, der ländliche Raum, hat in der öffentlichen Wahrnehmung schlechte Karten. Zu unrecht!

Einige Mitmenschen sagen auch verächtlich: Da stinkt's nach Mist. Misthaufen sieht man heute nicht mehr, aber dafür stinkt es heute umso mehr nach Schweinemast und Gülle, so glaubt man zu wissen.

Doch ist das vielerorts nicht mehr so; inzwischen ist manches Dorf ein wahrer Luftkurort. Das sieht man sehr deutlich an Hopsten. Die Amtsverwaltung in Hopsten hat sich einen Freistempler für Postgebühren mit dem Aufdruck: „Ruhe und Erholung im Amt Hopsten" zugelegt. Ruhe und Erholung gibt es nur in einem Luftkurort.

In Hopsten wird das Gebäude der Amtsverwaltung als „datt Amt" bezeichnet. Die Beamten und Angestellten dort finden bei ihrer Beschäftigung viel Ruhe und Erholung, so meinen viele: „Ssweet löpp dee bie dee Aabeet nich in'ne Buxen" – bei der Arbeit läuft denen der Schweiß nicht bis in die Hosen. Es ist eben alles Ruhe und Erholung im Amt Hopsten.

Das Land, die ländlichen Regionen zählen dennoch trotz der guten und frischen Landluft überhaupt nicht oder nur sehr wenig. In den großen Medien wird wenig von Ereignissen, Nachrichten und Geschichten der Dörfer berichtet. Viel aber aus den Städten. Da pulsiert das Leben! Und da sind die Leser.

Wo kommst du denn her?

Aus Westfalen!

Westfalen ist groß, woher denn genau?

Aus dem Mönsterland!

Aus welcher Stadt?

Nicht weit von Münster – Mönster! Eigentlich zwischen Mönster und Osnabrück!

Wie heißt denn der Ort?

„Hopsten!"

„Wie, Hopsen?"

Nein, Hopsten! „Ha – oh – pe – es – te – ee – en – Hopsten!"

Na, endlich!

Einige finden zudem den Namen „Hopsten" recht lustig. Zu Recht – denn es kann auch im Mönsterland lustig zugehen. „Hopsen" – genau wie Springen oder Hüppen.

Hopsten und die Typenlehre vom Menschen

Auf einem Dorf groß geworden zu sein und dort zu leben, hat viele Vorteile, beispielsweise im menschlichen und zwischenmenschlichen Bereich. Heute sagt man, ich bin auf einem Dorf sozialisiert worden. Nicht nur die Luft, die Landluft tut wohl und wird von allen gelobt und empfohlen.

Man lebt auf dem Dorfe mit einigen hundert Menschen, vielleicht sind es auch tausend und mehr auf einem überschaubaren Raum zusammen. In Hopsten ist dieser Raum ungefähr hundert Quadratkilometer.

Man kennt die lebenden Generationen der Eltern und Kinder, man kennt die Stammhöfe und späteren Schicksale vieler aus dem Dorf. Je älter man selber wird, umso mehr gehören dann auch die Großeltern und die Urgroßeltern noch zu dem Kreis der Bekannten. Man kennt die Geschichte vieler Familien.

Bis in die fünfziger Jahre des vergangenen Jahrhunderts sagte man beispielsweise von Nienkamps Buur: „Dee Nienkamps häbbt ne sswache Lunge" – die Nienkamps haben erblich bedingt eine schwache Lunge – will sagen: einige aus diese Familie sind an Lungenentzündung oder Schwindsucht – Tuberkulose – gestorben. Wer also eine Nienkamps Tochter heiratet, weiß, dass er diese physische Schwäche im unglücklichsten Fall mit heiratet und an die nachfolgenden Generationen weitergibt. Heute hat sich dieses Problem mit der Entwicklung des Penicillins zum Glück überlebt.

Man kann gute 150 Jahre und mehr rückwärtsgewandt überblicken. Die Geschichten der Vorderen werden über Generationen hinweg erzählt.

Nehmen wir Drosten Buur: Es gibt heute noch Hopster Bürger, die Drosten Opa, Aloys Droste „uut Rüschkendarrep", den Vater von Drosten Buur und Onkel Au'us gekannt und bewusst erlebt haben.

Dieser Drosten Opa wurde 1848 geboren und ist 1943 gestorben. Wenn er von seinem Hof ins Dorf fuhr, zur Kirche oder in die „Wäärtsschup", kam er mit dem „Gick", einer Einspänner-Kutsche, zweirädrig, mit einer kleinen Ladefläche unter dem Sitz daher. Das sportliche Pendant zum Gick ist der Sulky der Trabrenner. Drosten Opa mit dem „Gick" hat sich den Zeitgenossen eingeprägt.

Aber man lernt auf dem Dorf auch viel von der Psyche der Menschen, deren Unterschiede und Verhaltensmuster kennen.

Da die Variationen im menschlichen Verhalten überhaupt und in der menschlichen Psyche im Besonderen nicht unendlich sind, erlebt man auf dem Lande eher praktisch als theoretisch die Lehre von den psychischen Typen der Menschen: die kleine Typenlehre.

So kennt man

den typischen Angeber, einen „mett full Wiend achtern Huuse" – mit viel Wind hinter dem Haus,
den Geizigen – „denn Kniepigen",
den Besserwisser – „denn Kloaksschieter",
den absolut Ehrlichen, „dee nich lüch" – der nicht lügt,
den kleinen Fuscher, „dee die egoal besschitt" – der dich immer übervorteilt,

den Großzügigen, „dee ett chuut mett die mennt“ – der es gut mit dir meint,
den Verheimlicher – „denn Stiekummen“,
den offenen, „dee die säch, watt hee denkt“ – der nicht hinter dem Berg hält, der sehr direkt in seinen Aussagen ist,
den verschlossenen Menschentyp, „well dee Katte in'n Düüstern knipp“ – der die Katze im Dunkeln kneift,
den heimlichen Trinker „denn Süüper“ oder den Gesellschaftstrinker,
„denn mett denn Achterstecker“ – den Hinterlistigen,
„denn Ballerkopp“ – den, der oft poltert,
„denn Poakääs“ – den Vielredner,
„denn Fööläás“ – den ganz Vorsichtigen,
„denn Roop in't Holt“ – der immer sehr laut spricht,
„denn Stoah-in'nen Wech“ – der sich selber im Wege steht, der Ungeschickte,
„datt Strämmpken“ – Tunichtgut,
„denn Baalam“ – großer und steifer Kerl,
„denn Höltern Köster“ – der steife und ungeschickte Kerl,
„denn Pirrek“ – ein kleinlicher und lästiger Mensch,
„denn mett dee Chattfleege“ – der Hummeln im Hintern hat.

Wie unter einem Mikroskop hat man alle menschlichen Typen auf engstem Raum zusammen. Das ist sehr nützlich, wenn es darum geht, Menschen einzuschätzen und mit ihnen umzugehen. Man lernt fürs Leben, so abgedroschen dieser Satz auch klingen mag.

„Wie kennt uss an'ne Knööpe“, sagt Wesselbärnd. Wir erkennen uns schon an den Knöpfen. Und wissen, was wir an uns haben.

Ein Städter hat in der Regel diese geballte Schau von Menschentypen in „a nutshell“ – gewissermaßen in einer Nussschale nicht – das würden wir mal in den Raum stellen.

Wer kennt denn in der Stadt beispielsweise eine ländliche Spezies wie den „Öhm an'ne Müürn“, wie Drosten Au'us einer ist?

2.

Öhm an'ne Müürn

Drosten Au'us ist uns schon bekannt. Er lebt als unverheirateter Bruder des Bauern auf dem Drosten Hof. In Hopsten nennt man ihn einen „Öhm an'ne Müürn" – ein Onkel an der Mauer, an der Wand. Erster Wesenszug eines „Öhm an'ne Müürn" ist: er ist unbeweibt.

Die Kombination von Öhm und Wand muss unbedingt erklärt werden. Sie versteht sich aus der damaligen Zeit, die längst nicht mehr da ist.

Hopsten ist immer ein kinderreicher Ort gewesen. Es gab viele Kinder auf den Höfen und zugleich wenig Arbeitsplätze auf dem Hof und im Dorf. Sobald die Kinder aus der Schule entlassen werden und in das Arbeitsleben eintreten wollen, zeigt sich, dass es nicht genügend Platz für alle in der Landwirtschaft gibt.

Der erstgeborene Sohn erbt den Hof; er ist „dee Buur", die Nachgeborenen suchen sich eine Arbeit: in der Regel im Handwerk als Maurer, Tischler, Schmied oder als Bauernknecht auf einem anderen Hof.

Im Schatten der kinderreichen Bauernfamilien entwickelt sich über Jahrhunderte hinweg ein soziales System der Lebensbewältigung, das in unseren modernen Zeiten keine Fortsetzung mehr findet. Wie sieht dieses System aus?

Die Erbfolge sieht in Westfalen vor, dass jeweils nur einer den Hof samt allem Grundbesitz erben kann. Erbteilung gibt es nicht. Wenn nun aber acht, neun oder gar mehr Kinder auf einem Hof groß werden, stellt sich die Frage, welchen Anteil am Vermögen der Eltern den Nachgeborenen zusteht. Sie werden abgefunden.

Die Töchter erhalten eine „Uutstüür" – Aussteuer, die Söhne

irgendeine andere Entschädigung in Form von Geld oder einem Baugrundstück.

Wie kann denn nun ein Bauer seine Erbnachfolge regeln?

Scherzhaft wird schon mal gesagt, dass der kluge Buur dafür sorgt, dass der „klöökste" – der klügste seiner Söhne Bauer wird. „Dee Klöögste" ist selbstredend und fast ausnahmslos der Erstgeborene; er wird als erster der Kinderschar immer „dee Buur" genannt. Er übernimmt den Hof.

Der frömmste wird Pastor, weil er schon als Kind Spaß an Heiligenbildchen hatte und sie mit Hingabe sammelte. Er hat am Stubentisch, „in'ne bäste Stoab'n" – in der Vorzeigewohnstube, schon mal das Messedienen geübt; er hat auch immer zu Weihnachten die Krippe aufgebaut. Und an Weihnachten muss er dem Pastor einen Hasen als Braten bringen. Klar ist daher: „Hee stedeert up Pastoor" – er studiert auf Pastor – so umschreibt man ein Studium der Theologie „unn hee wätt Pastoor" – und er wird Priester.

Der dritte, der nicht so strebsam ist – man kann auch sagen, dass er die Arbeit nicht erfunden hat –, der dritte also wird Beamter bei der Gemeindeverwaltung oder sonst einer Einrichtung der Öffentlichen Hand.

„Doar sschiiet wie denn Staat mett an" – damit betuppen wir den Staat.

Der Buur und Vater erkennt die Neigungen seiner Söhne sehr schnell und früh, wie es nicht anders sein kann. Und wie? Schon beim Spielen!

So sagt denn Sierings Buur über seinen dritten Sohn: „Uuse Erich häff biet Spellen egoal in denn Bollerwagen setten" – unser Erich hat beim Kinderspiel immer im Bollerwagen gesessen.

„Hee häff emm nimmernich trokken" – er hat ihn nie gezogen.

Und die beiden älteren? „Harrem unn Reinhard, dee beeden häbbt denn Bollerwagen egoal trokken" – Hermann und Reinhard haben den Bollerwagen immer gezogen.

Für Sierings Buur ist die Richtung klar: „Erich, dee trekkt nich, dee wätt Beamte" – Erich, der packt nicht an, der wird Beamter.

Ein Sohn bleibt auch schon mal als Arbeitskraft auf dem Hof – „dee löpp dann soa mett“ – der läuft so mit; er ist eine billige Arbeitskraft. In der Regel passiert das auf größeren Höfen, die eine Familie gut ernähren können. Das ist „dee Öhm an'ne Müürn“, der unverheiratete Onkel auf dem Hof, wie wir ihn von Drosten Au'us her kennen.

Aber weshalb heißt er denn so, wie er heißt: dee Öhm an'ne Müürn? Das hat vordergründig eine ganz schlichte Erklärung: „dee Öhm an'ne Müürn“ schläft nicht neben einer ihm angetrauten Ehefrau, der Bäuerin, sondern neben einer Mauer, einer Wand, eben „an'ne Müürn“; er ist ja unverheiratet; da reicht ein einfaches Bett, das an der Wand steht.

Viel Platz gibt es in diesen „Kaamern fòör denn Öhm“ nicht. Aller Platz wird ausgenutzt. Vor dem „Bärre“ braucht er nur ein wenig Platz, „ümm dee Buxe fallen te loaten“ – die Hose auszuziehen. Und das Bett steht an der Wand.

Man sagt auch schon mal mehr im Scherz als im Ernst: „Dee Öhm an'ne Müür iss denn Wallach up'n Hoff“ – der Öhm ist der Wallach auf dem Hof. Ihm ist die Chance zur Fortpflanzung genommen – genau wie dem Wallach. Der Öhm an'ne Müürn stirbt unbeweibt und kinderlos mit dem Bett an der Wand.

Das ist aber nicht der eigentliche und ursprüngliche Inbegriff des münsterländischen „Öhm an'ne Müürn“.

Der Begriff „Öhm an'ne Müürn“ hat sich jedoch in einer Zeit entwickelt, als es in den alten westfälischen Bauern- und Fachwerkhäusern noch eine offene Feuerstelle gab: das Herdfeuer – „datt Häärdfüür“.

Diese Häärdfüürs waren aus Bruchsteinen gemauert; in Hopsten aus Ibbenbürener Sandstein.

„Wie willt uss noch enn bettken an'ne Müürn setten“ – setzen wir uns noch ein wenig an die „Müürn“. Und man setzte sich an die „Müürn“ aus Bruchsteinen, rund um die Feuerstelle. Das war der gemütlichste und zugleich der wichtigste Platz „up'n Hoff“. Im Winter war es dort schön warm, „tuutke warrem“.

Und diese Müür wurde dann immer mehr zum Inbegriff für den Hof. Ein „Öhm up'n Hoff“ ist dann der „Öhm an'ne Müürn“.

Dee Öhm an'ne Müürn hat einen weiten Weg zum Hüüsken

Der „Öhm an'ne Müür" lebt ohne große Annehmlichkeiten. Im Vergleich zum „Buur" hat er den mühsameren Part erwischt.

„Siene Kaamer" – seine Kammer liegt oft an einem weniger zentralen Platz des Gehöftes. Im Winter ist die „Kaamer" ungeheizt und „datt Hüüsken" – Toilette – irgendwo auf dem Hof, manchmal außerhalb des Fachwerkhauses oder zwischen den Schweineboxen.

Jaspers Natz, „Öhm an'n Müürn" – uut Rüschkendarrep – lebte unter diesen harten Bedingungen. Die Winter waren – vor allen Dingen in den Kriegs- und Nachkriegsjahren, den vierziger Jahren des zwanzigsten Jahrhunderts – sehr kalt. Zwanzig Grad unter Null und mehr ist kein Pappenstiel!

Was macht also Natz? Seine „Kaamer" ist ungeheizt, er nimmt abends einen angewärmten Ziegelstein mit ins Bett, „ümm datt hee kinne koalen Fööte häff" – dass die Füße nicht so kalt sind und er einschlafen kann.

Soll er des Nachts eine Lungenentzündung riskieren, wenn er mal raus muss? Er ist ja nicht mehr der jüngste. An Lungenentzündung starb mancher. Nein, nein, nein: es gibt praktische Lösungen, so sieht es unser Natz.

Was macht er also?

Er holt abends das Stroh aus seinen „Holschken" – Holzschuhen und pinkelt dann in „denn Holschken".

„Denn Holschken stellt hee dann piel an'nen Bärreposten" – den Holzschuh stellt er dann senkrecht ans Bein des Bettes.

Und wenn es am Abend vorher „een Chläsken Beer mähr wotten iss" – ein paar Glas Bier mehr geworden sind, „dann nämp hee ock noch denn twetten Holschken" – dann nimmt er auch noch den zweiten Holzschuh. So frei ist er.

Und am Morgen öffnet er die Fensterblindungen und leert „dee Holschken".

Stroh wieder rein! Problem gelöst!

Aber es gibt ja nicht nur kalte Tage im Jahr, sondern auch warme, ja auch sehr warme Sommmertage, wie beispielsweise der Sommer 1946 oder der von 1957. Und natürlich heizt sich auch „dee Kaamer“ vom Öhm an'ne Müürn auf, wie das so ist in Bauernhäusern, die überhaupt keine Außenisolierung haben. Es wird schon mal „tuutke warrem“ – schön warm.

Hier hat der Öhm an'ne Müürn nun einen beachtlichen Vorteil gegenüber dem verheirateten Buurn in „siene Kiddelkaamer“ – in seinem Ehegemach.

„Hee bruukt bloss sien bloatet Chatt“ – er muss bloß seinen nackten Hintern „an dee koale Müürn drucken“ – an die stets kalte Wand drücken, dann durchdringt ihn kühle Frische bis ans Herz.

Es gibt also auch eine ausgleichende Gerechtigkeit für einen Öhm an'ne Müürn. Das muss auch festgehalten werden.

Wir wissen schon von Drosten Au'us, dass manchmal der Öhm an'ne Müür auch Eigentümer eines Teils der Ländereien, die zum Hof gehören, ist. Das sichert ihn sozial ab. Schwere Arbeiten konnte er nicht mehr verrichten. Er war innerlich immer ausgeglichen und mit seinem Schicksal zufrieden. Er hat sich nie beklagt.

Die Kinder der Umgebung mochten ihn und riefen ihn liebevoll „Onkel Au'us“, und das gefiel ihm.

„Onkel Au'us, wuh cheeht die't?“ – Onkel August, wie geht's dir?

Was sagt Onkel August? „Soa lange wie noch Strau föör dee Holschken häbbt, cheeht ett mie chuut!“ – Solange wir noch Stroh – als Einlage – für die Holsken haben, geht es mir gut.

Anspruchslosigkeit ist ein Charakteristikum für „denn Öhm an'ne Müürn“. Bei vielen geht es nur um Existenzsicherung. Alles verbunden mit viel Arbeit, mit harter körperlicher Arbeit.

Einige leisten sich jedoch einen kleinen Luxus: sie priemen: „datt oale unn chuute Nordhüüser Prüümken“ – der gute alte Nordhäuser Priem.

Daher können sie auch immer gut spucken: „nen saftigen Stroal“ – in hohem Bogen – am liebsten in die offene Herdstelle „in'ne Köcken“ – der Küche. Zisch!

Heinken slöpp äss enn Ülk – Heinken schläft wie ein Iltis

Drosten Au'us hat einen Freund auf einem Nachbarhof: „Janninks Heinken". Auch er ist „Öhm an'ne Müürn".

Heinken ist körperlich etwas zurückgeblieben, im Kopf aber normal und klar. Man erzählt, dass seine körperlichen Defizite eine Folge des Alkohols seien: „Dee Ssluck iss sschuld."

Heinken und auch sein Zwillingsbruder Au'us haben als Säuglinge natürlich auch des Nachts fast immer geweint und geschrien, wie manche Kleinkinder es zu tun pflegen.

„Dachsörwer sloapt se" – am Tage schlafen sie.

„Unn nachens sschrait se" – und nachts schreien sie.

Auf dem Lande wird dann Mama auf den Plan gerufen.

„Kinnerkroam iss Wiewerkroam" – Kinderkram ist Kram der Frauen.

In der Nacht – bei all der anstrengenden Beschäftigung im Haushalt, im Stall, auf dem Feld und in der Kindererziehung – hat dann die Mutter und Bäuerin, unserem Heinken und auch dem Au'us immer wieder mal ein Fläschchen mit „Ssluck" – Schnaps zur Beruhigung gegeben. Bald weinten und schrien sie nicht mehr. Sie schliefen dann immer wie ein „Ülk" – Iltis. Ruhe kehrte ein.

Schnuller gab es damals nicht. In Bayern beispielsweise haben Mütter ihren weinenden Säuglingen Semmelschnuller in den Mund gesteckt: die weichen Teile eines Semmels werden in ein Tuch gewickelt, in Honig oder auch in Schnaps getunkt und dem kleinen Störenfried in den Mund gesteckt. Dann ist Ruhe.

Wie konnte aber Janninks Mama dem Heinken nur „Ssluck" einflössen, damit er Ruhe gibt? – so fragt man sich heute, und wir fragen uns das natürlich auch. Mama muss doch wissen, dass „Ssluck" keine Kindernahrung ist! Mütterberatung kam erst viel später auf dem Lande.

Aber ist man denn heute viel aufgeklärter? Schauen wir nur mal auf die Problematik von Drogen, Nikotin und Alkohol bei Schwangeren. Viel aufgeklärter sind die Menschen heute wahrhaftig auch nicht.

Ssluck hatte damals mehr den Rang von Medizin. Und Medizin nimmt man ein, damit es besser wird.

Das Leben einer Bäuerin ist verflixt schwer

Wir können uns jedoch heute nicht mehr den Arbeitstag einer westfälischen Bäuerin – beispielsweise Janninks Mama – vor rund fünfzig Jahren und mehr vorstellen.

Einen kleinen positiven Eindruck von der vielen Arbeit einer Bäuerin vermittelt uns die zweite Strophe des Volksliedes „Im Märzen der Bauer die Rösslein einspannt", wenn sie die Arbeit der Landfrauen besingt:

> Die Bäu'rin und Mägde, sie dürfen nicht ruh'n,
> Sie haben in Haus und im Garten zu tun.
> Sie graben und rechen und singen ein Lied,
> Sie freu'n sich, wenn alles schön grünet und blüht.[2]

Löchten Milli aus Hopsten hat die Aussage dieser schönen, ja romantischen Strophe auf westfälisch und Hopster Platt realistisch interpretiert und in Gedichtform gefasst. Sie weiß, wovon sie mit einfachen Worten redet, nämlich von den Mühen einer Bauersfrau im allgemeinen; diese „Buurnfrau" lebte wahrscheinlich in Hopsten, denn, was Milli spricht, ist Hopster Platt; vielleicht ist auch Heinkens Mutter diese „Buurnfrau", sicherlich trifft alles auch auf sie zu.

„Dee Arbeetsdag van'ne Buursfrau föör 50 Johr"[3]
Der Arbeitstag einer Bauersfrau vor 50 Jahren

Frööher gaff ett nich soa sschöne Daage,
Wie harren ock kinne Tiedt, mann kreech jedes Johr nen Blaage.
> Früher gab es nicht viele schöne Tage,
> Wir hatten wenig Zeit und jedes Jahr ein Kind – auf Plattdüütsch „nen Blaage".

Sonn Stück off fief, säss, off säbbn,
Joa ett gaff ock Familjen, dee harren woll näggn.
    Stücker fünf, sechs oder sieben,
    Es gab auch Familien, die hatten wohl neune.

Doar sööch dee Daag noch heel anners uut,
Datt wick juh vertellen, channz sinnich, nich luut.
    Da sahen die Tage ganz anders aus,
    Ich will es erzählen, eindringlich, doch leise.

Ümm fief Uhr upstoan, henn too't melleken,
Bis'se dann ferrig, moss dee Kinner hellepen,
    Um fünf Uhr aufstehn, die Kühe melken,
    Ist das geschafft, heißts den Kindern helfen,

Frööhstück maaken, Stall uutmessen,
Sswienepott kocken, draffs ock nich verchetten,
    Frühstück bereiten, Stall ausmisten,
    Schweinepott kochen, darfst auch nicht vergessen,

Sschoapwolle stricken, Kiend an'ne Boss,
Rad uppumpen, dann aff noah dee Poss,
    Schafwolle stricken, das Kind an die Brust,
    Das Rad aufpumpen, auf gehts zur Post,

Höhner foarn, Bärren maaken,
Rööwen plücken, Etten maaken,
Panne up't Füür, watt? Kartuffel stief,
Kaas nix maaken, rinn in'nt Lief.
    Hühner füttern, Betten machen,
    Rüben ziehen, Essen machen,
    Pfanne aufs Feuer. Was ist das? Kartoffeln satt,
    Kann man nicht ändern, hinein damit.

Kümmpe sschüürn, Masschine putzen,
Dee Kärl lich immer noch in denn Durrek;
    Schüsseln scheuern, den Herd putzen;
    Der Mann liegt noch im Durk, das ist die Alkove;

Häff den Oabend föörher bien Noaber setten
Unn bien sümms gebrannten Fusel dee Tiedt verchetten.
    Den Abend vorher hat er beim Nachbarn gesessen
    Und beim selbstgebrannten Schnaps die Zeit vergessen.

Ärrepel klaihn, Mess uutstraihn,
Farreken foarn, Klöwer maihn,
Botter karren, Mellekdüppen haalen,
Kallewer foarn unn noch Stüürn betaalen.
    Kartoffeln buddeln, Mist streuen,
    Ferkel füttern, Klee mähen,
    Butter stampfen, die Milchkannen reinholen,
    Kälber füttern und auch Steuern zahlen.

Dee Kärl steht upp, heer mett't Büsserümken,
Ärss denn Koffie, dann datt Prüümken,
Lock in'ne Buxen, gau noch naihn,
In'n Wagen lich datt Kiend, iss an't sschraijen,
Kiend up'n Pott, moss ock woll moal pissen.
Menn wann? Kaas dee Tiedt nich missen.
    Der Mann steht auf, wo ist das Hemd – das
        Busserümchen?
    Zuerst kommt der Kaffee, dann das Priemchen;
    Hat ein Loch in der Hose, muss'te schnell noch stopfen,
    Im Wagen liegt das Kind und schreit,
    Es muss aufs Töpfchen und du selber auch.
    Aber wann? Kannst keine Minute missen.

Kick'se moal in dee näihje Post,
Mott datt Kiend all währ an dee Boss.
    Schaust du mal in die neue Zeitung, die neue Post,
    Da schreit das Kind nach Mamas Brust.

Häcksel ssniern, dee Sswingmöllen draihn,
Thomas Kallek unn Kali saihn,
Päärde foarn, dee Delle kehrn,
Unn dann noch denn Wagen ssmeern,

Häcksel machen, die Schwingmühle drehn,
Thomaskalk und Kali säen,
Pferde füttern, die Tenne kehren,
Unn dann noch den Wagen schmieren,

Biggen ssniern, datt Hüüsken sschrubben,
Holt klöwen, so 15 Stubbn.
Ferkel schneiden, den Lokus schrubben,
Holz hacken, an die 15 Stümpfe.

Sschietbuxen wasken, unn dee Kerl noch besoppen,
Doabie iss hee noch döör nen Graawen kroppen;
In'nt Fatt mett emm, draff mett denn Stoff,
Hee häff ock noch datt beste Sswien verkoff.
Verdreckte Hosen waschen, und der Mann ist besoffen,
Er war durch einen Graben gekrochen;
In die Wanne mit ihm, weg mit den Klamotten,
Er hat noch im Suff das beste Schwein verkauft.

Roggen bienen, Heu upstecken,
In'ne drockste Tiedt, kumms de ock noch in dee Wecken.
Den gemähten Roggen binden, das Heu stapeln,
Wenn die Arbeit am meisten drängt, kommt noch ein Kind.

Hebamme haalen, Kiend drock kriegen,
Dee Huusarbeet mott menn liggen blieben.
Die Hebamme holen, schnell das Kind zur Welt bringen,
Die Arbeit im Haus bleibt dabei liegen.

Stehs noar draij Daagen weer up,
Dann cheet ett forts währ inn'n Galopp.
Nuh menn gau denn Sschoopbuck slachten.
Dee Kaihje aal güss, kaas up't Mellekchäld nich wochten.
Nach drei Tagen stehst du wieder auf,
Dann gehts weiter im Galopp.
Jetzt schnell den Schafbock schlachten.
Die Kühe sind trocken – keine Milch. Aufs Milchgeld
kannst du aber nicht verzichten.

Häss kinn Chäld, kanns ock nix koapen,
Dee Kinner mött't menn plattkebarrewett loapen.
Hast kein Geld, kannst auch nichts kaufen,
So müssen die Kinder halt barfuß laufen.

Wuss ock moal maaken: datt Oabendetten,
Dann häff dee Katte ock noch dee Woss upfretten.
Bereiten willst du dann noch das Abendessen,
Und die Katze hat vorher die Wurst aufgefressen.

Panne up't Füür, Sschräwen drinn,
Dann wäs'se fien rund, äss sonn Mässelsswien.
Die Pfanne aufs Feuer, Speckscheiben rein,
Dann kriegst eine Figur wie ein fettes Mastschwein.

Noch gau nenn heeten Steen in't Berre,
Unn dann sloapen ass ne Perre.
Käär, watt was datt nen hatten Dag!
O Chott, mien Mann iss ja ock noch wach!
Fien ruhig liggen unn muksmüüskenstill,
Well weet, watt hee süss villich noch vann die will.
Noch schnell einen warmen Stein ins Bett rein legen
Und dann tief wie ein Frosch schlafen.
Mensch, was war das für ein harter Tag!
Oh mein Gott, mein Mann ist ja noch wach!
Ganz ruhig bleiben und mucksmäuschenstill,
Wer weiß, was er sonst noch von dir will.

Jau, soa wass datt fröößer, kinn Stress unn kinn Striet.
Jau, datt wass trotz allem nee channz sschööne Tiedt.
Ja, so war das früher, ohne Stress und Streit.
Jawohl, es war trotz allem eine schöne Zeit.

Da kann man nur aus ehrlichem Respekt sagen: „Wisserwoll, ne Buurnfrau, dee harr ett egoal drock". – Es stimmt: Eine Bauernfrau hatte kaum Zeit, kaum Zeit zum Luftholen. Ihre Lebensleistung verdient große Anerkennung.

Zurück nun zu Janninks Heinken und zurück auch zu seiner Mutter, die eine mit Arbeit beladene und überlastete Bäuerin war.

Die Nachtruhe wird durch das Schreien der „Twässels – Zwillinge“, von Heinken und seinem Zwillingsbruder Au'us immer wieder unterbrochen. Da hilft nur Ssluck.

Ssluck war damals das Allheilmittel für vieles: „Bis'se verküült, drink Ssluck – datt hellepet.“ – Bist du erkältet, trinke Schnaps, das hilft.

„Häs'se Buukpiene?“ – Hast du Bauchschmerzen? – Dann: „Ssluck“.

„Bis'se vann denn Bullen an'ne Wand druck wotten“ – bist du von einem Bullen an die Wand gedrückt worden, dann: „Ssluck kägg'n dee Piene“ – gegen die Schmerzen.

„Sschrait dee Kinner?“ – schreien die Kinder? Dann: „Ssluck“! Warum nicht?

Ssluck ist also ein Allheilmittel, so glaubt man zumindest.

Janninks Buur ist nicht zeugungsfähig

Später zeigen sich dann die Folgen: Janninks Heinken blieb körperlich ein wenig, aber nicht geistig zurück. Genau wie sein Zwillingsbruder Au'us. Dieser war der „Buur“ auf dem Hof, er war eine Stunde früher zur Welt gekommen, daher ist er „dee Buur“, immer der älteste.

Die Nazis haben dem Buur, Janninks Au'us, untersagt zu heiraten, weil er eben genau wie Heinken zu früh und zu viel Ssluck getrunken hat. Beide waren klein von Statur und sahen nicht wie echte Germanen aus, nicht wie Germanen mit Gardemaß.

Die Verordnung der Nazis war ernst gemeint. Erbkrankheiten oder was man sonst noch vermeintlich Negatives hätte vererben können, sollten verhindert werden. Der braune Rassenwahn traf auch Janninks Buur in der tiefen westfälischen Provinz.

Für einen Buur und Hoferben gibt es nichts Schlimmeres. Aber es gibt Auswege.

„Ick wass nich zeugungsfähig, häbbt se säch“ – haben'se gesagt, so Janninks Buur. Er grinst verschmitzt und dann triumphierend:

„Doar häbb ick ett ähr oarwer wiesen doarn" – denen hab ich es aber gezeigt.

Das verschmitzte Lächeln geht in ein lautes Lachen aus vollem Hals über.

Eine schöne Westfälin mit blauen Augen und blonden Haaren erwartet dann ein Kind von ihm: das war so blond, so blauäugig wie seine Mutter. Germanischer geht es nimmer.

Dann durfte Janninks Buur auch seine blonde westfälische Maid mit den schönen blauen Augen heiraten. Die Nazis hatten keine Einwände mehr, vielleicht sollte man auch sagen, sie waren ihnen aus der Hand geschlagen. Janninks Buur hat sie ausgetrickst.

Und es folgten noch viele stattliche Westfalen und Westfälinnen, blond und blauäugig, die sich alle Janninks nannten und alle mit Gardemaß.

Bei den Janninks Nachkommen wurden keine Erbkrankheiten oder psychischen Defekte festgestellt. Sie ernährten sich von Muttermilch und nicht von Ssluck. Und wenn sie nachts schrien, dann hat man sie schreien lassen. Das ist gesünder.

Heinken, der Öhm an'ne Müür bei Janninks, sprach jedoch zeitlebens mit verkratzter Stimme. Vielleicht war das eine Folge des frühkindlichen Schnapstrinkens. Wer weiß?

An einem Sonntag nun treffen sich Janninks Heinken und Drosten Au'us auf Janninks Hof. Es gibt Neuigkeiten, die erörtert werden müssen. Es sind kleine Neuigkeiten, aber sehr interessante. Worum geht es denn?

Drosten Buur hat eine neue Dienstmagd – „ne neije Maagett" – auf dem Hof eingestellt.

Drosten Au'us zu Heinken: „Wie hebbt ne neije Magett bie uss up'n Hoff" – wir haben eine neue Magd auf dem Hof.

„Moij Wichken!" – Hübsches Mädchen!

„Plessäärlick toe bekieken" – angenehmes Aussehn!

„Kanns äss kommen unn ähr denn Puls föhlen." – kannst mal kommen und ihr den Puls fühlen.

Manchmal waren die beiden „Öhms an'ne Müürn“ auch entsetzt über das, was in der Welt so alles geschieht.

An den Sonntagen gingen sie gemeinsam zu Fuß oder sie fuhren im Kutschwagen zur Kirche. Der Kirchweg von mehr als zwei Kilometern ermöglichte ein gründliches Gespräch über alle Ereignisse, die rundherum im Dorf und in der „Buursschup“ passiert sind.

Manchmal waren diese Dinge nach Ansicht der beiden „Öhms an'ne Müürn“ einfach „nich toe bechriepen – nicht zu begreifen“. Und die Personen auch nicht – „Wuh konnen dee bloss?“ – Wie konnten die nur?

Und Janninks Heinken schüttelt den Kopf und sagt mit einer gewissen Entrüstung und sogar Verachtung: „Watt chiff et doch föör Kaakerlacken up dee Welt!“ – Was gibt es doch für Kackerlacken – Küchenschaben – auf der Welt!

„Doar bie wie beeden doch heel anners“ – da sind wir beiden doch ganz anders.

Drosten Onkel Au'us ringt mit dem Tod

Drosten Au'us wurde dann mit 85 Jahren sterbenskrank; er kämpfte lange mit dem Tod. Ins Krankenhaus hat man ihn nicht gebracht.

Eines Morgens liegt er regungslos im Bett. Er hat es geschafft, so sah es aus. Der Pastor war schon da gewesen mit „dee läste Ölung“, dem Sterbesakrament der katholischen Kirche; der Absprung von Au'us ins Jenseits steht bevor. Und jetzt ist er gelungen.

Drosten Buur schaut des Morgens nach seinem Bruder Au'us, wie er es, wenn Au'us krank war, immer getan hat. Die beiden haben immer wie Pech und Schwefel zueinander gehalten.

Au'us scheint heute leblos im Gegensatz zu gestern Abend, seinen Atem vernimmt „dee Buur“ nicht mehr; so ruft er laut nach seiner Frau:

„Ida, kumm gau, uuse Au'us iss doat!“ – Ida, komm schnell, Au'us ist tot.

„Loat uss noch'n Chebett föör emm doan" – wir wollen noch für ihn beten.

Da schallt eine schwache, piepsige Stimme aus dem Bett: „Nää, ick bin noch nich doat, ick lärwe noch" – nee, ich bin noch nicht tot, ich lebe noch.

„Wocht menn noch en bättken mett datt Chebett" – wartet noch ein bisschen mit dem Gebet.

„Ett häff noch watt Tiedt" – die Zeit ist noch nicht gekommen.

Doch etwas später kam dann doch die Zeit. Onkel Au'us schloss seine Augen für immer.

Janninks Heinken gehörte zu den trauernden Hinterbliebenen; Onkel Au'us war sein bester Freund. „Hee follegete emm noah" – Heinken ging mit zur Beerdigung … wie immer er es zu tun pflegte. Er geht ganz am Ende des Leichenzuges. Auch am Grabe hielt sich Heinken ganz weit entfernt von der Schar der Personen auf, die um das Grab standen.

Au'us ist sein bester Freund, und Heinken hält sich zurück. Kann man das verstehen?

„Woarüm datt, Heinken?" – Warum Heinken. Das wollen wir jetzt wissen.

Nun, der Pastor betet immer am Grabe: „Nun lasst uns noch beten für denjenigen, der dem Verstorbenen als erster aus unserer Mitte nachfolgen wird."

„Denn uut de Mitte, datt will ick nich wiern" – der aus „unserer Mitte", der will ich nicht sein. So bleibt er stets am Rande des Geschehens und nicht in der Mitte.

So sieht denn auch Heinkens Überlebensstrategie aus: „bloß nich in'ne Mitte".

Luster Buur ist kein typischer Öhm an'ne Müürn

Drosten Au'us und Jannninks Heinken sind nicht die einzigen „Öhms", die an der Wand schlafen. Sie leben als Arbeitskraft auf dem Hof ihrer Brüder und sind somit die Prototypen eines „Öhm an'ne Müürn".

Es gibt aber auch den Typ „Öhm an'ne Müürn“ im uneigentlichen Sinn, wenn man ihn so nennen darf. In Hopsten kennt man diese Klassifizierung allerdings nicht.

Untypisch daran ist, dass „dee Buur“, der Hofeigentümer, nicht geheiratet hat und unbeweibt lebt. So einer ist Luster Buur „uut Rüschkendarrep“, auf Hochdeutsch Rüschendorf, eine Bauerschaft, die wir schon kennen. Er bleibt unbeweibt sein Leben lang und ist ein echter Hagestolz mit vielen sympathischen Mucken.

Ob sein Bett auch an der Wand steht, können wir nicht bestätigen.

Er hat zumindest das Eheschlafzimmer – auf Platt „dee Kiddelkaamer“ – seiner Eltern zu seiner Schlafstatt gemacht. Da geht es ungleich geräumiger zu. Beengen braucht er sich nicht. Da stehen gleich zwei Betten nebeneinander.

Zur 50. Schulentlassungsfeier seiner Volksschulklasse sagt Wibbelings Buur zu ihm: „Hein, wuss du denn örwerhaup nich hierorarn?“ – Willst du denn überhaupt nicht heiraten?

Hinter dieser Frage steht der Gedanke: „Well arrewett denn datt chanze Kröömken vann die?“– Wer erbt denn deinen ganzen Kram? Eine wichtige Überlegung auf dem Lande!

„Kröömken“ ist eine leichte Untertreibung für Luster Buurs schönen Hof, der immerhin zweihundertfünfzig Morgen groß ist und zu den größeren Höfen in Hopsten zählt.

Luster Hein kontert, und hat die Lacher auf seiner Seite: „Ick binn noch full toe röstich, ümm te hieroarn!“ – Ich bin noch viel zu rüstig fürs Heiraten. Und das mit nahezu 65.

Das hatte der verheiratete Wibbelings Buur nicht erwartet: „Nee, Hein, wees du watt du biss? Du biss de kloöökste vann uss allen hier!“ – Was du bist? Du bist der klügste von uns allen hier!

Luster Hein besitzt einen großen, arrondierten Hof, „dee in'nt Holt lich“ – der mit Eichbäumen umstanden ist. Hein ist von mittlerer Statur, lächelt immer ein wenig verschmitzt und hat einen kleinen Sprachfehler: er stottert das eine über das andere Mal; nach jedem halben Satz schnalzt er mit der Zunge.

Luster Buur ist pfiffig; man sieht es ihm an. Er erzählt oft die unwahrscheinlichsten Geschichten. Dann fragt man sich tatsächlich: Stimmt das, was Hein „vertellt“ oder ist es seine blühende Fantasie. Die Leute sagen dann schon mal: „Luster Buur – dee lüch“ – der lügt.

Luster Buur als Berufsberater

Mit den Kindern aus der Nachbarschaft schlägt Hein gerne auf. Einer von den Nachbarskindern ist Jaspers Ewald.

Luster Buur fragt ihn eines Tages: „Watt wuss du dann wäärn, quätsch“ – was willst du denn später mal werden, quätsch?

„Wänn du, quätsch, uut de Sschoale ruut biss“ – wenn du, quätsch, aus der Schule entlassen bist.

Ewald geht in die vierte Klasse der Volksschule und sagt: „Innscheneur“ – Ingenieur.

Luster Buur meint: „Ick weet watt bätteret föör die, quätsch“ – ich kenne einen besseren Beruf als Ingenieur, quätsch.

„Tierarzt – dee ve-verdeent ne Masse Chäld“ – der verdient viel Geld.

„Iss äss ne Kooh krank, quätsch“ – ist mal eine Kuh krank, quätsch.

„Dann kummp dee Koohdokter“ – dann kommt der Kuhdoktor.

„Hee lichtet, quätsch, denn Steert vann dee Koh“ – er ergreift, quätsch, den Schwanz der Kuh und hält ihn hoch.

„Dann kick hee achten rinn“ – dann schaut er hinten rein.

„Wenn hee döörkieken kann, quätsch, dann häff dee Koh nix“ – wenn er ganz durchschauen kann, quätsch, dann ist die Kuh nicht krank.

„Wenn hee nich döörkieken kann, dann häff dee Koh, quätsch, Darrremversslingung“ – wenn er nicht durchkucken kann, dann hat die Kuh, quätsch, Darmverschlingung.

„Honoaar, füfftich Daaler“ – Honorar: fünfzig Taler (gleich 150 Mark).

„Lichfarrig Chäld“ – leicht verdientes Geld.

Hein ist Jäger und geht mit anderen Jagdfreunden wie Rost Vati und Jasper Hein auf die Jagd auf dem „Rüschkendarreper Eschke". Die Hasen liegen an diesem Tag fest, keiner verlässt seine Sasse. Es ist zum Verzweifeln.

Hein klettert über einen Stacheldrahtzaun. Mit dem gesicherten Gewehr drückt er den Draht runter, hebt zuerst sein linkes Bein über den Zaun, und als er so „bestriern" dasteht – mit einem Bein auf jeder Seite des Zauns –, geht ein Hase hoch, macht Männchen und ist weg. Das hat Luster Buur nicht erwartet. So ein Frechhase!

„Nuh lachet se mie ock noch uut, quätsch! – Jetzt lachen sie mich auch noch aus, quätsch!

Weiter geht's mit der Jagdgesellschaft in „dee Hallwärtschken Dannen".

Und dann kommen sie: Hase auf Hase. Sie können kaum noch nachladen.

„Datt sinnt dee Hasen, quätsch, van'nen Gröönen Plan" – die Hasen vom „Grünen Plan".

Der Grüne Plan war in den 50er Jahren des vorigen Jahrhunderts ein Förderprogramm der Bundesregierung unter Konrad Adenauer für die Landwirtschaft.

Wo kommen denn nun die vielen Hasen und Kaninchen her? Vom Grünen Plan natürlich! Und von diesen Hasen will Luster Hein gleich 25 geschossen haben:

„Fiefentwintig Hasen unn noch fattich (40) Kanien – Ka-kaas ll-löwen, quätsch, off nich" – 45 Hasen und 40 Kaninchen – das kannst du glauben, quätsch, oder nicht.

Jetzt wird es Zeit, zu klären, was denn dieses „quätsch" zu bedeuten hat.

Es ist ein weiteres, ein unverkennbares Merkmal bei Luster Buurs Erzählungen: zunächst das „quätsch" mit der Zunge und dann dieser Zusatz: „Ka-kaas ll-löwen, quätsch, off nich" – ka-kannste, quätsch, glauben oder nicht.

Quätsch ist ein Knalllaut, dessen Entstehung etwa so zu erklären ist: Die Zunge wird stramm gegen den Gaumen gedrückt und dann mit einem „Quätsch" plötzlich wieder gelöst.

Lautes Schnalzen ist das eigentlich. Luster Hein macht das aus Gewohnheit: Quätsch!

Luster Buur ist Mitglied einer Gemeinschaftsjagd. Die Mitpächter sind Jasper Hein und Rost Vati von der Molkerei, vielleicht auch noch Feldmanns Buur. Rost Vati hat immer vor Augen, dass eine Jagd sich auch rentieren müsse. Bei jeder Jagd will er Beute machen. Luster Buur jedoch interessiert die Beute weniger.

Er geht heimlich auf die Jagd. Wenn er ackern fährt, hat er seine Flinte dabei. Zeigt sich mal ein Hase, dann: peng peng … Waidmanns Heil! Waidmanns Dank!

Zuhause waren seine Frauleute froh, wenn sie Wildbrett nicht zubereiten mussten. Das ist viel Arbeit. So verschenkt Luster Buur dann die von Rost Vati nicht genehmigte Jagdbeute an Lampen Dokter, an den Pastor, an Kassenschmitz Emmil, Hilgenbergs Cleem und an andere.

Er überbringt die Beute immer persönlich und hat dann auch Zeit für einen „Poak“ – eine Unterhaltung und ein „Sslücksken“ – ein Schnäpschen. Da Hasen in der kühleren Zeit des Jahres geschossen werden, läuft ihm die Arbeit nicht weg. Aber es muss schon Doppelkorn sein und nicht der einfache Schnaps. Einmal in Redelaune erzählt er dann immer Geschichten, die mit „Ka-kas ll-löwen off nich“ und „quätsch“ enden.

Feierlich wird es, wenn er den Hasen übergibt. Er zieht den erlegten Meister Lampe aus einer Plastiktüte, langsam, ganz gemächlich und sagt dann: „Nix Rost Vati vann sägg'n, quätsch“ – nichts Rost Vati erzählen, quätsch.

Tollwut auf dem Fliegerhorst

Einmal erfährt Jäger Luster Buur eine ganz besondere Ehre: er erhält eine Einladung von Stadtdechant Sandtel „uut“ Bremen zu einer Treibjagd. Der Stadtdechant ist gebürtig aus dem Nachbarort Venhues, dort haben seine Vorfahren den guten „Venhueser Ssluck“ gebrannt.

Von Jugend auf ist der Stadtdechant und Domkapitular von Osnabrück ein leidenschaftlicher Jäger. Sein Jagdhund lebt in Hopsten auf dem Hof von Waidmann und Freund Jaspers Wilhelm.

Pastor Sandtel pachtet nach dem Krieg mit anderen Jägern die Jagd auf dem ehemaligen Fliegerhorst Hopsten, dessen Gelände nach der Verkoppelung – Flurbereinigung – ganz der Gemeinde Dreierwalde zugeschlagen wird. Ein herrlicher Biotop ist dieses Gelände: Ein Wildparadies! Niederwild.

Pastor Sandtel und seine Mitpächter laden nun zur Treibjagd ein. Waidmanns Heil!

Wie auf jeder Treibjagd gilt auch hier das Prinzip: Wer den Treiber erschießt, muss die Witwe heiraten. Jeder hat diese Maxime im Hinterkopf. Alles ist gut gegangen.

Reiche Beute wird gemacht. Zur erlegten Strecke gehört auch ein Fuchs. Ein Fuchs war eigentlich nicht mit eingeplant.

Die Strecke wird bei der „Wäärtsschup" Lütkemeyer in Dreierwalde gelegt. Kesseltreiben – Essen und Feiern folgen.

Viele wollen beim Abbalgen – Abstreifen des Fuchsfelles helfen, ebenso beim Aufscherfen der Lunte – Schwanz. Waidmanns Dank!

Doch dann der Schreck: Der erlegte Fuchs hat die Tollwut. Das bedeutet Infektionsgefahr und sogar Lebensgefahr, wenn eine Behandlung nicht umgehend erfolgt. Schon die Berührung mit dem Blut des Fuchses ist ansteckend und kann gefährlich sein. Höchste Infektionsgefahr!

An einigen Flurbezirken der Umgebung stehen daher schon seit längerer Zeit öffentliche Warnschilder: Tollwutbezirk! Vor Füchsen wird also gewarnt.

Füchse mit Tollwut flüchten bei Gefahr nicht, sie nähern sich den Menschen und ihr Biss kann tödlich sein. Manchmal beißen sie auch Kühe. Ein gebissener und infizierter Mensch wird auch aggressiv und ist, wenn nicht sofort medizinische Hilfe erfolgt, dem Tode geweiht.

Die fröhliche Treibjagd auf dem alten Fliegerhorst endet für viele Waidmänner mit den grünen Loden in der Uniklinik Münster

– die Impfung durch den Bauchnabel ist äußerst schmerzhaft. Einige sind drei Wochen in Quarantäne.

Alle, die den Fuchs berührt haben, lassen sich behandeln. Nur Schoaplux Buur uut Uithusen nicht.

„Datt maak ick nich mett!“ – das mache ich nicht mit.

Ist Schoaplux Buur denn lebensmüde? Weiß Gott nicht.

Er will einen konkreten Beweis, dass er tatsächlich infiziert ist. Der bloße Verdacht genügt ihm nicht. Und Beweise gibt es noch nicht.

Und wie stellt er sich diesen Beweis vor? Das erklärt er seinen Waidfreunden:

„Unn wenn ick vannachte“ – und wenn ich heute Nacht – „miene Frau in't Chatt biete“ – meine Frau in den Hintern beiße – „dann säch men Büschkers Au'us besscheet“ – dann sag nur dem August Büscher (Jagdvorsteher) Bescheid – „dann kann hee mie forts affsscheeten“ – dann kann er mich sofort abschießen!

Soweit ist es dann doch nicht gekommen. Auch Luster Buur uut Hopsten hat alles überlebt wie die anderen Waidleute und Schoaplux Buur uut Uithusen auch. Waidmanns Dank!

Dee Heujduuf unn dee geklauten Eier

1945 kamen viele Ostvertriebene nach Westdeutschland, zunächst wurden sie Flüchtlinge genannt, weil sie eben fliehen mussten. Dann nannte man sie schon mal „Evakuierte“.

Das war ein aus dem Lateinischen abgeleitetes Fremdwort und musste erst ins „Plattdütschke“ übersetzt werden. Luster Buur wurde dann sprachbildnerisch tätig; er sprach von „dee Rewakurierten“ – das klingt so ähnlich wie „evakuiert“ oder auch ähnlich wie auskuriert. Er hatte dieses neue Wort „evakuiert“ nur akustisch rezipiert und auch so wieder rausgelassen. So oder so ähnlich muss es wohl klingen. Im plattdeutschen Wortschatz kommt das Wort noch nicht vor.

Alle Gemeinden und viele Hauseigentümer müssen eine Anzahl von Flüchtlingen und „Rewakurierte“ aufnehmen. Luster

Buur natürlich auch: eine Familie mit drei Töchtern von 14 – 18 Jahren.

Platz genug hat er auf seinem großen Hof. Aber es sind fremde Leute, die hochdeutsch sprechen. Ein Westfale braucht eine gewisse Eingewöhnungszeit in die neue Situation.

Luster Buur stellt nun nach einiger Zeit fest, dass seine lieben freilaufenden Hühner weniger Eier legen. Er findet zumindest in den üblichen Nestern immer weniger davon.

Das kann mehrere Ursachen haben: Der Ülk, der Iltis, frisst sie oder auch der kleine Hofhund; oder die Hennen legen in noch nicht entdeckten Nestern irgendwo im Heu oder Stroh ihre Eier. Es kann aber auch sein, dass irgendjemand sie unbefugt einsammelt, schlicht und einfach die Nester plündert.

Dem kleinen Hofhund Fiffi hat er das Eierfressen schon abgewöhnt. Da gibt es eine für heutige Verhältnisse etwas brutale Art Hunde zu entwöhnen. Die Eierschalen werden mit heißer Asche gefüllt, und der kleine Fiffi muss sie fressen. So lernt Fiffi, Eier sind nicht für mich. Und trotz aller Sehnsucht zieht er es vor, die Eier liegen zu lassen; denn sonst droht eine neue Kur aus Schalen und heißer Asche. Fiffi ist also entwöhnt.

Wenn Fiffi es nicht gewesen sein kann, dann die Flüchtlingsfamilie; der Gedanke liegt ja nicht fern: neue Leute auf dem Hof und keine Eier mehr! Hein überlegt, wie er das verifizieren kann. Er überlegt, „hee öwerlech deep" und schlussfolgert: das kann nur mittags passieren – „wenn Mäddag iss" und er zu Mittag isst.

So schreitet Luster Buur dann zur Tat. „Hee will ett wetten" – er will es nun wissen.

„Ick hebb mie, quätsch, nen Heujduuf vann nen Balleken affssmetten" – eine Heuladung habe ich vom Dachboden runtergeschmissen, quätsch.

„Unn mie drunnerläch" – und mich darunter versteckt.

„Mäddags" – am Mittag.

Nicht viel Zeit vergeht; Hein hört Schritte, wartet ein bisschen und sieht eines der drei Mädchen beim Nestplündern. Jetzt hab ich sie! Er springt unter dem „Heujduuf" hervor und stellt die Nesterplünderin.

Das Mädchen erschrickt, fasst sich aber schnell wieder.

Hein hat jetzt Gewissheit: „Ett wass nich dee Ülk unn ock nich uuse Fiffi“ – es war nicht der Iltis und auch nicht Fiffi.

In der „Wäärtsschup“ bei Öllgen Frontka in Schaopen erzählt er dann abends von seinen Fähigkeiten als Detektiv:

„Da-datt Fll-Flüchlinkswich!“ – Das Flüchtlingsmädchen! – „Se häff sick dee Eier, quätsch, buom aa-achter dee Tittelatuur sstecket“ – sie hat sich die Eier, quätsch, in den Ausschnitt gesteckt. – „Watt Holt vöör de Döörn, quätsch, haar se woll“ – sie hat schon wohl, quätsch, Holz vor der Tür.

Verdammte Weiberlist, denkt Hein. Aber Hein weiß sich zu helfen.

Aber wie?

Hein stürzt sich auf das Mädchen, umarmt es und drückt kräftig … „unn quatts, quätsch, do-doar ha-harr se denn Ssmäär“ – und patsch, da hatte sie die Schmiererei.

Den Abschluss der Geschichte bildet dann jeweils: „Ka-kaas, quätsch, ll-löwen, off nich!“

Hein, hoal denn Bullen faste

In die Jahre 1945 oder Anfang 1946 fällt auch ein weiteres „Vertällken“ mit Luster Buur.

Wir müssen einen Blick zurück zu den damaligen Realitäten in Hopsten werfen: Captain Castle, 1945 der Ortskommandant in Hopsten, und seine britischen Soldaten haben das Sagen. Sie führen nächtliche Razzien durch und Castle erlässt eine Verfügung: Alle Handfeuerwaffen wie Jagdgewehre, Pistolen, die Brennekes der Jäger, 6mm-Gewehre, 9mm-Gewehre und auch Vorderlader, die zur Schlachtung von Vieh – hauptsächlich Bullen und Kühe – gebraucht wurden, müssen auf der Militärkommandantur abgegeben werden.

Hausschlachter, wie Schillings Bernd und Brunns Georg, die von Hof zu Hof ziehen und Schlachtungen vornehmen, und auch der Metzger am Ort, Schlüters Karl, besitzen Vorderlader.

Das Leben geht auch ohne Waffen weiter. Schlachten kann man auch ohne Vorderlader.

Metzgermeister Schlüters Karl hat nun einen dreijährigen Mastbullen von Luster Buur gekauft: „Luster Buur sienen Mastbullen“ soll an einem Freitagmorgen in Schlüters Metzgerei geschlachtet werden.

Brinkmanns Franz, von Beruf „Sswienehändler“ – Viehhändler, dient als königlich britischer Viehsachverständiger, hat das „okay“ gesprochen, und Captain Castle hat unterzeichnet.

Der Schlachtvorgang geht ohne Vorderlader ganz mechanisch vonstatten: der Bulle wird mit einem dicken Holzhammer bewusstlos geschlagen – ein oder mehrere harte Schläge gegen den Kopf genügen in der Regel –, aber der finale Schlag muss wirklich hart sein.

Der Buur hält den Bullen mit einem Strick sehr stramm und angespannt fest, damit er nicht mit dem Kopf hin- und herwackelt, wenn der Holzhammerschlag kommt.

Bumms! Dann wird dem Bullen, wenn er taumelt und fällt, mit einem Messer die „Strotten“ – die Kehle durchgeschnitten.

Schlüters Willy – Sohn von Karl – kümmert sich um die Schlachtung. Er ist jung und kräftig und gerade erst aus britischer Kriegsgefangenschaft heimgekehrt.

Metzgergesellen stärken ihre Kraft, ihre Muskelkraft, ihre physische Verfasstheit durch das Trinken von Bullenblut. Der erste Liter Blut aus einem gerade geschlachteten Bullen wird getrunken: „Datt chiff Mach“ – das verleiht Kraft.

Luster Buur „sienen Bullen“ kann sich also auf was gefasst machen.

„Hein, hoal du denn Bullen eäbb'n faste“ – Hein, halt du den Bullen eben fest.

„Ick löchte em eenen daföör“ – ich leuchte ihm dann heim, instruiert Schlüters Willy.

Und Willy holt Schwung mit dem dicken Hammer, er schwingt ihn zweimal durch die Luft – und Bumm!

Kleine Pause. – Der Bulle steht, unbeeindruckt, und Luster Buur schüttelt mit dem Kopf und pustet kräftig aus: Pppffff …

Was ist los: „Satt'de nich genoch Kaawuttki drachter?“ – War nicht genug Schwung in dem Schlag?

Willy dann: „Häff nich klappet – hoal sschön faste“ – hat nicht geklappt – halte ihn schön fest.

Erneuter Schwung – Rundschwung über die Schulter – denn es musste schon „Kattuun“ – viel Kraft – hinter so einem Schlag sitzen … BUMM!

Stille.

„Ett iss nich toe bechriepen“ – das kapier's du nicht!

Der Bulle steht unbeeindruckt; wie kann das denn nur?

Luster Buur schüttelt den Knopf und schnaubt: Pppfff …

Stille.

„Wuh kann datt bloss, datt dee Bulle nich ümfällt?“ – Weshalb fällt der nicht um?

Willy „spöttert sick noch eemoal in dee Hande“ – spuckt sich noch mal kräftig in die Hände, festigt seinen Griff am Hammerstiel. Er holt Schwung – nicht zweimal, sondern dreimal schwingt er den Holzhammer im Rundschlag um sich. Dann BUMMS!

Und wieder bleibt der Bulle stehn!

Luster Buur aber schreit den Kopfschlächter an:

„Wi-Willy, wenn du mie, quätsch, noch ee-eenen daföör lö-löchtes“ – Willy, wenn du mir noch einen vor den Kopf schlägst – „dann loat ick, quätsch, denn Bu-bullen loss“ – dann lasse ich den Bullen frei.

Bullen mögen Schlachthöfe nicht; sie werden aggressiv und bedrohlich. Ein Bulle kann schon eine Gefahr sein.

Im Anblick dieser Drohung – „dann loat ick denn Bullen loss“ – hat es dann wirklich beim nächsten Versuch unseren Schlachtbullen, Luster Buur „sienen Bullen“, erwischt. – Bumm!

Die Belohnung für Willy ist ein Liter warmes und ganz frisches Bullenblut. Eine Kostbarkeit!

Luster Buur hat sich erst viele Jahre später auf einer Bauernversammlung, als es um die Flurbereinigung – Verkoppelung – ging, zu dem Erlebnis mit Schlüters Willy geäußert. Vorher hatte sich keiner dafür interessiert.

„Denn Sslach van Schlüters Wi-Willy, quätsch, föör mienen Kk-

Kopp häff, quätsch, häff ss-sähr daorn – der Schlag von Schlüters Willy, quätsch, gegen meinen Kopf hat, quätsch, weh getan".

„Ff-fööl äss, quätsch, ick häbb vv-vändaage noch ne-ne Büüle an'nen Kopp, quätsch" – fühl mal, ich habe heute noch eine Beule am Kopf.

„Ka-kaas ll-löwen, quätsch, off nicht."

Die Zähmung des widerspenstigen Leitbullen

Bumm – hat es auch ein anderes Mal bei einem Mastbullen von Luster Buur gemacht – diesmal aber aus einer Schrotflinte, zu einer Zeit als Jäger schon wieder Waffen halten durften.

Luster Buur hatte eine Ruuse – Herde – Bullen auf der „Wieske". Und wenn er im Herbst dann mal die Bullen besichtigte, um zu sehen, ob sie noch Wasser zum Saufen hatten, dann kam immer ein ganz besonders aufdringlicher Bulle als Anführer der Ruuse auf ihn zu, drohend. Dieser Bulle tut so, als ob ihm die Wieske gehöre. „Freete Bullen" – ausgewachsene Bullen können gefährlich werden.

„Datt, wi-will wie, quätsch, emm woll äss affgewennen" – das werden wir ihm schon abgewöhnen, sagt sich Luster Buur.

Als Jäger hat er eine Schrotflinte. Martialisch begibt Hein sich auf seine Bullenwieske. So kommt denn unser mutiger Bulle, der Anführer der „Bullenruuse" – Bullenschar, wieder einmal allen voran in Drohgebärde auf ihn zu.

Luster Buur legt an und hält drauf – Bumm – und von da an ist Ruhe. Der Leitbulle dreht ab.

Immer wenn „dee Buur" dann kam, bewegte sich die „Ruuse" eher friedlich, gelangweilt daher, und der Leitbulle verzog sich an das Ende der „Ruuse". Er hatte in der Auseinandersetzung mit dem Schießeisen ein Auge verloren.

Bullen vergessen nicht! Er ist jetzt viel vorsichtiger.

Bullen brauchen – das lehrt uns dieser Fall – eine klare Ansprache: klar, deutlich und eben auch manchmal direkt. Das weiss Luster Buur, er kennt eben sein Metier.

Aber es muss noch eines geklärt werden – vertraulich – natürlich: „Hein, weshalb sagst du immer: „Kaas löwen – off nich“? Hein atmet tief durch, schaut ein wenig überrascht ob dieser Frage und sagt:

„Dee L-lüde, quätsch, sä-sägett, datt ick ll-leege, quätsch“ – die Leute sagen, dass ich lüge. Er lächelt verschmitzt.

„Ett chiff o-oarwer noch wecke, quätsch, dee mi-mie l-löwet“ – es gibt aber noch einige, quätsch, die mir glauben.

Unn kumms du äss noah Tungerloh – Und kommst du mal nach Tungerloh

Einmal im Jahr macht Luster Buur „eenen Uutfluch“ – einen Ausflug nach Capellen im Mönsterland. Dort ist seine Cousine – „dee Dochter vann uuse Mama sien Ssüster“ – die Tochter von Mutters Schwester – verheiratet: Anna hat „denn Dalsbuur uut Capellen-Tungerloh“ geheiratet.

Der Dalshoff hat genauso viele Morgen wie „Luster Buur sienen Hoff“ in Hopsten – Rüschkendarrep. Dalsbuur und Lusterbuur begegnen sich somit auf Augenhöhe: „Groat bie groat“.

Die Großen halten zusammen und sie suchen sich: Groß zu Groß gesellt sich gern. Das ist wichtig, wie Mersch Buur „van'nen Brääschken“ – aus der Bauerschaft Breischen schon mal sagt: „Chuut, datt wie Groaten äss bieneene sinnt“ – Gut, dass wir Großen uns mal treffen. Groß ist man ab 250 Morgen Land.

Mit seinem 98-Sachs-Motorrädken – „denn Fiffi“ im Volksmund – ist das schon eine schöne Strecke, die er von Hopsten bis Tungerloh hinter sich bringen muss.

„Oawer Anna iss mie datt wäärt“ – Anna ist mir das wert.

Aus Liebe zu seiner Cousine scheut er keine Fahrten, um ihr am Fest der heiligen Anna zu gratulieren und ihr seine Aufwartung zu machen.

Das katholische Land feiert den Namenstag, Geburtstag hat jede Kuh. Auch trifft Luster Hein bei Dalsbuur wie alle Jahre alte Namenstags-Bekannte, zunächst einmal „denn Dalsbuur süllems“

– Dalsbuur selber, Anna sienen Mann, und dann den Spiekermanns Jupp, Ssnellms Hein und denn Dieckmännkens Fritz.

Lusterbuur freut sich vor allen Dingen auf Spiekermanns Jupp, „dee pass in'ne Wellt".

Jupp ist mit seiner prächtigen Baritonstimme Stütze des Capellener Kirchenchors, so eine Art Caruso aus Tungerhoh.

Sobald er früh morgens am Sankt-Anna-Fest als erster Gratulant „dee Dellendöör" – Dielentür von Calsbuurs Hof öffnet, schmettert er sein Namenstagsständchen: „Ännchen von Tharau ist, die mir gefällt".

Luster Buur uut Hopsten – Rüschkendarrep kommt da nicht mit; statt zu singen, bringt er „datt Änneken" ein Fläschchen 4711 mit.

Wer so offen sein Herz auf der Zunge trägt wie Spiekermanns Jupp, hat schon einen Schnaps verdient – und weil Namenstag ist, auch ne Zigarre oder auch zwei. Namenstagsstimmung kommt auf Dalshoff auf und steigert sich.

Sagen wir es so, wie es wirklich war: Vor dem Schnaps ein Schnaps und nach dem Schnaps ein Schnaps. Das Perpetuum Mobile vom Lande, hier in Gang gesetzt in Tungerloh.

Gegen halb Zwölf hat nun auch Lusterbuur endlich sein Ziel erreicht, er hat einige Zig Kilometer hinter sich gebracht und erreicht den Hof von Dalsbuur in Tungerloh. Die Namenstagsparty ist schon in vollem Gange.

„Strittkeduune" – schwer angeschlagen und mit mäanderndem Schritt kommt ihm schon „buuten" – draußen Spiekermanns Jupp entgegen. Er verlässt schon die Party und scheint Gleichgewichtsstörungen zu haben. Nanu, so früh schon! Krank ist er aber hoffentlich nicht.

Unn kumms du äss noah Tungerloh,
Dann moss du suupen – all menn toe.
Fiderallalla – Fiderallalla – Fiderallallallallaaaa.

Und kommst du einst nach Tungerloh,
Dann musst du saufen – immerzu.
Fiderallalla …

Lusterbuur denkt „datt iss aower sschade“ – schade, dass er schon geht.

Luster Hein ist besorgt und fragt: „Säch äss, Jupp … quätsch … hebbt se dann noch Ssluck“ – haben die denn noch Schnaps? Ganz umsonst soll die weite Fahrt nach Tungerloh für ihn nicht gewesen sein.

„Nääh, ick häb alle Pullen lirrech soppen“ – nein, ich habe alle Flaschen leergetrunken, lallt Spiekermann Jupp.

„Datt iss oarwer sschade“ – schade ist das!

„Dann moss du mie … quätsch … noch eäbb'n kott in dee Muule spöttern“ – dann musst du mir noch eben schnell in den Munde spucken.

„Datt ick ock noch'n bättken … quätsch … vonn denn Ssluck häbbe“ – dass ich auch noch ein Bisschen von dem Ssluck habe.

Stöttkoarn, Wallach unn Öhm an'ne Müürn

Zurück nun zum typischen Öhm an'ne Müürn. Luster Buur war als Hofeigentümer eher ein untypischer, weil er wirtschaftlich und sozial unabhängig und nicht auf die Gunst des Hoferben, des „Buurn“ angewiesen war: Er war selber der Buur und Eigentümer.

Die Institution des typischen Öhm an'ne Müürn gibt es heute nicht mehr, sie hat sich überlebt. Bis in die erste Hälfte des 20. Jahrhunderts hinein war sie auf dem westfälischen Lande noch von Bedeutung.

Brinkmanns Geerd weiss daher, wovon er redet, wenn er sagt: „Een Hoff kann bloß chreuen, wenn hee draij Dinge häff“ – einem Hof geht es nur dann gut, wenn er drei Dinge hat: „Eene Stöttkoarn, eenen Wallach unn nen Öhm an'ne Müürn“. Von diesen Dreien hängt das Wohl und Wehe eines ganzen Hofes ab.

Eine „Stöttkoarn“ – Sturzkarre ist ein Wagen aus Holz wie alle Fuhrwerke damals, aber zweirädrig mit einer Ladefläche, einer Kippvorrichtung und einer Deichsel für ein Pferd. Die Ladefläche ist halb so groß wie bei einem normalen Pferdefuhrwerk. Eine

Stöttkoarn ist viel leichter anzuspannen, viel flexibler und viel geeigneter für kleinere Ladungen.

Ein Wallach ist ständig bereit, vorgespannt zu werden, beispielsweise vor eine „Stöttkoarn". Er wird auf dem Hof gehalten, damit er arbeitet. Und wenn er „eenen te kotten Trett heff" – wenn er nicht richtig zieht, sondern beim angespannten Ziehen trippelt – „te kotten Trett" –, dann kann man ihn auf einem Hof nicht gebrauchen. Was dann droht, ist Verkauf und Schlachtung. Mit „Stöttkoarn, met nen Wallach unn nen Öhm an'ne Müürn" haben die Höfe im Land Pumpernickel die Jahrhunderte überdauert.

Ein „Öhm an'ne Müürn" ist eine billige und kaum zu ersetzende Arbeitskraft, die nur für ihren Lebensunterhalt arbeitet: ohne Lohntüte und ohne Sozialabgaben.

Die „Stöttkoarn" gibt es heute bei der starken Motorisierung der Landwirtschaft natürlich nicht mehr.

Und ein Wallach? „Das ist ein disziplinierter Hengst", sagt Kleinkattrin auf die Frage der Lehrerin, wie viele Pferderassen es denn gibt: „Hengst, Stute und Wallach!" Recht hat sie.

Wichtig ist in diesem Dreisatz der „Öhm an'ne Müürn". Er wird auch schon mal scherzhaft als „Wallach up'n Hoff" – als Wallach auf dem Hof – umschrieben.

In Kriegszeiten hat der „Öhm an'ne Müürn" auch bevölkerungspolitische Bedeutung: Fällt der Bauer im Krieg, steht der Öhm bereit, den Hof zu übernehmen.

Es geht immer um den Bestand eines Hofes über die Jahrhunderte hinweg. So war das „up Hollings Hoff" im 1. Weltkrieg. Der Erbe Ignatz fiel an der Westfront, der nachfolgende Sohn Paul wurde Bauer.

Der „Öhm an'ne Müürn" war als Arbeitskraft natürlich äußerst geschätzt und langfristig als bevölkerungspolitische Kontinuität noch mehr.

Es gibt nun Aufgaben auf einem Hof, die der Öhm an'ne Müürn am besten verrichten kann und die ihm vorbehalten sind. Eine dieser Aufgaben ist, eine Stute zum Deckhengst bringen. Das macht Schnellms Öhm; er bringt die Stute zur Hengststation bei Lusters Hubert im Dorfzentrum.

Eine Stute decken lassen kostet 60 Mark und einen halben Sack Hafer. Das Geld für den Deckstationsbesitzer, hier Lusters Hubert – der Hafer für den Deckhengst.

Nun gibt es auf den Deckstationen den Probierhengst. Das ist nicht der eigentlich auserkorene Deckhengst, sondern „dee Ssmecklecker" – der nur mal lecken darf.

Er muss feststellen, ob die Stute „rössich" ist – das heißt, ob sie den Deckhengst zulässt. Er schafft also Klarheit „tüssken rössich unn nich rössich" – ob rössich oder nicht.

Schnellms Öhm beobachtet nun die Aktivität des Probierhengstes, der feststellt, die Stute ist „rössich", brünstig. Der Probierhengst hat dann seine Pflicht getan und tritt ins zweite Glied zurück: er wird in seine Box gebracht. Der Meister muss es jetzt machen.

Schnellms Öhm beobachtet diese Rollenverteilung genau, schüttelt mit dem Kopf und solidarisiert sich mit dem Probierhengst:

„Datt konnen'se mett mie nich maaken" – mit mir könnten sie das nicht machen.

Etwas anders verfährt der größte Pferdehändler der Gegend, Garmanns Aloys uut Hallewer; er hatte mit Riekenbuur uut Ossenwoale den Verkauf einer rössigen Stute vereinbart. Aber wer weiß schon, ob sie tatsächlich „rössich iss"?

„Doar bin ick eäbb'm mett dee Stute" – da bin ich kurz mit der Stute – „bie Mutter Anna vöörbie föört" – bei Mutter Anna (Wallfahrtsort in Hopsten) vorbeigefahren – „dann was'se forts rössich" – und schon war die Stute rössich. Es gibt noch Wunder.

Das ist die andere Art, die den Probierhengst überflüssig macht.

Dee Tante an'ne Müürn gibt es nicht

Auf den Höfen blieben auch die unverheirateten Töchter, von denen man boshaft sagt: „sie haben keinen mehr mitgekriegt". Das ist wirklich böse. Sie sind für die Höfe eine ganz wichtige Instanz.

Man nennt sie nicht „Tante an'ne Müürn", sondern einfach „Tante Sofie" oder „Tante Änne" oder „Tante Luzie".

Als im 19. Jahrhundert die soziale Frage in Deutschland aufbrach und man sich der fatalen Situation der Mehrheit der unterprivilegierten Bevölkerungsschichten bewusst wurde, waren es auf katholischer Seite zwei Priester, Vater Adolf Kolping und Freiherr Emmanuel von Ketteler, späterer Bischof von Mainz, die zu Vorkämpfern in der sozialen Frage wurden.

Von Ketteler hatte als Pastor von Hopsten große Armut unter der ländlichen Bevölkerung kennengelernt, vor allen Dingen unter den Heuerleuten – Hüürlüde –, die in Abhängigkeit zu einem größeren Hof lebten.

Man kann sagen, dass infolge dieser allgemeinen Wahrnehmung der sozialen Lage viele Bauerntöchter eine Berufung zu sozial tätigen Frauenorden gesehen haben. Es entstanden auf vielen Dörfern Krankenhäuser, Altenpflegestationen, Kindergärten und soziale Einrichtungen wie beispielsweise in Hopsten das Sankt-Anna-Krankenhaus.

Fast jede Bauernfamilie war stolz darauf, eine Tochter oder Tante in einem Kloster zu wissen. Eine dieser Bauerntöchter aus Hopsten-Hallewer ist 2001 auf dem Petersplatz in Rom von Papst Johannes Paul II. seliggesprochen worden. Sie war ein Bauernmädchen, das ihr Leben der Krankenpflege geweiht hat: Schwester Maria Euthymia, geborene Üffing.

Die unverheirateten Töchter aber, die nicht in ein Kloster eintreten, stellen für den Hof ihrer Brüder eine wichtige stabilisierende Kraft dar, ähnlich wie der „Öhm an'ne Müürn". Sie verrichten alle Arbeiten im Haushalt und im Stall.

Wird die Bäuerin mal krank oder liegt sie gerade wieder im Wochenbett, so läuft der Betrieb dank der unverheirateten Tante weiter. Die Tante ist immer da als Arbeitskraft, als Ergänzungsmutter und Anlaufstelle für die Kinder! Eine für die damalige Zeit segensreiche Institution. Und wenn die „Buurschke" im Kindbett starb – was des Öfteren vorkam –, ist die Tante auf dem Hof die Ersatzmutter.

Mellek van dee Draijstrichkooh –
Milch von der Kuh mit drei Zitzen

„Dee Tante up'n Hoff" erfüllt auch ganz besondere Wünsche der Kinder. Mama würde das nicht machen. Tante Toni auf „Richelmanns Hoff" hatte einen Liebling unter der Kinderschar: „denn kleenen Bärnd". Ihm erfüllte sie einen besondern Geschmackswunsch. Kleinbärndken liebt die Milch im Allgemeinen nicht. Nur Tante Toni weiss, wie man ihn zum Milchtrinken bringt.

Kleinbärndken hatte nämlich eine bestimmte Kuh besonders lieb, und das war eine „Draijstrichkooh" – eine Kuh mit drei Zitzen, statt derer vier. Nur die Milch von dieser Kuh trinkt er; Tante Toni melkt sie jeden Tag und trennt die Milch von der Milch der anderen „Veerstrichkaije" – der Kühe mit vier Zitzen; und das alles für den Kleinen. Bärndken kriegte dann ein paar Tassen davon, damit er auch groß und stark wird.

Kleinbärndken wurde dann am Blinddarm operiert und musste ins Sankt-Anna-Hospital; die Clemensschwestern im Hopster Sankt-Anna-Krankenhaus brachten ihm ein Butterbrot mit Milch zum Frühstück.

„Nääh! Kinne Mellek" – keine Milch!

Und dann nannte Bärndken das Geheimnis von Tante Toni's Milch: „Ick mach bloss dee Mellek" – ich trinke nur die Milch, – „van uuse roatbunte Draijstrich-Kooh" – von unserer rotbunten Kuh mit den drei Zitzen.

Die Tanten auf dem Hof arbeiten im Grunde nur fürs Essen, Schlafen und Trinken und geben sich mit wenig Geld zufrieden, sie stehen nicht auf der „Pay Roll". Sie sind Teil der Familie, sie gehören dazu, sie leben sehr bescheiden und genügsam. Meistens ist das Eiergeld die Einnahmequelle für sie. Es gab aber damals nur freilaufende Hühner; Massentierhaltung gab es nicht. Die Einnahmen für die Tante waren also nicht exorbitant.

Bei Finken Buur in Hallewer übernahm Tante Fina die Rolle der Tante „an'ne Müürn".

Ihr Bruder Otto heiratet eine energische Bauerntochter aus

Buldern im Münsterland, die bald die Hose anhatte: „dee häff dee Buxen an" – sie übernimmt das Kommando auf Finkenhoff: „Hee häff nix mähr te säägn" – Finken Otto hat als „Buur up'n Hoff" wenig zu sagen, eigentlich gar nichts.

Dafür zieht ihn als Kompensation der Alkohol etwas mehr an. Beim „Wäärt" wird er respektiert, dort findet er Zuwendung.

Seine „Wäärtsschup" ist „Löweke Mali" in den Hallwärtsken Tannen – eine Wirtschaft mitten in der Flur zwischen Hopsten und Halverde – „Hallewer".

So kommt Buur Otto nach einem kräftigen Umtrunk wintertags spät nach Hause, was ja passieren kann. „In'ne Köcken" – der Küche – brennt noch Licht. „Wuh kann datt?" – Wieso denn? Da hatte er nicht mehr mit gerechnet.

Der Empfang ist zum Leidwesen von Otto eher unhöflich. Die Bulderschke, sein Eheweib, und Tante Fina sind geladen, und mit einem Buschkenbesen – Besen aus geflochtenen Weidensträuchern – und einem Knüppel stehen sie da.

Buur Otto hätte mehr Liebreiz erwartet, weiß Gott.

Und dann das noch:

„Datt Suupen will wie die affgewennen!" – Das Saufen wollen wir dir abgewöhnen.

Armer Finken Buur – statt freundlichem Empfang und echter Gattinnenliebe empfängt ihn diese rauhe Gangart! Die Dinge nehmen ihren Lauf.

Keewenbuur hatte Nachbar Finkenotto bis an die Haustür begleitet und hat etwas von diesem spröden Empfang mitbekommen.

Schon hundert Meter vor dem Hof wird Otto ganz still, das hat Keevenbuur schon registriert: „Daor heff hee all siene läste Misse all hat" – die letzte Messe ist da schon aus – so erklärt es Keevenbuur bei „Löweke Maali" vor der Theke.

Keeven Buur schwante Böses: „Hee lusterte noch achter dee Hielendöörn" – er horchte noch an der hinteren Tür des Hofes. So ist er bestens informiert.

Dann analysiert er haargenau das, was geschah, und sagt mit Bestimmtheit:

„Finken Otto, dee bedriff Bigamie!" – Finken Otto betreibt Bigamie! Nanuh!

„Watt iss datt dann Biga… watt?" – Was ist denn Biga… was?

„Bigamie … datt hett, du häss tweij Frauen" – Bigamie heißt, du hast zwei Frauen.

„Unn wuh cheeht datt?" – Und wie geht das?

„Otto häff eene Frau för dee Kiddelkaamer" – Otto hat eine Frau für das Ehebett – „unn dee twette, sien Ssüster, datt Fina, föör de Aabeet" – und die zweite, seine Schwester Fina, für die Arbeit.

„Datt sinnt tweij, unn alle beede verkloppt eem nuh" – das sind zwei und beide zusammen verprügeln ihn jetzt.

„Datt iss Bigamie" – so sieht Bigamie aus.

So erweitert sich in diesem Fall der Aufgabenbereich einer „Tante up'n Hoff", aber natürlich passiert das nicht überall. Sie potenziert in einigen Fällen das Matriarchat auf einem Hof.

Und was sagt „uuse Buur", Finken Otto – der Leidtragende dazu?

„Hieroar kinne Frau uut Buldern!" – Heirate keine Frau aus Buldern!

„Datt iss datt ellefte Chebott" – das ist das elfte Gebot: „Du sollst nicht buldern!"

Ne Masse Döchter – viele Töchter

Es gibt eine Erfahrung, die besagt: „Ne Masse Döchter mäck jeden Hoff kapott" – viele Töchter sind der Untergang eines Hofes.

Der vollständige Spruch gibt schon eine Erklärung und er lautet so:

„Ne Masse Döchter unn'nen groaten Goarn" – und ein großer Garten – „mäck jeden Hoff kapott."

Die Töchter werden im Betrieb ihrer Eltern zu Bauersfrauen ausgebildet – sie lernen ihr Handwerk auf dem Hof.

Manchmal gehen sie auch von Hopsten aus für ein Jahr nach „Gut Hange" bei Freren, eine Ausbildungsstätte für Bäuerinnen und Hausfrauen. Sie lernen kochen, Hauswirtschaft, Viehzucht, Landwirtschaft, Säuglingspflege – kurz alles, was man als Bauersfrau braucht.

Sie sind wertvolle Arbeitskräfte auf dem Hof, und vom Frühjahr an sieht man sie im Garten arbeiten: Umgraben, Harken, Kresse, Salat, Rote Beete, Fitzebohnen, Erbsen, Erdbeeren, Johannisbeeren, Stachelbeeren und immer wieder Unkraut jäten und begießen.

Die Arbeit im Garten findet den Sommer hindurch kein Ende, es gibt immer was zu tun. Aber diese Arbeit bringt nichts ein und dient ausschließlich dem Eigenkonsum.

Und kommen diese Töchter dann ins heiratsfähige Alter, ist die Aussteuer fällig. Sind es nun drei Töchter auf einem Hof, so sind es drei Aussteuern.

3.

Aussteuer und Heiratsmarkt

Aussteuer – „Uutstüür“ – heißt Mitgift. Die „Uutstüür“ spielt beim Freien – „freijen“ – eine nicht unbedeutende Rolle. Die Freier werden nicht nur durch den Liebreiz einer jungen, tüchtigen, arbeitsamen – „propperen unn pricken“ – Bauerntochter angezogen, sondern auch und gerade durch die „Uutstüür“.

Die materielle Absicherung einer neu zu gründenden Familie ist eine unumstößliche Notwendigkeit im Verständnis der damaligen Zeit auf dem Lande. Das gehört dazu! „Watt mott – datt mott“. Alles andere ist unvorstellbar.

Als der dritte Sohn von Osterholthoff Buur aus Schapen, der nicht der Hoferbe ist und auch nicht „Öhm an'ne Müürn“ sein wollte, zu heiraten beabsichtigt, hat er ein Hochschulstudium erfolgreich mit einem Doktortitel abgeschlossen: Dr. Heribert Osterholthoff klingt doch großartig, finden wir auch! Die Tür zur Welt steht sperrangelweit offen für ihn.

Aber es soll noch eine Steigerung hinzukommen: auch seine Auserwählte ist eine Frau Doktor aus Göttingen. Sie hat einen Doktortitel in „Psychologie“; das ist schön, aber leider hat sie keine „Uutstüür“.

Das fand Osterholthoff Buur, der angehende Schwiegervater, gar nicht gut. Und so klagte er bei Püttmanns Bärnd in „dee Wäärtsschup“ sein Leid:

„Uuse Heribert!“ Er holt leidvoll Luft; denn er versteht die Welt nicht mehr.

„Hee heff nen Dokter – unn see heff ock nen Dokter“ – er ist Doktor und sie ist Doktorin: „Beede häbbt se nen Dokter“.

„Unn“ … Pause, Osterholthoff Buur holt tief Luft …

„Unn beede häbbt se nix“ – beide haben sie nichts.

„Unn nuh willt se ock noch hieroan!“ – Und nun wollen sie auch noch heiraten!

„Watt'n Unnveestand“ – was für eine Dummheit.

Eine gute Ausbildung, selbst eine Hochschulausbildung, zählt bei einer Frau nicht; diese Ausbildung ist eben keine „Uutstüür“. Eine Braut muss was „an'ne Fööte häbb'n“ – muss was an den Füßen haben. Alles andere ist nur „Wiend achtern Huuse“ – Wind hinter dem Haus.

Die richtige „Uutstüür“, die man anfassen und die man sich vorstellen kann, wird in einer einzigen Ziffer angegeben:

„Alles in'ne dattich“ – alles auf dreißig.

„Alles in'ne vattich“ – alles auf vierzig.

„Alles in'ne füfftich“ – alles auf fünfzig.

Das muss natürlich ins Hochdeutsche übersetzt werden: es ist eine Information, die die Freier vom Lande in den vierziger und fünfziger Jahren des 20. Jahrhunderts verstehen.

„Alles in'ne dattich“ bedeutet: die Aussteuer besteht aus 30 Handtüchern, 30 Bettbezügen, 30 Tischdecken, 30 Tellergarnituren, 30 Silberbestecken – und was man sonst noch in einem Bauernhaushalt auf der 30er Basis gebrauchen kann. Und vor allen Dingen 30 Tausend DM auf die Hand. Das ist viel Geld in den Jahren nach dem 2. Weltkrieg.

Entsprechend steigert sich die „Uutstüür“ bei alles „in'ne fattich“ oder alles „in'ne füfftig“: 40 oder 50 Bettbezüge, 40 oder 50 Tischdecken; aber vor allen Dingen 40.000 oder 50.000 DM.

Ein Auto gehört – das versteht sich von alleine – auch dazu: entweder ein Opel Olympia oder ein Ford Taunus.

Nun ist die Natur aber leider nicht bei allen Mädchen in gleicher Weise spendabel: die eine ist schon mal etwas weniger hübsch als die andere, die eine prall, die andere etwas weniger. Das muss dann durch eine höhere Ziffer kompensiert werden. Es gilt die alte Erfahrungsregel, und die ist zugleich auch Verfahrensregel: alles, was man mit Geld regeln kann, stellt kein Problem dar. Geld regelt in der Regel das Meiste.

„Unn dee Liebe kümmp unner dee Bärrelaaken" – Liebe kommt schon im Bett.

So hat Giegels Buur eine Tochter mit „Haasenssnüütken" – Hasenscharte. Da sind dann wohl „alles in'ne füfftich" – alles auf fünfzig – fällig.

„Alles inne füfftig" ersetzt Attraktivität und Schönheit. Und Giegel Buur ist flüssig:

„Datt wir woll Chäld häbbt, wie wie woll wetten" – dass wir Geld haben, wollen wir wohl wissen; das ist kein Geheimnis.

Und so ist der Deal „mett dee Dochter mett datt Hasensschnüütken" auch zufriedenstellend abgewickelt worden.

Rechnet man dann bei allen „in'ne dattig, in'ne vattig, in'ne füfftig" noch eine Wohnungseinrichtung dazu, die der Brautvater zu bezahlen hat, so kann man verstehen, dass eine „Masse Döchter" einen Hof ganz schön in die finanzielle Bredouille bringen kann.

Ausziehtisch unn Bärrekante – Bettkante

So hat dann Wellermanns Buurs Luzie einen Freier gefunden, der es ernst meint. Sie wollen heiraten. Zwei Wochen vor der Hochzeit sitzen dann Papa und Mama Wellermann im Schlafzimmer, um noch einmal alles für die Hochzeit durchzusprechen. Tatsächlich ist das meiste erledigt.

Doch Mama meint dann noch: „Luzie harre noch woll gärne nen Ausziehtisch – datt harren vandaage alle" – moderne Erfindungen finden meistens keine Übersetzung mehr ins Plattdüütschke. Also: einen Ausziehtisch möchte Luzie noch gerne – wie alle ihn heutzutage haben.

„Eeenen Ausziehtisch?", fragt Papa nach: „Ausziehtisch?"

„Mott datt?" – Muss das sein?

„Wie beeden häbb uss doch s'Lärms up de Bärrekante uuttrocken" – wir zwei haben uns doch das Leben lang auf der Bettkante ausgezogen.

Man sieht, Papa geht nicht mehr so sehr mit der Zeit.

„Tja – watt mott, datt mott!“

„Dann men noch nen Ausziehtisch föör Luzie!“ Also: ein Ausziehtisch für Luzie!

Auftrieb beim Tierschaufest

Es gibt in den endvierziger und fünfziger Jahren auf dem Dorf einen blühenden Heiratsmarkt. Das sind die Tierschaufeste; alle zwei Jahre im Herbst findet in einem der Dörfer ein Tierschaufest statt. Vier oder fünf Dörfer schließen sich zusammen und reihum wird das große Fest der Tier- und Viehhalter gefeiert.

Die Bauern bringen ihre Kühe, Rinder, Bullen, Pferde, Ponnies, Schafe, Schweine, Enten, Tauben, Gänse, Hühner und Hähne – eben das landläufige Vieh zur Zurschaustellung und Prämierung mit. So ein Tierschaufest ist immer ein großes Ereignis. Das ganze Dorf fiebert, und die Nachbardörfer fiebern mit.

Hollings „Hoff“, dort wo die Tierschau mit Prämierung in Hopsten stattfindet, ist ein wogendes Meer von grünen Loden mit „roatbunnten“ Farbtupfern, den Kühen und dem Rindvieh der Region, mit Knechten, die die Pferde am Halfter zum Traben bringen, damit sie beurteilt werden können.

Da sind auch die Experten mit Notizblättern in der Hand, die das Vieh bewerten: die Schiedsrichter. Damit sie auch richtig urteilen können, gibt es Zigarren umsonst und „Ssluck“ zur Förderung der Klarsicht und der Urteilskraft. An alles ist gedacht.

Am Nachmittag ist dann die Tierschau beendet. Das Viehzeug schwenkt gen heimischer Stallung. Abends ist dann der „Buurnball“ – ein großes Festzelt ist aufgebaut. Es wird proppenvoll.

Der Auftrieb von hübschen, prallen, heiratsfähigen, „propperen und pricken“ Mädchen ist im Grunde das Wichtigste am Tierschaufest. Es ist die Darstellung des blühenden Lebens auf dem Lande. Es werden Bünde fürs Leben angeleiert, und sie kommen dann etwas später manchmal auch zustande.

Dazu tragen auch Informationen wie „Alles in’ne vattich oder füfftig oder nur in’ne dattich“ bei. Das sind keine Geheiminformationen, nein, das sind Informationen, die für Interessierte auf dem Markt sind.

Es sind Entscheidungshilfen – sie machen „datt Freijen“ nicht überflüssig. Angebandelt wird schon mal auf der Tanzfläche unter den Augen aller. Das gibt Gesprächsstoff für Wochen.

„Wich, geeh'se äss mett noar buuten?“ – Mädchen, gehst du mal mit nach draußen?

Wenn das klappt, dann ist schon ein großes Kapitel „in'ne Freijereij“ gelungen. Denn Schmusen tut man nicht vor den Augen der vielen neugierigen Beobachter. Das ist nicht anständig und ziemt sich nicht. Mama und Papa gucken ja zu.

„Noah buuten“ – das ist Komment für den Freier … und Diskretion zugleich:

„Watt doar te doon iss, könnt dee alleen“ – was jetzt geschieht, können die beiden ganz alleine. Darüber haben wir kein Buch geführt.

Aber den beiden steht noch eine nicht unbedeutende Prüfung bevor, die aber erst nach Mitternacht ansteht. Der „Freijer“ bringt nach dem letzten Tanz sein „Wich“ – seine Errungenschaft nach Hause. Er ist Kavalier, mit Freuden ganz Kavalier! Papa und Mama sind schon lange nach Hause gegangen.

Zuhause wartet schon Mama; sie ist gespannt; auch Papa kann es nicht abwarten, dass „datt Wich“ nach Hause kommt.

Und da sind sie: „dee Dochter unn ähr Kavallier“ – Tochter und ihr Kavalier. Man unterhält sich ein wenig, small talk nennt man das heute. Papa nimmt den „Freijer“ in Augenschein.

Nach alter Sitte holt Mama bald nach Eintreffen der jungen Leute „dee Panne“ – die Bratpfanne und beginnt Spiegeleier zu backen. Nachts! Man ist auf dem Lande und da liebt man starke Kost! Das ganze Fest ist anstrengend gewesen und hat Kraft gekostet. Spiegeleier sind Ritual und nicht nur zur Stärkung da.

Jetzt muss der Freier aufpassen. Worauf? Auf die „Specköösskes“ – Speckstücke –, die Mama mit den Spiegeleiern serviert. Es geht jetzt um alles.

Bei einer geraden Zahl „Specköösskes“ in der Pfanne darf er wieder kommen: also bei zwei, vier und sechs, dann ist er gelitten; bei einer ungeraden Zahl eins, drei, fünf ist er durchgefallen – zumindest bei Papa und Mama. Er hat die Prüfung nicht bestanden.

Es steht dabei mehr auf dem Spiel: ein ganzer Lebensentwurf.

Diese Art von Spielregeln ist heute nicht mehr „in".

Ferkelkauf und Brautschau

Wichtige Heiratsvermittler sind auf dem Lande die Viehhändler. Sie kennen die Höfe; sie kommen rund; sie wissen, wo es heiratsfähige Töchter gibt. Sie kennen die Ziffern: alles „in'ne dattich" oder sogar „in'ne füfftig". Sie sind die Ansprechpartner für die Mütter, deren Töchter heiratsfähig sind oder es bald werden.

Zwischen dem Viehhändler und den Müttern kommt es schon mal zu Absprachen. Die Mütter wollen ja ihre Töchter unter die Haube bringen, „datt se chuut verhieroat unn versorregett binnt" – dass sie gut verheiratet und im Alter versorgt sind. Vielleicht kennt „dee Sswienehändler" einen Jungbauern, der eine Frau sucht.

Jetzt hat unser „Sswienehändler" einen konkreten Auftrag von Mama, eine Beziehung – so sagt man heute – anzuleiern.

Der potentielle Freier wird nun nicht immer direkt vom „Veehhändler" auf eine gute Partie angesprochen, er soll nicht befangen, verklemmt daherkommen. Der Viehhändler fragt ihn ganz neutral, ob er nicht Ferkel kaufen wolle: „Du woss doch Farreken koapen?" – Du wolltest doch Ferkel kaufen?

Der Viehhändler weiß sehr genau, wo es diese „Farreken" gibt. Das ist ja sein Beruf; Marktinformation und eine gute Heiratsmarktübersicht hat er.

Manchmal ist es aber auch so, dass der heiratswillige Jungbauer dem Viehhändler seinen Heiratswunsch vorschlägt: gehen wir mal zu Germings Buur, „dee häff sonn moij Wichken" – der hat so eine hübsche Tochter, „unn ock Farreken" – und auch Ferkel.

Viehhändler und heiratswilliger Bauer – auf Platt heißt er „dee Freijer" – begeben sich an einem Sonntagnachmittag zu

Germings Buur. Der Sonntagnachmittag ist die Zeit zwischen dem Mittagessen und dem Melken und dem „Sswienefoarn" – dem Schweinefüttern; denn dann muss der „Freijer" wieder auf seinem Hof zurück sein. Um 12 Uhr wird gegessen, ab 18 Uhr gemolken und die Schweine gefüttert.

Germings Mama weiß Bescheid. Das ist abgesprochen: sie muss dafür sorgen, dass die Tochter nicht gerade außer Haus ist. Sonst wäre ja alles umsonst.

Viehhändler und „dee Freijer" treffen auf dem Hof ein.

„Wie wollen äss diene Farreken bekieken" – wir wollen uns mal deine Ferkel ansehen.

So erklärt der Veehhändler zunächst einmal sein Anliegen dem „Wichterpapa" – dem Vater des Mädchens: alles ganz sachlich.

Der erste Besuch gilt dann selbstverständlich dem Schweinestall, es ist ja ein „reiner" Arbeitsbesuch, vordergründig.

„Watt kost dee Farreken?" – Was kosten die Ferkel?

„Dee Sswienepriese sinnt ock nich chuut" – die Schweinepreise sind auch niedrig.

Es wird gefachsimpelt.

Dann kommt Mama in „denn Sswienesstall" mit einer Einladung:

„Wie jie nich enn Köppken Koffie drinken?" – Wollt ihr nicht Kaffee trinken? Natürlich wollen sie. Mama hat alles vorbereitet.

Germings Buur hat nicht nur eine, sondern drei Töchter im heiratsfähigen Alter, das ist ein mannigfaltiges Angebot „föör denn Freijer". Mama hat sie alle in die „bäste Stoab'm" – die beste Stube beordert, alle „fein kämpt" – schön gekämmt, alle „propper" und „datt bäste Kleed" – mit dem schönsten Kleid an, so sitzen sie auf dem Sofa unter dem Abendmahlsbild. Der Tisch fein gedeckt: selbstgebackener Kuchen und Kaffee stehen bereit: „Boonenkaffee" – Bohnenkaffee ist es diesmal. Den gibt es nur bei besondern Anlässen und bei einem „Freijer up'n Hoff" – ein Freier auf dem Hof: das ist Anlass genug.

An normalen Werk- und Sonntagen trinkt man nur „Muckefuck". Bohnenkaffee trinken ist reine Verschwendung. Die Kaffeemühle, die die Kaffeebohnen mahlt, wird auf platt „Bankrott-möllen“ – Bankerottmühle genannt.

Bohnenkaffee ist zu dieser Zeit reiner Luxus und dazu noch teuer. Wer die Kaffeemühle viel benutzt, geht zwangsläufig bankrott: Daher Bankrottmöllen!

Dann kommen „dee Freijer, dee Veehhändler“ und Papa aus dem „Sswienstall“ in die „bäste Stoab'n“ – sie unterhalten sich noch über „Sswienepriese“.

Der Mikro-Heiratsmarkt ist ab jetzt geöffnet.

„Dee Veehhändler“ verbreitet gute Stimmung; er führt das Wort und kommt dann bald zur Sache. Das viele Drumherummachen ist nicht seine Art.

Mit Blick auf die drei „Wichter“ wendet er sich seinem „Freijer“, Feldmanns Joop aus dem „hilligen Feele“ – aus dem heiligen Feld, zu. Das ist ein Ortsteil in Hopsten und nicht das Heilige Land.

„Joop, watt männ'ste davönn?“ – Was sagst du dazu?

Und er lenkt den Blick des „Freijers“ mit einer großen Handbewegung auf die drei Wichtkes.

Da sind sie, die drei Hübschen, alle brav auf dem Sofa. Die Stimmung steigt!

Joop nimmt die drei „Wichkes“ – Mädchen in Augenschein.

Germings Mama fiebert, Papa ist gespannt. Kurze Pause. Wie man sieht, es geht äußerlich sehr sachlich zu. „Freijen“ ist ja auch eine ernste Kiste.

Und Joop, der „Freijer“, sagt nach bedächtigem Warten und gezieltem Hinschauen zu Germings Buur:

„Denn Mittlersten, denn jaach äss up“ – die mittlere soll mal aufstehen.

Diese Terminologie auf Platt versteht der Städter natürlich nicht in ihrer vollen Tragweite; sie ist berufsbezogen und kommt aus dem Viehhandel, speziell aus dem Kuhhandel.

Wer Kühe kauft, will die Kuh stehend sehen. Kühe werden auch nicht vom Kopf her beurteilt und auch nicht gestreichelt, wie es grüne Landwirtschaftsministerinnen aus der Stadt machen. Kühe werden von hinten in Augenschein genommen; von da aus sieht man am besten die Teile, auf die es ankommt. Dafür müssen sie dann aufstehen, diese „Kaijhe."

Die Aufforderung heißt dann: „Jaach se äss up" – jage sie mal hoch. Das geschieht dann per Fußtritt – nur bei den Kühen, nicht hier bei Germings Buur und seinen Töchtern.

Die Germings verstehen, was gemeint ist, mit: „denn mittlersten, denn jaach äss up". Und so erhebt sich dann die mittlerste der drei Wichter, brav macht sie das. Sie ist auch die mittlerste dem Alter nach und vielleicht auch die hübscheste.

Das Auge des Freijers fällt auf die zweitälteste Tochter. Er hat Geschmack. Das ist nicht ganz unproblematisch. Germings Papa und Mama empfinden das so.

Pannekooken werden von oben abgenommen

Dem Swennen Buur beispielsweise passte das überhaupt nicht: „Dee öllste bliff sitten" – die älteste bleibt sitzen – „unn dee mittlerste chefallt emm" – die Mittlere gefällt ihm.

„Datt chifft nich" – das darf es nicht geben.

So widerspricht Swennenbuur dem Freijer mitten ins Angesicht: „Dee Pannekooken wärdt egoal vann boam affnommen" – die Pfannekuchen werden immer von oben abgenommen.

Bei dieser Aussage muss man wissen, dass die Bäuerin als Hausfrau und Mutter vor den Mahlzeiten immer alle Pfannekuchen backt und sie dann übereinander stapelt und auf den Tisch stellt. Wer einen „Pannekooken" isst, nimmt ihn also immer „vann boam". Das Prinzip soll auch bei den Töchtern Anwendung finden.

Hat es dann schließlich bei Germings Buur mit dem „boam affnämmen klappt?" Das wissen wir im Detail nicht. Manchmal klappt es ja und manchmal eben nicht.

Im Alten Testament jedenfalls hat dasselbe Prinzip, den „Pannekooken immer van boam affnemmen", stets gegolten.

In der Genesis 29,26 heißt es: „Es ist hierzulande nicht üblich, die Jüngere vor der Älteren zur Ehe zu geben", sagt Brautvater Laban zu dem Freijer Jakob, der sich drein schickte und dann Labans Tochter Rahel, die älteste, zur Frau nahm. Zunächst war sein Auge jedoch auf die Zweitälteste gefallen, auf die hübsche Lea.

Vom Pannekooken steht in der Genesis allerdings nichts; kann ja auch nicht. Die alten Israeliten kannten Manna und nicht „denn Pannekooken". Manna fiel als Geschenk vom Himmel, das man nur aufzuheben brauchte.

Kommen wir also zurück zum „Pannekooken".

Bei Völkers Hilla „ähre Oma" hat der Hinweis des Wichtervaters auf den „böwwersten Pannekooken" – den obersten Pfannekuchen – bewirkt, dass die älteste Tochter anstelle der mittleren ins Eheglück fand. Ob er vorher in der Genesis nachgesehen hat, können wir nicht bestätigen.

Der Grundsatz aber hat gegolten: Pruss Hillas Oma ist Bauerntochter aus Emlichheim an der holländischen Grenze und sie war „dee Pannekoaken vann boam".

Oma aber hatte noch sechs jüngere Schwestern. Die ältere, Hillas Oma, kam also bei der ersten Brautschau zum Zuge, die zunächst angebetete und ersehnte Drittte nicht: Pech, wenn man nicht der „Pannekooken vann boam" ist.

Aber das Ganze endete versöhnlich: unter die Haube gekommen sind alle. Das beruhigt uns.

Zurück zu den Fakten der Ehevermittlung auf dem Lande: Der Viehhändler ist ein wichtiger Heiratsvermittler auf dem Lande – in „illo tempore" – in jenen Tagen. Manch eine Ehe auf dem Lande ist dem „Veehhändler" zu verdanken. Er hat für Transparenz auf dem Ehemarkt gesorgt.

Heute übernehmen diese Aufgabe die Eheanbahnungsinstitute, das Internet oder auch das Fernsehen: Bauer sucht Frau, verkündet der Sender RTL. Das ist zeitgemäß.

Ganz umsonst vermittelte der Viehhändler die Ehen nicht. Aber er ist viel billiger als ein Kontakt durch ein Eheanbahnungsinstitut.

Eine gelungene Vermittlung hat auch in Hopsten ihren Preis. Bezahlt wird in einer ganz ungewöhnlichen Währung:

„Eenen Hoot" – ein Hut!

Wer eine Ehe auf dem Lande, sprich in Hopsten, vermittelt, erhält als Anerkennung einen Hut: „Datt koss die nen Hoot" – das kostet dich einen Hut. Mit diesem Preis wird dann der junge „Freijer" konfrontiert. Und er zahlt.

Pacta sunt servanda, sagt der alte Lateiner, auch wenn sie nur mündlich gemacht wurden. Die Leistung wurde erbracht und muss bezahlt werden.

Eine Wallfahrt mit Hindernissen

Selber gefreit – ohne Viehhändler, Eheanbahnungsagentur und Fernsehen –, aber mit der Gnade mitgewirkt hat auch Brücken Heinz „bie siene Freiereij". Die Annen-Wallfahrt plus „Karremste" hat ihm ein nettes „Wich" zugeführt.

Es wird ernst: „Auf Freiers Füßen langsam gehe, denn auf dem Fuße folgt die Ehe", so witzelt Wilhelm Busch. Heinz hatte es jedoch eilig – „drock".

Doch vor der Hochzeit kommt die Verlobung, so war das in Hopsten. Heinz und Vroni wollen auf das übliche Verlobungszeremoniell verzichten und beschließen, dass sie sich ganz schlicht auf der Marienwallfahrt von Hopsten nach Telgte verloben. Telgte ist der große Wallfahrtsort im Mönsterland und liegt nur wenige Kilometer von Mönster entfernt.

Die Fußwallfahrt führt von Hopsten über Greven zu dem Marienwallfahrtsort Telgte. Sechzig Kilometer sind zu bewältigen. Vierzig bis fünfzig Personen sind dabei. Schütten Fix, auch Schütten Tääderätt genannt, trägt das Marienbanner. Er ist eingeübt in dieser Funktion: bei allen Beerdigungen eines Mitglieds der Frauen-Kongregationen trägt er die Fahne: Bannertragen ist Männersache. Und dafür steht Schütten Tääderätt.

In Greven wird in einer Bauernscheune am Wegesrand übernachtet, streng getrennt nach „Junges unn Wichter". Rechtzeitig am anderen Morgen geht es weiter. Westbevern heißt das nächste Ziel. Dort wird an der Molkerei halt gemacht.

Die Molkerei stellt einige Milchkannen mit „Bottermellek“ – Buttermilch raus an die Straße, dort, wo die Hopster Wallfahrt vorüberzieht. Aus dem Milchkannendeckel trinken dann die Wallfahrer kräftig, so dass sie die letzten fünf Kilometer bis Telgte spielend überstehen.

Ab Westbevern folgt der Pilgerweg nicht mehr der Straße, sondern führt durch einen Kiefernwald, parallel zur Provinzialstraße.

In der Molkereigenossenschaft Westbevern arbeitet nach Abschluß seiner Lehre Rost Manfred aus Hopsten. Er ist Schulkamerad von Brücken Heinz und Sohn von Vati Rost, dem Geschäftsführer der Hopstener Molkerei. Manfred freut sich schelmisch auf den Besuch seiner Hopster Wallfahrer: Besuch aus der Heimat.

Er kennt seine Hopster und ist geneigt, den allzu Frommen – und das sind die Wallfahrer nach Telgte ja nun wirklich – einen kleinen Scherz zu spielen. Er besorgt sich vom Metzgermeister in Westbevern Innereien aus der Schlachtung einer Kuh: Labmagen. Er schnippelt den Labmagen in Stücke und fügt den Kannen mit Buttermilch diese Köstlichkeit bei.

Die Wallfahrer mit dem jungen und glücklichen Verlobungspaar genießen die erfrischende Buttermilch: „datt dött chuut“ – das tut wirklich gut – und dann kommt der Endspurt nach Telgte. Das ist nur noch ein Sprung.

Schütten Tääderätt, der Fahnenträger, bläst zum Aufbruch. Die „Bundesjungfernfahnenstange“, wie Wilhelm Busch sie nennt, zieht voran.

Alle Müdigkeit ist vergessen, Marienlieder werden gesungen – „Maria, breit den Mantel aus“ und „Maria zu lieben, ist allzeit mein Sinn“ – der Rosenkranz geht leicht von den Lippen.

Es geht durch den Kiefernwald, der Provinzialstraße entlang.

Nach einem Kilometer bittet Schütten Tääderätt Brücken Heinz, er möge das Banner kurz übernehmen. Tääderätt verspürt ein Kneifen und Zwicken im Bauch und muss mal eben „uut de Buxe“. Der Wald verschlingt ihn, alles geht diskret zu.

Einige hundert Meter weiter absentieren sich weitere Wallfahrer aus der Pilgergruppe und auch sie verschwinden im Wald. „Rumoren im Buuk"!

Wie kommt das? Katastrophe! Katastrophe! Nicht nur einer und nicht nur einmal, sondern immer und immer wieder nimmt der Kiefernwald die Bedrängten auf.

Zum guten Schluss stellt Schütten Tääderätt sein Banner einfach an einen Baum und wartet; seine ganze fromme Wallfahrergesellschaft ist in den Kiefern untergetaucht. Es sieht nach Geländespielen aus. Aber es ist tragisch: vielleicht auch eine Hinterlist des Teufels.

„Wuh kann datt?" – Woher kommt das?

„Ick chlöff, datt wass dee Bottermellek!" – Ich glaube, es war die Buttermilch!, sagt Wiefermanns Otto; er hatte nämlich keine Buttermilch getrunken, er mag sie nicht und blieb so unbehelligt vom Magenzwicken. Das war offensichtlich die richtige Diagnose.

Quintessenz: Verlobungen gepaart mit einer Wallfahrt sind schön und schon mal etwas Besonderes. Sie können unvergesslich sein.

Einkaufsbummel in Kevelaer

Wallfahrten können aber auch den Charakter von Danksagung annehmen.

So hat Strootmanns Mama ihrem Ehemann, nämlich „Strootmanns Buur uut Staane" – Staden – ans Herz gelegt, im Anschluss an die Silberhochzeit und als Dank für 25 glückliche Jahre eine Wallfahrt nach Kevelaer am Niederrhein zu machen. Kevelaer gehört wie Hopsten zum Bistum Münster. Diese Wallfahrten sind immer Buswallfahrten und daher eher erholsam.

So fährt denn das Busunternehmen Niehues Karl eine Gruppe von 45 Personen nach Kevelaer. Das Pilgerprogramm ist standardisiert: Rosenkranz und Marienlieder auf der Hinfahrt. Ankunft in Kevelaer und feierliches Hochamt vor Ort. Jeder kann dann in das kleine Kapellchen mit dem noch kleineren Marienbild – Luxemburger Madonna – gehen und seine persönlichen Anliegen der Gottesmutter vortragen und sie ihr ans Herz legen. Dann ist Freizeit: zwei Stunden, es wird zu Mittag gegessen. Und dann Bummel durch die Geschäftsstraße mit den vielen kleinen Läden. Bummeln, so hieß es damals – und heute heißt es wohl Schoppen!

Das ist für Frauen vom Lande ein großes Pläsier, so eine Geschäftsstraße gibt es in Hopsten nicht: ein Geschäft neben dem anderen: Textilien und Kleider, Hochzeitskleider, Cafés, Esslokale, Buchläden, Kolonialwarenläden, Schmuckgeschäfte, Damengeschäfte und immer wieder Devotionalienläden mit Marienstatuen, Rosenkränzen, Heiligenfiguren und Bildchen; dann kirchliche Gegenstände wie Kelche, Monstranzen, Patenen und Vortragekreuze.

Strootmanns Mama ist hochmotiviert, Papa lässt sich mitschleifen: im Schlepptau – „Hee slünskett de soa käggn an“ – er schlürft so mit. Ein Laden und noch einer: „kieken unn noch mähr kieken“ – schauen und nochmals schauen.

Papa wird müde, „Kunssaihen mäck nich so kapott“– Kunstdünger sähen ist nicht so anstrengend; er ist es bald leid; Mama will kaufen, aber was? Als Geschenk von Papa zur Silbernen Hochzeit darf sie sich etwas aussuchen.

Langsam wird es Strootmanns Buur zu bunt: zwei Stunden Schaufenster und kein Ende!

Wild entschlossen fragt er und ist bereit, alles zu bezahlen:

„Mama, watt sack die koapen“ – was soll ich dir kaufen?

„Sächt men“ – sage es nur. Er ist ja bereit, zu zahlen.

„Aober sächt men bloss!“ – Aber sage nur, was!

„Up watt sall ett ruut?“ – Was soll es denn sein?

Pause.

Dann die Kaufsalternative von Strootmanns Buur:

„Nen Büstenhalter off ne Monstranz?“ – Büstenhalter oder Monstranz?

So sieht eine harmonische Wallfahrt letztendlich aus! Eines ist klar: eine Monstranz ist es nicht geworden.

Was verdient denn son'n Unnerprimaner?

Zurück zum Hochzeitsmarkt.

Die Eltern haben beim Heiraten in der Regel ein gewichtiges Wörtchen mitzureden. Sie wollen, dass ihre Töchter eine „gute Partie" machen. Der zukünftige Schwiegersohn muss in der Lage sein, eine Familie zu ernähren. Diese Redewendung ist Standard, und so wird es dann auch gehandhabt.

Ungruu Buur hat eine Tochter, die zur „Hopster Karremste" geht, zum Tanz in Lusters Saal. Da kommt ein netter junger Mann aus Riesenbeck: sie tanzen des Öfteren miteinander.

Für auswärtige junge Männer ist es gar nicht so einfach, sich an ein Hopster Mädchen in Hopsten ranzuschmeißen. Das gibt Ärger, den der von auswärts aber mit ein paar Runden Bier aus der Welt schaffen kann. Wenigstens für den „Karremste"-Abend. So wird er es denn wohl auch gemacht haben.

Nach dem Tanz begleitet der junge Mann seine Errungenschaft, „siene Karremstebruut" nach Hause bis auf Ungruus Hoff, man ist Kavalier. Das ist ein weiter Weg, drei Kilometer durch die Nacht. Romantisch ists.

Ungruus Mama wartet, und Papa ist auch „bleij" – froh, das Liesbeth wieder da ist.

Für diese Art von Besuchen gibt es das schon erklärte Ritual, das jetzt abläuft.

Mama kümmert sich um die Spiegeleier mit „Speckööskes"; Spiegeleier nach Mitternacht, nicht nur eins, sondern drei, vier, fünf – soviel wie der „Freijer" schafft; das kann sich ein Städter kaum vorstellen.

Papa unterzieht den jungen Kavalier zwischenzeitlich einer ersten Prüfung auf Ehetauglichkeit, und ob er eine Familie überhaupt ernähren kann. Spiegeleier mit „Speckööskes" und auch etwas „Ssluck" begleiten diese Prozedur. Das ist deftige Gastfreundschaft und knallhartes Aushorchen.

„Wo kommst du her, was machen deine Eltern, habt ihr ein eigenes Haus?" Das sind Fragen, die Papa in dieser Phase des Abtastens stellen muss.

„Was machst du denn beruflich?", will Ungruus Papa auch noch wissen.

Er redet Hochdeutsch und nicht Plattdüütsch; Hochdeutsch mit starker Platdüütschker Einfärbung. Der Junge kommt aus Riesenbeck, und wer weiß, ob er überhaupt Platt kann.

„Ich bin Unterprimaner."

Unterprimaner, denkt Papa. Ist das ein Beruf? Kann man davon eine Familie ernähren?

Er ist nicht bei der Post? – das wäre Papa am liebsten gewesen, schon wegen der späteren Pension. Kein Handwerker, kein Schreiner, kein Maurer, kein Bäcker: Handwerk hat goldenen Boden.

Aber: „Unter – watt noch?" fragt Papa nach.

„Unterprimaner!" sagt der junge Mann aus Riesenbeck brav.

„Ach soa!" bringt Papa dann raus und tut so, als ob er diesen Beruf schon lange kennt.

Er geht jetzt aufs Ganze. Es geht ja um die Zukunft seiner Tochter. Dann fragt er wenig überzeugt von dem Unterprimaner und dazu ziemlich skeptisch:

„Watt verdient denn son'n Unner, son Unnerprimaner?"

Pause, verlegene Pause.

„Ich hab noch etwas mehr als ein Jahr bis zum Abitur!" bringt dann unser Unnerprimaner noch raus.

Mamas Spiegeleier mit der ungeraden Zahl von Speckööskes deuten dann dem Freier an, dass er nicht willkommen ist. Mama hat nämlich insgeheim auch den jungen Mann kritisch beäugt.

„Dee häff son'nen dicken Kopp" – der hat so einen großen Kopf, hat sie von der „Kockmasschine" – Kohleherd aus bemerkt.

„Datt chiff Sswierichkeijten bie dee Chebuurt" – ein großer Kopf ist bei der Geburt schwierig. Mama denkt also schon einen Schritt weiter: an den möglichen Nachwuchs und die Probleme beim Stapellauf.

„Karremste Bruut, iss mondaags uut" – Kirmesbraut ist Kirmesmontag aus. Punkt. Ende!

Aber es gibt ja auch den Fall, dass ein auswärtiger Freier wieder kommen kann und es sogar will. Das ist allerdings nur unter Einhaltung strenger Regeln möglich.

Die jungen Burschen aus der Nachbarschaft des umfreiten Mädchens – „dee Noahboarjunges“ – wollen gefragt sein und müssen die Erlaubnis geben, wenn ein Auswärtiger in ihrem Bezirk „jagen“ will: „Datt sinnt uuse Wichter“! – Die Mädchen gehören uns!

Das glauben sie zumindest. Man muss immer im Kopf haben, dass es in Hopsten doppelt so viele Jungen wie Mädchen gibt. In Hopsten herrscht ein Mädchennotstand; die Natur will es so. Was also von den „Junges“ betrieben wird, könnte man auch als Mangelverwaltung bezeichnen.

Ein Jagdschein – eine Poussiergenehmigung – muss ausgestellt werden, den alle Jungen aus der Nachbarschaft unterschreiben müssen, wenn er denn gültig sein soll. Der Jagdschein wird jeweils zeitlich begrenzt: ein Monat; dann kann es Verlängerung geben.

Jagdscheine kosten Gebühren, flüssige Gebühren und werden in der Wirtschaft ausgestellt und beglichen. Für jede Runde Bier unterschreibt einer aus der Nachbarschaft. Das ist schweißtreibend; denn manchmal muss auch noch das Zaudern für eine Unterschrift honoriert werden: „Ick doo noch ne Runde uut, wenn du unnersschriffs“ – ich gebe noch eine Runde aus, wenn du unterschreibst. Ein Abend und Gläser füllendes Programm ist das schon.

Um das ganze Prozedere in Runden Bier zu übersetzen, kann der Freier folgende Rechnung aufmachen: Elf Nachbarjungen sind da, elf Bierrunden sind zu zahlen. Die umfreite Maid ist in der Regel nicht dabei: hier geht es um Regelungen unter Männern. Rehwild ist ja auch bei der Jagdvergabe nicht dabei.

Nun geschah es Ende der vierziger Jahre des 20. Jahrhunderts, dass Ssmittssmitt heiratsfähige Töchter hatte. Es kommt ein Freier aus Schale, ein etwas besser erzogener, ein feiner Pinkel – „nenn channzen Fienen“. Mit Motorrad, 98er Sachs – das war was!

Höchste Mobilität – der Krieg war ja gerade erste zu Ende und die DM noch ganz frisch.

Der dicke Ewald, der als Gehilfe auf Lusters Hengstestation arbeitet, und Schwienheers Junges knüpfen sich den vornehmen Pinkel vor. Er könne hier nicht ohne Jagdschein poussieren. „Ock mett Fienküürn und Fiendoan löpp hier nix!“ – auch mit schönen Worten und vornehmen Gehabe läuft hier nichts.

Doch der sparsame Motorradbesitzer weigert sich: Nein, einen Jagdschein zahle ich nicht.

Oh, weh – das bedeutet Unheil. Der Vornehme ahnt das nicht einmal.

Denn auch dieser Fall der Verweigerung ist im Ritual der Jagdscheinaussteller geregelt.

Man muss den Freiersmann mit eher unsanfter Gewalt zwingen – wenn er denn unbedingt weiter in einem fremden Bezirk jagen will: ohne Jagdschein geht das schlicht und einfach nicht.

Es gibt zwei Möglichkeiten: Man fängt den Freier ein – und packt ihn in einen Kohlesack, damit er auch schön schmutzig wird und im Anblick dieser dreckigen Situation sein zögerliches Verhalten ändert.

Oder: man sperrt ihn in einen Holzkäfig ein – genauer gesagt in einen Schweinekäfig, der normalerweise dafür da ist, dass damit eine Sau zum Eber – zum „Sswienebäär“ – gefahren wird. Nicht jeder Hof hat einen eigenen Eber. Die Sau also muss dann zum Eber gefahren werden. Dazu die Kiste.

Die „Sswienekiste“ hat ein Holzgitter und eine Einlassklappe, die man mit einem Holzkeil von außen verriegeln kann.

Eines Samstags abends im Jahre 1949 ist es dann soweit. Der Freier kommt und wird von den Jungen der Nachbarschaft gestellt.

Nein, er denke nicht daran zu zahlen. Der Jagdschein interessiere ihn überhaupt nicht.

Das ist töricht und dazu ein offener Affront gegenüber den Herren des Jagdbezirks. Er jagt in einem fremden Bezirk, ja sogar in einem fremden Glaubensbezirk, denn Hopsten ist katholisch und er kommt aus dem evangelischen Schale.

Vielleicht zahlt er ja unter Anwendung leichter Gewalt.

Der Freiersmann wird vom dicken Ewald in den Schwitzkasten genommen, er strampelt mit Händen und Füßen, aber der dicke Ewald hat die Statur eines Ringers im Schwergewicht, etwa wie der Kran von Schifferstadt, der sogar eine Goldmedaille für Deutschland gewonnen hat.

Unser Freiersmann kapiert schnell, dass er keine Chance hat. Ewald nimmt ihn auf den Arm und steckt ihn in die „Sswienekiste"; der Riegel wird vorgeschoben. Er sitzt fest und weiß überhaupt noch nicht, was mit ihm jetzt passiert.

Freier plus „Sswienekiste" werden dann auf eine Schiebkarre verfrachtet. Das Spiel der Nachbarjungen beginnt.

Es ist Samstagabend. Der dicke Ewald holt „sienen Trekkebühl" – Dudelsack – und so ziehen die Nachbarjunges mit Gesang und Musieke in die Dorfkneipe zu Kärssen Alwies. Der dicke Ewald geht voran.

Der dicke Ewald spielt: „Horch, was kommt von draußen rein" und „Wir sind die Eingeborenen aus Trizionesien". In der Wirtschaft „bie Kärßen" steht die Schiebkarre vor der Theke – im Zentrum – und der dicke Ewald fragt: „Dös'se eenen uut? Betaals'se denn Jagdschien?" – Schmeißt du die Runde? Bezahlst du den Jagdschein?

Ein Ja würde schon die Freilassung und Verbrüderung bedeuten und natürlich eine erste Unterschrift auf dem schon gefertigten Jagdschein mit sich bringen.

In aller Eile hat man einen Jagdschein hergestellt; der Briefkopf ist von Lusters Hengstbetrieb genommen: „Hengststation Hubert Luster, 21a) Hopsten, Dorf" so steht es geschrieben. Was aber nichts zu bedeuten hatte: es geht um einen Jagdschein für einen auswärtigen Freier. Die Hengste bleiben im Stall.

Doch der Vornehme bleibt bei seinem Nein.

Der dicke Ewald spielt „Wenn auf Capri die rote Sonne im Meer versinkt". Alle singen mit. Es nutzt nichts; der Freiersmann will einfach nicht bezahlen. Unverschämt!

Dann geht es weiter zu Wolffs Bärnds „Wäärtsschup": „Und willst du im Leben ein Madel mal frein, dann muss es in Hopsten geboren sein." Und wieder fragt der dicke Ewald: „Dös'se eenen uut?" Nein!

Der dicke Ewald spielt jetzt auf seinem Trekkebüül: „Oh Mosella, du hast ja so viel Wein" und dann: „Kornblumenblau ist der Himmel am herrlichen Rheine".

Horscht Gerschtenberger, ein in Hopsten gestrandeter Sachse, ist auch dabei; er singt: „Gornplumenplau" – die Melodie ist aber dieselbe.

So ist man alle Wirtschaften im Dorf angefahren. „Sswienekiste unn Treekebüül". Es ist eine Bombenstimmung.

Das Dorf braucht kein Fernsehen oder einen Animator. „Spässkes satt" – Spaß haben sie genug. Die Jagdgesellschaft wächst nach jedem Kneipenbesuch. Nur die Fronleichnamsprozession ist noch größer.

Doch der Vornehme bleibt standhaft. Und die Karawane zieht weiter.

Wie es ihm in der „Sswienekiste" geht, erfragt keiner. „Süllems sschuld" – selber schuld.

Alles nimmt dann einmal ein Ende, irgendwann, weit nach Mitternacht. Man öffnet „dee Sswienekiste" und der eingesperrte, vornehme Vogel entfleucht.

Am nächsten Samstag warten schon wieder alle auf ihn. Liebe macht blind – denkste! Er kommt nicht.

Damit ist die Story abgeschlossen und sie ist nie über Hopsten hinaus bekannt geworden.

Das Land ist deftig: man sah auch keinen Verstoß gegen irgendwelche Menschenrechte wie Freiheitsberaubung oder Nötigung.

Großes Aufsehen erregte allerdings in der zweiten Hälfte der vierziger Jahren – etwa in derselben Zeit – eine „Eselshochzeit" in der Eifel, die im Grunde denselben Hintergrund hatte: ein Freiersmann war zu „kniepig", um die Dorfjugend zu einem Umtrunk einzuladen. Es kam zu einem öffentlichen Knall, zu einer Eselshochzeit. Das Gericht, ja sogar der Landtag von Rheinland-Pfalz, haben sich mit dieser Facette des Brauchtums befassen müssen.

Die schlichte und vielleicht handgreiflichere Version der Eselshochzeit in Hopsten fand eine ebenso schlichte und einfache Lösung: Der Freier ward nie mehr gesichtet – die Liebe zu dem Hopster Mädchen ist verglimmt und erloschen. Es gibt keinen Handlungsbedarf mehr. Die Nachbarsjungen mit ihrer „Sswienekiste" haben zur Klärung des Falles beigetragen: Echte unverbrüchliche Liebe war es wohl nicht. Hopsten ist eben nicht Rheinland-Pfalz.

Ob irgendjemand der Nachbarjungen und Jagdgebietsinhaber sich hinterher dennoch Gedanken gemacht oder ob jemand gar ein schlechtes Gewissen hatte, davon kann nicht berichtet werden. Auf jeden Fall war dieser Umzug in der „Sswienekiste" einmalig. Danach gab es ihn in Hopsten nicht mehr.

Heute fragt man sich natürlich nach einer moralischen Bewertung dieses groben Späßchens, damals nicht. Der Pastor von Hopsten hat wahrscheinlich keine Kenntnis von diesem „Späßchen" gehabt, er hätte sonst durchaus seine übermütigen Pfarrschäfchen zu mehr Rechtschaffenheit von der Kanzel herunter ermahnt.

So frei und beherzt war er: unser Pfarrer und Pastor Hubert Naendrup. Das muss man hier zu seiner Ehre sagen.

Dee Binnenbäär

Doch nur einmal blieb er zunächst sprachlos. Was war passiert? Er hatte ein Schweinchen gekauft, das er fett füttern wollte, um es dann zu schlachten. Fräulein Aust, die ihm den Haushalt führt, hat das possierliche Schweinchen jeden Tag mit viel Liebe gefüttert.

Dann kam der Tag der Schlachtung. Brunns Georg, der Hausschlächter, begibt sich an die Arbeit. Das geschlachtete Pfarrersschweinchen liegt vor ihm auf dem Rücken, tot.

„Datt Sswien häff bloss een Klöötken" – das Schwein hat nur eine Hode. „Datt iss een Binnenbäär" – mit einer eingeklemmten Hode.

„Häär Pastor, datt Sswien mott up dee Freijbank“ – das Schwein muss entsorgt werden – auf die Freibank.

„Datt Flees, datt stinkt“ – das Fleisch stinkt.

Ungenießbar!

Auch der gutmütigste Mensch im Dorf kann schon mal übers Ohr gehauen werden wie hier unser Pastor. „Wir sind alle kleine Sünderlein“.

Der Pastor hat dennoch einmal darüber gepredigt. So ganz schweigen konnte er über diesen Fall auch nicht. Ein Binnenbäär als Predigtthema! Auch wer einen „Binnenbäär“ als normales Schwein verkauft, der betrügt! Und betrügen ist Sünde. Er hält sich an die Regel: Man prangert die Sünde an, nicht den Sünder.

Als Beispiel die die Zivilcourage des Pastors soll folgendes Ereignis Beweis genug sein.

Ende der 50er Jahre ist dem Pastor zu Ohren gekommen, dass einige junge, übermütige Maurergesellen eine Wette abgeschlossen haben, die absolut nicht den Lehren der Christlichen Soziallehre entspricht.

Es ging um folgendes: einer aus dieser Gruppe, nennen wir ihn Lui, erdreistete sich, einen Tag auf einer Baustelle zu verbringen, ohne dass er einen einzigen Stein mauert und dennoch den vollen Stunden- und Tageslohn kassiert. Er hat sich in eine Ecke gelegt und gepennt.

Er hat zu allem Überfluss die Wette auch noch gewonnen. Soweit die Tatsachen.

Pastor Naendrup hat von diesem absolut unkorrekten Umgang seines Pfarrkindes, eines Maurers mit seinem Arbeitgeber gehört und ihn von der Kanzel her angeprangert. Es war eigentlich mehr ein „Dumme-Jungen-Streich“. Gelegen oder ungelegen, er hat diesen Missbrauch angeprangert, ohne Lui bei Namen zu nennen.

Es gilt auch hier das Prinzip: man nennt die Sünde beim Namen, aber nicht den Sünder. Wer einen Lohn erwartet, muss auch eine entsprechende Arbeitsleistung erbringen. Alles andere ist Diebstahl, so Pastor Naendrup.

4.

Am Beichtstuhl ist Betrieb

Nun, wer ist dieser gute Hirte seiner Hopster Herde, der den Wolf nicht fürchtet?

Pastoor Naendrup – Pastoor mit zwei o, weil dieses o lang gesprochen wird – wird 1944 zum Nachfolger von Pastor Frye als Pfarrer von Hopsten ernannt.

Er ist ein hochgebildeter Mann, Blumenzüchter, Briefmarkensammler, Bücherwurm, eigentlich viel zu talentiert als Pfarrer in der Provinz. Er hat aber ein großes Handicap: er stottert – vor allen Dingen dann, „wenn du emm kägg'n küürs" – wenn du ihm widersprichst.

Er ist ein großer Prediger; wegen seines Stotterns spricht er sehr monoton, aber bestens vorbereitet. Gerät er ins Stottern, hört er mitten im Satz auf, macht das Kreuzzeichen und verlässt die Kanzel. Ambo oder auch Lesepult gibt es noch nicht; das Wort Gottes erschallt von der Kanzel herunter. Das Kirchenvolk freut sich jeden Sonntag immer wieder aufs Neue auf seine Predigten.

Er erklärt in einer seiner Predigten den Kirchbesuchern den Evangelisten Matthäus und das Gleichnis vom Zöllner. Was ist ein Zöllner, der Levi oder Matthäus heißt, vor zweitausend Jahren, der in Israel die Steuern für die Römer eintreibt?

„Unter Zöllner – da müsst ihr euch so einen Beamten vorstellen!"

Atempause. Auch die Schäfchen in den Bänken halten die Luft an.

Alle sind gespannt, was jetzt kommt. Schon das Wort „Beamter" weckt Aufmerksamkeit, eher eine negative; denn ein Beamter arbeitet in den Augen der Landbevölkerung eigentlich nicht; der sitzt nur rum.

„Nich so einen kleinen Beamten müsst ihr euch vorstellen! Nein!“

„Einen großen! So einen Inspektor“, fährt er dann fort.

Pause.

„So einen Inspektor; ja, einen Inspektor vom Finanzamt.“

Das ist eine Steigerung gegenüber einem nur einfachen Inspektor, beispielsweise einem auf dem Hopster Gemeindebüro! Der Höhepunkt des Wachseins ist jetzt bei allen erreicht! Das sind drei Reizworte in einem kleinen und einfachen Satz: Beamter, Inspektor, Finanzamt.

Und der Pastor fährt fort; er korrigiert sich gewissermaßen:

„Einen Inspektor vom Finanzamt – nein!“

Mit einer Armgeste deutet der Pastor an, dass die Beschreibung auch so noch nicht passt.

„Einen Oberinspektor!“

Und wer bietet mehr?

„Einen Oberinspektor vom Finanzamt müsst ihr euch vorstellen“.

Pause.

Oberinspektor, einen Oberinspektor beim Finanzamt! Mehr geht nicht! Unter der Kanzel sieht man lauter gespitzte Ohren! Alle sind auf Empfang gestellt. Die Predigt kommt an.

„So einen Oberinspektor vom Finanzamt! – So einen richtigen Chauner!“ – Gauner.

Damit schließt der Pastor seine Erklärungen zum Zöllner ab.

Alle Bauern wackeln mit den Schultern, laut lachen tut man in der Kirche nicht, sie „buffketen“, das ist sich mit dem Körper auf und ab bewegen, ohne viel – nur gedämpfte Laute – von sich zu geben.

„Uuse Pastoor“ denkt genau so wie wir, was alle empfinden!

„Datt iss nenn hellern Kärl!“ – Der Mann ist zu gebrauchen!

Der Beamte ist ein Mensch, der sein Geld nicht nur im Sitzen verdient, sondern auch noch eine dicke Rente bezieht.

„Dee krieget datt Baadewater nimmernich sswatt“, sagt Witthaaken Huubett. Das Badewasser wird bei ihnen niemals richtig dreckig.

Richtig arbeiten – das tun die Bauern, die Bergleute, die Handwerker und alle, die mit der Hand ihr Leben bestreiten. Das sind all die Menschen, die „datt Baadewater richtig sswatt krieget".

Ick mott watt dohn

Walters Willy aus Hopsten verschafft uns eine ganz andere Einsicht in die Arbeitsfreude auf dem Lande.

„Ick mott watt dohn. – Ich muss was tun!"[4]

„Ick mott watt dohn – seer dee Buur achtern Häärd;
Door woll hee mett dee liege Pulle no'n Wäärt.
Ich muss was tun – sagt der Buur, er sitzt hinterm Herd;
Da ging er mit der leeren Flasche zum Wäärt.

Ick mot watt dohn – seer dee Buurnfrau;
Door krööp se weer trügge in't Bärrestrau.
Ich muss was tun – sagt die Bauersfrau froh;
Da kroch sie wieder zurück in ihr Bett aus Stroh.

Ick mott watt dohn – seer Opa sachter
Unn döör sick de wäär'n Prümken achter.
Ich muss was tun – tut Opa allen kund
und schob sich noch einen Priem in den Mund.

Ick mott watt dohn – seer Oma un hächde
Unn möök sick'n Köppken Koffie trächde.
Ich muss was tun – sagte Oma und hechelte
Und machte sich ein Tässchen Kaffee zurechtele.

Ick mott watt dohn – seer dee Öhm an'ne Müür
Unn spötterte nen saftigen Strohl in't Füür.
Ich muss was tun – sagt der Öhm an'ne Müür
Und spuckte einen kräftigen Strahl ins Herdfüür.

Ick mott watt dohn – seer de ohle Tante;
Door hönk se sick stillekes ne Mettwoß up dee Kante.
Ich muss was tun – sagt die alte Tante
Und legte sich heimlich ne Mettwurst auf die Kante.

Ick mott watt dohn – seer dee groote Knech;
Door fratt hee denn Buur datt Puschkebroat weg.
Ich muss was tun – sagt der große Knecht;
Da fraß er dem Bauer alle Blutwurst (Möppkesbrot) weg.

Ick mott watt dohn – seer datt groate Wich;
Door dachte ett bloss noch an Heinerich.
Ich muss was tun – sagt das große Wich;
Dabei dachte sie bloß an ihren Heinerich.

Ick mott watt dohn – seer datt unwiese Trees
Unn stöck sick süllems mett'n Sübbel in'n Ääs.
Ich muss was tun – sagt die verrückte Trees
Und stieß sich selber mit dem Haken in den Allerwertesten, in den Ääs.

Ick mott watt dohn – seer de Junge van'n Buur
Unn legde sick achtert Hohn up de Luur.
Ich muss was tun – sagt der junge Bauer
Und legte sich hinter einem Huhn auf die Lauer.

Ick mott watt dohn – seer datt lüttke Fößken
Unn knibbelde sick uut dee Niesen en Kößken.
Ich muss was tun – sagt der kleine Rotschopf, nicht dumm,
Und knibbelte gemächlich in der Nase herum.

Ick mott watt dohn – seer die Kohjunge flügge
Unn legde sick in dee Sünne up'n Rügge.
Ich muss was tun – sagt der Kuhjunge voll Wonne
Und legte sich auf den Rücken in die Sonne.

Ick mott watt dohn ohne de leegen,
Seer Mariechen unn lööt gau eenen fleegen.

Ich muss was tun – ohne zu lügen,
sagte Mariechen und ließ schnell noch Einen fliegen.

Ick mott watt dohn – wäd alltied säch.
Bloss'n Hohn säch vöörher nix, oaber ett legg.
Ich muss was tun – davon wird immer geredet.
Bloß ein Huhn sagt vorher nichts, bis dass es das Ei gelegt.

Das sind alles Arbeiten, die wie im Spiel verrichtet werden: „Aarbeet ass Sspellereij" – Arbeit als Spielerei.

Aber es wird in jenen Jahrzehnten auf dem Lande viel und hart gearbeitet. Das muss gesagt werden. Hart arbeiten heißt auf Platt: „knoijen".

„Hee mott egoal knoijen" – er muss immer hart arbeiten.

Bei seinen Zeilen hat Walters Willy jedoch nicht an Beamte und Angestellte, an Menschen vom Büro gedacht. Richtig arbeiten tun die ja auch nicht, schon gar nicht „knoijen".

Wenn von Arbeit die Rede ist, denkt man eben nicht an Beamte und Angestellte, sondern nur an die, denen „bie't Aabeeten dee Ssweet bett in'ne Buxen löpp" – denen bei der Arbeit der Schweiß in die Hose läuft. Willy war von Beruf Bergmann, Steiger.

Des Beamten einzige körperliche Arbeit besteht im „Bleifäärnanspitzen" – Bleistifte anspitzen und dann ausgiebig die Zeitung lesen. Ist das erledigt, dann ist auch schon Frühstück und auch schon bald Mittag angesagt, so die vereinfachte und allgemein verbreitete Vorstellung.

„Bleifäärnanspitzer sinnt ock Holtaarbeeter" – Bleistifteanspitzer sind auch Holzarbeiter, so ordnete Witthaaken Huubett diese Berufsgattung etwas abfällig in der Nähe seines Berufes ein: er war „Sschrääner" – Schreiner, also auch „Holtaarbeeter", aber ein echter, von der besseren Art. Wenn auch nicht der eifrigste.

So sagt denn auch Jannemanns Paul, Sohn eines „Sschrääners":

„Mein Vater hat immer zu mir gesagt: „Junge, wäär Handwarreker" – Junge werde Handwerker – „unn nich Beamter."

„Verdeen dien Chäld ährlick" – verdiene dein Geld ehrlich.

Vom Handwerk hat man halt in Hopsten die beste Meinung.

Vielleicht ändert sich das nach den Fürbitten von Pastor Naendrup im sonntäglichen Hochamt.

Nach der hinreißenden Predigt vom Oberinspektor beim Finanzamt schreibt die Liturgiereform nach dem 2. Vatikanischen Konzil noch das Beten von Fürbitten vor. So auch heute.

Pastor Naendrup formuliert so:

„Laßt uns noch beten für alle, die Nebel im Kopf haben! – Dass sich die Nebel bald lichten mögen!"

Alle: „Wir bitten Dich, erhöre uns!"

„Für alle, die die Welt nicht mehr verstehen! – Dass sie sie wieder verstehen!"

Das Volk: „Wir bitten dich, erhöre uns!"

Schließen wir hier den Wunsch mit ein, dass die Landbevölkerung schnell kapiert, dass auch Beamte arbeiten.

Pastor Naendrup ist ein Prediger, der dem Volks aufs Maul schaut, wie Martin Luther es einst gefordert hat. Seine Predigten finden Anklang bei den Christgläubigen aus Hopsten. In der folgenden Begebenheit jedoch scheinbar etwas weniger.

Die Nachkriegszeit hatte eine große Welle von Festen, öffentlichem Tanz und Ausgelassenheit zur Folge. Das, was in den Kriegsjahren vermisst wurde an Festen und Feiern, soll jetzt nachgeholt werden.

Ob das in ganz Deutschland so der Fall war, muss offenbleiben. Aber was hat Pastor Naendrup damit zu tun?

Sein Pfarrhaus liegt mitten im Dorfzentrum, nahe bei der Kirche, aber genauso nahe bei dem einzigen nach dem Kriege noch funktionierenden Festsaal im Dorf: Lusters Saal. 15 Meter Luftlinie sind es bis zum Schlafzimmer des Pastors.

Die Bühne für die Musikapelle brachte bei offenem Fenster alle Rhythmen und Schlager bis ins Schlafgemach des Pfarrers. Irgendwann reicht es dann. Und so steigt Pastor Naendrup wie jeden Sonntag nach einem Sportfest auf die Predigtkanzel, um diesen Misszustand anzuprangern.

Das laute Mitsingen, das Gröhlen der Lieder, der Lärm der Musikkapellen und das wilde Tanzen der Jugend sind allzu weltlich. Natürlich soll sich der Christ auch freuen, aber nicht so ausgelassen, wie es derzeit in Hopsten üblich ist.

Um das zu erhärten, stellt er seinen Messbesuchern ein Frage: „Hat denn die Gottesmutter auch getanzt?“ Wer wagt es, überhaupt so eine Frage zu stellen? Pastor Naendrup!

„Natürlich hat die Gottesmutter getanzt!“, erklärt er den aufmerksamen Gläubigen unter seiner Kanzel.

Donnerwetter! Auf die Idee wäre keiner gekommen.

„Aber nicht so wild – Pause – nicht so wild wie heute!“

„Sondern ganz langsam und ruhig hat sie getanzt – Schluff, schluff, schluff.“

Sie hat dabei die Psalmen mitgesummt – aber nicht laut geschrien.

Pastor Naendrup war der Beichtvater der ganzen Umgebung von Hopsten, natürlich nur der katholischen Dörfer. Warum war das so?

„De froch nich: alleen off mett annere“ – der fragt nicht: allein oder mit anderen.

Und so kommen jeden Samstag hunderte (!) zu ihm in den Beichtstuhl. Hunderte – jawohl hunderte! Beichten ist in dieser Zeit eine Art Volkssport. Man treibt ihn regelmäßig.

Die beiden Beichtstühle mit den jweils zwei geschlossenen Beichtkabinen rechts und links befanden sich in beiden Seitenschiffen der Kirche Sankt Georg. Vor ihnen waren die Bänke schleusenartig aufgestellt. Pastor Frye hatte diese Art der Beichtstühle bei einem Besuch in Holland kennengelernt. Wie es zu dieser Einrichtung kam, muss kurz dargestellt werden.

Die geschlossenen Beichtstühle waren das praktische Resultat einer Reise von Pastor Frye nach Amsterdam. Schweigmanns Joop, Töddennachfahre aus Hopsten, hatte ihn zu dieser Weltreise animiert.

Ein heimlicher Wunsch ging für den Pastor in Erfüllung:

„Eemoal noch ne Weltstatt säijn – unn dann starrewen“, so fasste Frye in den zwanziger Jahren des vorigen Jahrhunderts seinen Wunsch in Worte, einmal im Leben nach Amsterdam zu fahren. „Einmal eine Weltstadt sehen – und dann sterben". Gestorben ist er aber erst 1944.

Was praktisch bei dieser Weltreise rausgekommen ist, sind die geschlossenen Beichtstühle für seine Pfarrkirche!

Und diese spielen jetzt eine Rolle. Das ganze Drumherum muss erklärt werden.

Da ist zunächst die Beichtschleuse. Diese besteht aus drei Bänken. Es gibt nur einen Eingang zum Beichtstuhl und der führt über die dritte Bank, die anderen zwei Bankeingänge sind mit einer Stange dicht gemacht. Von der dritten kommt man dann von der Wandseite her in die zweite Reihe; das geht ohne Gedränge. Ein Platz war hier als Durchgang in die nächste Bank weggenommen und offen gehalten, und dann gelangt man in die erste. Endpunkt ist die nullte Bank mit einem einzigen Platz, von da geht es dann „Stante Pede" in den Beichtstuhl.

Vor dem Eingang zur dritten Bank gibt es immer Gedränge; da springt schon mal der Knopf von einer Jacke ab. Damals wurde überall gedrängelt. Die englische Ruhe des Schlangestehens – queueing – ist bis Hopsten noch nicht vorgedrungen trotz der britischen Besatzung bei Kriegsende. Aber die Tommies sind in der Regel ja nicht „roman catholic" wie die Hopster.

Es ist nicht so sehr das unruhige Gewissen, das da drängelt, nein: man will schnell alles hinter sich bringen. Denn, wenn man einmal in der dritten Bank ist, dann sind nur noch fünfzehn Sünder und Beichtkinder vor einem dran – das heißt eigentlich dreißig, denn auf der anderen Seite des Beichtstuhls ist dieselbe Schleusenanordnung: man geht abwechselnd in den Beichtstuhl: mal diese und dann die andere Schleuse. Der Beichtstuhl selber hat zwei Eingänge für den Beichtenden, links einer und rechts einer.

Der Samstagnachmittag sieht für Pastor Naendrup so aus: ab zwei Uhr nachmittags kommen die Kinder, beispielsweise: die 5. und 6. Klasse der Volksschule: es gibt drei Volksschulen im Ort: die Zwergschulen Aabauerschaft (Ao) und Breischen (Brääschken) und dann die Volksschule im Dorfzentrum (Darrep). Die Klassen kommen vollständig mit ihrer Lehrerin.

In der Nazizeit sind die Lehrer natürlich nicht dabei. Die waren Nazis oder trauten sich nicht.

Ab drei Uhr dreißig kommen dann die ersten Erwachsenen, wie die Frauen der Jungfrauenkongregation, ältere Abteilung. Und gegen Abend die Männer.

Die „Mannslüü unn Kärls“ gehen nach dem Melken, wenn sie das Vieh versorgt haben, los. Auf dem zum Teil kilometerlangen Fußweg kehren sie als erste Station bei ihrem Stammwirt ein; von da geht es weiter zum „Boartsschrapper“ – zum Frisör.

Da sitzen dann schon zwanzig „Kärls“, einer wird frisiert, die anderen unterhalten sich. Der Frisör Feldhues Hüppie, Holländer Herm oder später auch Neuhaus Cleem kennen alle Neuigkeiten aus dem Dorf und können die Fragen: „Watt chifft Neijes?“ – was gibt es an Neuigkeiten zur Zufriedenheit aller beantworten. Der Friseurladen ist der Umschlagplatz für alle Neuigkeiten.

Die dritte Station ist dann die Kirche und der Beichtstuhl.

Bis Mitternacht (!) ist Betrieb vor dem Beichtstuhl. Nach abgelegter Beichte geht es dann denselben Weg wieder zurück: Wäärtschup, „kott bien Boartsschrapper rinnkieken“ – kurz noch beim Friseur reinschauen – und dann nach Hause. Ist noch einer da, der auf dem Heimweg Gesellschaft leisten kann und dieselbe Richtung gehen muss?

Dennoch, der Beichtstuhl ist das eigentliche Ziel – alles andere ist Zugabe. Und Pastor Naendrup ist unendlich geduldig.

Viel einfacher als Pastor Naendrup aus Hopsten hat es sich der Pastor von Westerauhderfehn auf dem Hümmling – heute Kreis Emsland – gemacht, so wird erzählt. Er kommt am späten Samstagnachmittag zum Beichtstuhl, und es ist brechend voll. Auf soviel bußfertige Pfarrkinder ist er nicht eingestellt.

Sie sollen sich auf mehrere Tage verteilen, denkt er und sagt: „Alle, die nur lässliche Sünden getan haben, können men nach Hause chehn“.

Alle stehen auf und gehen, der Pastor von Westerauhderfehn ist perplex; nur ein „Öhm an'ne Müürn“ bleibt sitzen.

„Datt olle Strämpken“ – dieser alte Schwerenöter, denkt sich manch einer – und wir auch. Aber unser „Öhm an'ne Müür“, der vermeintliche Schwerenöter, ist schwerhörig und hat gedacht: die wollen mich alle als ersten dranlassen!

Pastor Naendrup aus Hopsten aber hockt ab zwei Uhr nachmittags im Beichtstuhl. Um punkt vier Uhr kommt Klara, die Haushälterin des Pastors, an die Tür des Beichtstuhls und sagt: „Herr Pastoor, Kaffee trinken."

Das Kaffeetrinken dauert eine halbe Stunde. Für einige ist das schon zu lange. Die Beichtkinder müssen halt warten.

So trifft es Konnerjanns Lixe: er hat sich mühsam in die Beichtschleuse gedrängelt und steht jetzt in der nullten Bank: er wäre dran gewesen. Da kommt Klara: „Herr Pastoor, Kaffee trinken."

Der Pastor kommt raus aus dem Beichtstuhl und sagt: „Cheehn se menn zum Vikar!" – Gehen Sie schon mal zum Vikar!

Schlimmer konnte es für Lixe nicht kommen.

Der Vikar ist ein sehr penibler Beichtvater, er fragt viel und hat deshalb wenig Zulauf: hundert Beichtkinder beim Pastor sind schneller durchgebeichtet als zehn bei Vikar Neukämper.

Und nun dieses „Cheehn se menn zum Vikar!"

Lixe ist paff: „Datt is oawer slech!" – Das ist aber schlecht, sagt er verdattert und ziemlich laut.

Alle schmunzeln und lachen, denn sie haben Verständnis für Konnerjanns Lixe. Aber er geht nicht zum Vikar, sondern harrt aus und hält seine Position: eine volle halbe Stunde.

Nachher trifft Kassenssmitz Bruno den ausgebeichteten und seelisch erleichterten Lixe auf dem Marktplatz vor der Kirche. Die Szene mit „Chehn se menn zum Vikar" hat ihn erschüttert.

„Ass de Pastoor köömp und sähr: Cheehn se men zum Vikar" – als der Pastor kam und sagte: Gehen Sie doch zum Vikar – „doar wass'ett mett miene Reue forts doarn" – da war meine Reue sofort weg.

Man muss wissen, dass zur Beichte neben dem Bekenntnis der Sünden auch die Reue gehört: es muss einem leid tun, gesündigt zu haben. Ohne diese Reue hat „dee Bichte" keinen tieferen Sinn.

Lixe kennt also sehr genau die Bedingungen für eine gültige Beichte: „Siene Reue wass forts wech" – so musste er warten bis er wieder Reue empfand. Das ist eine halbe Stunde später.

Das ist die Geschichte von Konermanns Lixe „unn dee Bichte“ mit der zunächst abhanden gekommenen Reue; die er dann aber zum Glück wiederfand.

Das Düsseldorfer Rad

In den letzten Jahren des 2. Weltkrieges nahmen die Bombenangriffe auf die deutschen Städte besorgniserregende Ausmaße an. Viele Familien aus den Städten wurden mit ihren Kindern auf dem Lande in Sicherheit gebracht: sie wurden „evakuiert“.

Das Wort „evakuiert“ ist mit seinem lateinischen Kern im Hopster Platt ein Fremdwort. Man wendet es nur zögerlich und unsicher an. Stattdessen spricht man schon mal von „Dee Revakurierten.“ Das klingt so ähnlich wie auskuriert, jetzt eben auch wie evakuiert.

So kommt denn auch eine „revakurierte“ Familie aus Düsseldorf nach Hopsten zu Brunsings Buur im Haxfeld.

Haxfeld ist eine Ortsbezeichnung für eine Flur im Nordwesten von Hopsten, an der Provinzialstraße in Richtung Rheine. Die Gegend ist kaum besiedelt. Viele Bauern wohnen dort nicht, denn der Boden ist hier äußerst karg, und außerdem gibt es in ein bis zwei Metern Tiefe eine wasserundurchlässige Eisenohrschicht.

Das hat zur Folge, dass das Wasser in den kleinen Bächen von Haxfeld rötlich gefärbt ist. Auch das Trinkwasser ist gefärbt. Jeder Bauernhof und jedes Haus in Haxfeld haben handgetriebene Pumpen mit einem langen Pumpschwengel, mit denen sie das Grundwasser hochpumpen. Mensch und Tier trinken es trotz der rötlichen Färbung.

Es gibt nun ein eigenartiges Phänomen in Haxfeld: die Menschen, die auf dieser Eisenohrschicht seit Generationen wohnen „sinnt alles Föste“ – sie haben alle fuchsiges Haar.

„Wenn du eenmoal eenen Foss in'ne Familje häss“ – wenn einmal ein Fuchs in deiner Familie ist – „denn kris'se nich wäär druut“ – dann gibt es immer wieder Füchse, meint Wierlings Buur.

„Wuh kann datt bloss?" – Wie kann das denn?

„Bloss Föste in'nen Haxfeld" – nur Füchse in Haxfeld.

So muss man sich schon fragen. Offensichtlich geht die Vererbung hier nicht nach den Mendelschen Gesetzen, sondern nach dem Grundwasser vor sich: die Vererbung in Haxfeld bestimmt sich nicht nach den Genen, sondern nach dem „rustrigen Water".

Wer „warum ist das so" fragt, will auch eine Erklärung haben: Ist es tatsächlich „datt rusterige Waater" – das rostige Wasser hier in Haxfeld, dass so viele fuchsigrote Kinder geboren werden?

Viele sehen keine andere Erklärung als eben diese. „Dee in Haxfeld, dee häbbt alle Russ in'ne Piepen" – ihre Leitungen sind alle innen verrostet.

„Datt kann bloss Föste chiäbbn" – so dass bei der Vererbung nur „Föste" rauskommen.

Wissenschaftlich ist dieses Phänomen vielleicht noch nicht ganz geklärt. Pfarrer Gregor Johann Mendel führt uns hier mit seinen Regeln nicht weiter. Die Hopster haben es sich aber schon erklärt. Es bewahrheitet sich schlicht und einfach das alte westfälische Bergbau-Sprichwort:

Woar Iesen lich unn Eeken wasst,
Doar sinnt aok Lüh, de doartoe passt.
    Wo Eisen liegt und Eichen wachsen,
    Da sind auch Leut, die dazu passen.

Wer nun aus der Großstadt Düsseldorf aufs platte Land und dazu noch nach Haxfeld kommt, wo es noch platter und einsamer ist, als sonst wo auf dem Lande, der erlebt einen kleinen Psychoschock. Aber lieber einen Psychoschock erleiden als eine fürchterliche Bombennacht in Düsseldorf, denken viele. So nimmt man auch Haxfeld in Kauf.

Weit und breit keine Geschäfte in Haxfeld, kein Kino, keine Straßenbahn, dafür aber Kiebitze, „Engstern" – Elstern, Mäusebussarde, Kruunenkrannen – Kronenkraniche –, Füchse, Dachse, Rehe, Hasen und Karnickel, eben viel Natur. Und überall große Bullenweiden mit „roatbunnten Bullen".

Aber diese Landschaft hat auch einen großen Vorteil: sie ist so platt und flach, dass man morgens schon sehen kann, wenn abends Besuch kommt.

Es sind aber jetzt Jahre des Krieges und vielleicht ist Haxfeld doch ein wenig sicherer als Düsseldorf. Dennoch ist Haxfeld kein Paradies: der Fliegerhorst Hopsten liegt nahe bei.

Die Düsseldorfer und ganz besonders die „Düsseldorfer Puten" – die Mädchen aus Düsseldorf, sind nun wegen einer sportlichen Übung bekannt, die nur sie alleine bis zur Perfektion beherrschen: das Düsseldorfer Rad, sie schlagen das Düsseldorfer Rad!

Weshalb das Radschlagen ein Düsseldorfer Wahrzeichen ist, können wir hier nicht näher klären. Das soll irgendwie mit der Schlacht bei Worringen zwischen Düsseldorf und Köln im Jahre 1288 zusammenhängen. Technisch können wir das Rad allerdings erklären.

Es ist ein Handstand mit Überschlag, der seitlich angesetzt wird, sich auf eine Hand stützt und sich dann abrollend mit der anderen auffängt. Dabei wird ein Rad andeutet. Hauptsächlich Puten – Mädchen – schlagen dieses Rad.

Bei den Puten fällt dann der Rock über den Kopf „unn du kanns dee Unnerbuxen saihjen unn dee langen Beene" – du kannst die Unterhose sehen und die langen Beine. Das ist für die westfälische Landbevölkerung schon ziemlich verwegen und grenzt nahezu an Unzucht.

Brunsings Mama hat dann auch sofort eingegriffen und gesagt: „Datt moss du bichten" – das sollst du beichten.

Arme Pute: Was in Düsseldorf Wahrzeichen einer Stadt ist, ist in Haxfeld „Ssünde". Da versteh einer die Welt noch!

Nun ging also Brunsing Buur mit seiner Frau und der Pute aus Düsseldorf zur Beichte zu einer Uhrzeit, in der die Kinderbeichte schon vorbei war und die Erwachsenen an der Reihe waren. Alleine hätte sich die Pute nicht zurechtgefunden; es sind immerhin vier Kilometer bis zur Kirche.

Pastor Frye, der Vorgänger von Pastor Naendrup, sitzt im Beichtstuhl; er ist ein umgänglicher, freundlicher und aufgeschlossener Beichtvater.

Zuerst hat sich das Mädchen, die Düsseldorfer Pute durch die Beichtschleuse den Zugang zum Beichtstuhl erarbeitet. Drängeln macht Kindern immer viel Spaß. „Ich bin erster!"

Pastor Frye denkt sich: Wie? Ein Kind zwischen all den Erwachsenen und dann eines mit rheinischem Akzent?

Dann das wahrscheinliche Bekenntnis der kleinen Düsseldorferin: „Isch habe dreijmool datt Düsseldorfer Rad jeschlajen."

Der Pastor kann sich unter Düsseldorfer Rad nichts vorstellen. Die Pute hat es ihm erklärt. Aber der gute Pastor Frye kann sich trotz aller Erklärungen dennoch nichts darunter vorstellen. So sagt er zu dem Mädchen: „Cheh mal raus und zeig mir, was das ist."

Eine derartige Demonstration und die Wiederholung eines vermeintlich sündhaften Verhaltens vor dem Beichtstuhl hat es noch nie gegeben. Die vor dem Beichtstuhl ausharrenden Sünder und Sünderinnen sind perplex.

„Watt häff datt dann toe bedüürn" – was soll das denn bedeuten?, denkt sich Brunsings Mama und findet keine Erklärung.

Auch Brunsings Papa denkt: „Wunnerlick!" –Verwunderlich.

Der Pastor öffnet sein Fensterchen – jeder Beichtstuhl hat ein kleines Fensterchen – und sieht, wie die Pute Rad, das Düsseldorfer Rad, schlägt: einmal, zweimal, dreimal.

Brunsings Mamma staunt und ist zugleich entsetzt: Düsseldorfer Rad in der Kirche vor dem Beichtstuhl und gleich dreimal.

„Watt sall datt dann?" – Was soll das denn?

Normalerweise ist beim Pastor die Buße, die er auferlegt: beten Sie mal drei Vaterunser. Jetzt dreimal Düsseldorfer Rad?

Es macht sie stutzig, dieser sündhafte Überschlag – und das auch noch in der Kirche vor dem Beichtstuhl. Und der Pastor schaut zu, „niesschierig" – neugierig auch noch!

Soll das etwa die Buße sein, die jeder nach der Beichte auferlegt bekommt? Muss wohl! Dieser schnelle Gedanke lässt Brunsings Mama „währig" – unruhig werden.

Mama wäre als nächste mit der Beichte dran gewesen, sagt dann aber zu Brunsings Buur, ihrem Mann:

„Papa, loa uss menn noah Huus henn choahn" – Papa, lass uns nach Hause gehen.

„Föör söcke Buße bin ick nich antrokken“ – für eine derartige Buße bin ich nicht angezogen.

Eine kleine Erklärung für die Lutherschken uut Sschoale und alle die fragen, was ist Buße? Die Buße, die der Beichtvater dem Beichtkind auferlegt, gehört zu einer Beichte dazu. Sie ist gewissermaßen ein kleiner Akt der Wiedergutmachung für die Sünden und Fehltritte, derer man sich in der Beichte für schuldig erklärt hat. Sie besteht in der Regel aus einem kleinen Gebet, das das Beichtkind nach Abschluss der Beichte betet. Aber ein Düsseldorfer Rad als Buße, das gehört sich wirklich nicht! So denkt wenigstens Brunsings Mama.

Evangelisch sündigen – katholisch beichten

Ein Jahr später hat Pastor Naendrup als Nachfolger von Pastor Frye das Amt des Ortspfarrers von St. Georg Hopsten übernommen und natürlich auch den Beichtstuhl.

Pastor Naendrup hat seinen festen Beichtstuhl in der Pfarrkirche St. Georg in Hopsten: hinten unter dem Orgelboden an der Marienseite. Zu der folgenden Geschichte gehören einige Erklärungen, die nur der Einheimische nicht nötig hat.

Zum Amt Hopsten – heute Gemeinde Hopsten – gehörten drei Ortschaften: Hopsten, Halverde (Hallewer auf Platt) und Schale (Sschoale).

Hopsten und Hallewer sind rein katholisch – Sschoale ist total evangelisch und grenzt direkt an Hallewer. Es gibt nur einen einzigen Bauern in Sschoale, der katholisch ist: Bühnkers Buur, der direkt an der Grenze zum katholischen Halverde seinen Hof hat.

Es wird gesagt, dass, als Sschoale evangelisch wurde, Bühnkers Buur in Mönster auf dem Markt war. Als er des Abends zurückkam, sagten ihm die Familienangehörigen:

„Wie häbbt nuh ne annere Religion: wie sind luthersk wotten“ – wir haben jetzt eine andere Religion, wir sind jetzt evangelisch.

Eine andere Erklärung ist, dass Bühnkers Buur an dem entscheidenden Sonntag im Jahre 1535, dem Jahr des Konfessionswechsels in Sschoale, zu spät zur Kirche kam. Die Türen waren fest verschlossen. Man ließ ihn schlicht und einfach nicht mehr rein: „Kommt up Tiedt" – seid pünktlich!

Was auch immer der Grund war, Bühnker war nicht dabei, als Sschoale luthersk wurde.

Als er von der neuen religiösen Orientierung in Sschoale hört, spricht er für seine Familie das Machtwort: „Ett bliff alles biet't Oale" – es bleibt alles beim Alten.

Seit dieser Zeit im 16. Jahrhundert gibt es im plattdeutschen Mönsterland den Ausspruch:

„Ett bliff alles biet't Oale, säch Bühnker vann Sschoale" – sagt Bühnker von Schale.

Notabene: Der Hof Bühnker ist auch heute noch katholisch. Alteingesessene Mönsterländer kennen den Spruch noch heute.

Diese kurze Erklärung über den Einzug der Reformation in Sschoale fördert das Verständnis des nun folgenden: Es ist der Vortag eines großen kirchlichen Festtages, wie Ostern oder Weihnachten. Alle Hopster gehen wie gewöhnlich zur Beichte. Schon gegen Nachmittag versammeln sich hunderte vor dem Beichtstuhl von Pastor Naendrup. Es ist Großkampftag.

Da kommt schon gegen fünf Uhr nachmittags Konnerjanns Buur, der Vater von Konnerjanns Lixe. Alle Schleusenbänke sind voll, das bedeutet langes Anstehen und Warten.

Doch Konnerjann entdeckt auf der linken Seite des Beichtstuhls nur „Hallwärtschke" – nur Sünder aus der Ortschaft Halverde. Was wollen die denn hier? Die haben doch selber einen Pastor!

„Düsse Hallwärtschken" nehmen einen Anfahrtweg von mehr als sechs Kilometern in Kauf und mindestens eine Stunde des Wartens vor dem Beichtstuhl. Die müssen schon was auf dem Kerbholz haben, so denken die Hopster.

Konnerjanns Buur hat jedoch ein tiefes Verständnis für die unterschiedlichsten Kategorien von Menschen: „Ett chiff Chuute unn Sslächte" – es gibt Gute und Schlechte (Menschen) „unn Hallwärtschke" – und Leute aus Halverde, so hat er immer gesagt. Das bestätigt sich jetzt wieder. Da sitzen sie wieder vor dem Beichtstuhl in Hopsten, und er muss lange warten, weil die „Hällwärtschken" sich vorgedrängelt haben. Typisch!

Und so grollt es dann aus Konnerjanns Buur heraus: „Goaht doch doarhenn, woar jie denn Dreck maakt hebbt" – geht doch da beichten, wo ihr den Dreck – sprich Sünden – gemacht habt.

Recht hat er! Das musste raus. Alle Hopster unter dem Beichtstuhl signalisieren Solidarität mit Konnerjanns Buur. Die Haalwärtschken aber mucken sich nicht.

Doch dann: eine halblaute Stimme – natürlich von einem „Hallwärtsken":

„Datt wass in Sschoale" – das war in Schale.

Da verstehe einer die Welt noch: Die „katholsken Hallwärtschken" sündigen im „luthersken Sschoale" und „bichten" im „katholsken Hopsten".

„Evangelks ssündigen – unn katholsk bichten" – evangelisch sündigen und katholisch beichten.

Und Hermes Buur jubelt dann noch vernehmlich für alle: „Sittkedie, wassen de dann ock Wichter bie?" – Donnerkittchen, waren denn auch Mädchen dabei?

In Sschoale gibt es selbstverständlich nur einen protestantischen Pfarrer, namens Busse, und der hat es nicht mit der Beichte.

Nun muss man wissen, dass die Hopster und auch die Hallwärtschken Bürls (junge Männer) die Sschoalsken Wichter für etwas leichtsinniger halten als die aus Hopsten und Hallewer.

„Dee Sschoalsken Wichter, dee bruukt nich te bichten" – die brauchen nicht zu beichten.

„Dee kompt de lichfarriger van aff" – die werden leichter damit fertig.

Und was sagen die „luttersken Sschoalsken"?

„Ihr habt es gut, ihr geht beichten und dann „ssi jie de vann aff" – dann seid ihr's los.

„Wir schleppen das das ganze Leben mit uns rum."

Man sieht, damals war die Beichte noch ein Thema und wurde als Wohltat und Erleichterung – zumindest von den „Sschoalsken" – empfunden.

Dann häs'se ock noch nich full läärt –
dann hast du noch nicht viel gelernt

Und noch ein knorriger Hopster mit einer ausgeprägten Beichterfahrung drängt sich uns förmlich auf: Bellaagen Fix.

Bellaagen Fix kommt zur Beichte: nicht bei Pastor Naendrup – da ist es viel zu voll –, sondern bei Vikar Neukämper. Das Drängeln vor dem Beichtstuhl mag er nicht. Hopsten ist Vikar Neukämpers erste Seelsorgestelle, er ist noch Novize im Beichtstuhl. In Hopsten soll er allmählich in der Seelsorge eingefahren werden.

Bellaagen Fix ist von Beruf Gelegenheitsarbeiter; er verrichtet alle körperlichen Arbeiten, die es so auf den Bauerndörfern und auf dem Lande gibt: bei der Ernte helfen, beim Dreschen, Bäume fällen und den Garten umgraben, „Buuschken maaken" – Holz schlagen.

Am liebsten hilft er beim Schlachten, wo er immer den Fleischwolf drehen muss. Das ist anstrengend und „trekkt" in die Arme. Aber nicht so bei Fix.

Wichtig für Fix ist ein deftiges, kalorienreiches Essen: am liebsten dicke Bohnen mit viel Speck; von süßem Nachtisch hält er nichts. Gibt es auch nie, die Hausfrauen wissen das.

Bellaagen Fix übt auf die Kinder eine gewisse Faszination aus. Er kann die Nase ohne Taschentuch putzen. Er drückt mit dem Finger die eine Nasenseite zu und „sschnuuft" dann kräftig und dann dasselbe Prozedere mit der anderen Nasenseite. Die Jungen sind tief beeindruckt.

Rost Manfred hat diese Kunst nun von Fix gelernt und macht ihn zuhause nach. Seine Mutter schlägt ihm eins hinter die Löffel: „Du sollst das Taschentuch nehmen!"

Kleinmanfred ist verblüfft, wieso diese Reaktion von Mutti? „Bellaagen Fix nimmt auch kein Taschentuch."

Zum Arbeitsgerät von Bellagen Fix gehört immer eine Pulle Ssluck, die im Arbeitsbereich von Fix gelagert wird: für den Fall, dass er mal einen Schwächeanfall bekämpfen muss.

In vielen alten Bauernhäusern gibt es nun, wenn man vom Garten in das Haus tritt, also „vann achtern Huuse" her, über dem

Eingang einen „Wiemen“; da hängen Würste – Mettwürste und auch Schinken, der gute westfälische –, die zum Trocknen abgehangen und aufbewahrt werden.

Fix hat nun die Gewohnheit – wenn er unbemerkt bleibt und „vann achtern“ ins Haus kommt – mal eine Wurst mitzunehmen und sie bei der Arbeit zu verzehren: Mundraub könnte man sagen. Er betrachtet das mehr als Stärkung bei harter körperlicher Arbeit. Dennoch belasten die vielen „Mettwöste“ schließlich sein Gewissen. Er will ja ein neues Leben beginnen. Das ist der tiefere Sinn einer Beichte – und Fix weiß das.

Diese lufttrockenen und abgehangenen Würste sind in mehrere kleine Happen – Portionen – abgebunden, „müülkesmoade“ – mundangepasst, und gleichen so einem Rosenkranz; daher werden sie gelegentlich auch „westfälischer Rosenkranz“ genannt. Es gibt also einen durchaus religiösen Bezug. Der fällt Fix allerdings erst im Nachhinein ein.

Rosenkranz beten wird als Frömmigkeitsübung immer wieder von der Kanzel her empfohlen.

„Westfälische Rosenkränze“ sich so anzueignen, wie Fix das macht, gilt nur in Fällen äußerster Not. „Fringsen“ heißt das auf Kölsch. Das ist erlaubt. Aber äußerste Not und Hunger hat Bellaagen Fix nun gerade nicht. Was er hat, ist Appetit, aber keine Not.

Nun kommt er also zur Beichte und klagt sich an: Ich habe wohl fünfzig bis hundert „Mettwöste“ – die Ration eines ganzen Jahres – geklaut.

Ehrlich und offen ist er. Das muss auch so sein, sonst macht Beichten keinen Sinn. Gebeichtet wird auf hochdeutsch.

Und der junge Vikar fragt nun den Bellaagen Fix nach den westfälischen Rosenkränzen: „Haben Sie Restitution geleistet?“

Restitution – das Wort gehört zum Schulwissen des Vikars, auf dem Lande kann er nichts damit anfangen. Das Wort versteht keiner.

„Watt? Watt is datt dann“ – was heißt das denn? So fragt Fix verdattert.

„Haben Sie die Würste denn erstattet?“, erklärt Vikar Neukämper dem unwissenden Fix.

„Nee, datt nich!“ – Nein, das nicht.

„Die hab ich chechessen“ – gegessen!

Dann soll der Vikar gesagt haben: „Dann kann ich Ihnen die Lossprechung nicht erteilen!“

Fix ist jetzt noch mehr verdattert als nur einfach verdattert – das ist ihm ja noch nie passiert; bislang hat er immer alle Mettwöste auch durch den Beichtstuhl gebracht.

„Watt?“ ruft es förmlich aus ihm heraus.

„Datt kann'se nich?!“ – Was, das kannst du nicht?

Fix bezweifelt die Kompetenz des Beichtvaters.

… und nach einer kurzen Pause ist ihm alles klar: „Dann häs'se ock noch nich full läärt“ – dann hast du auch noch nicht viel gelernt.

Bellaagen Fix hilft auch im Krankenhaus aus

Bellaagen Fix erledigt für seinen Lebensunterhalt alle nur erdenklichen Arbeiten. Ein ganz besonderer Auftrag muss noch erwähnt werden.

Viktor Berlage – so ist sein offizieller Name auf Hochdeutsch – hat zeitweise sogar im Krankenhaus ausgeholfen: als persönlicher Betreuer, nicht als Krankenpfleger.

Auch diese Beschäftigung spricht für die berufliche Flexibilität eines Gelegenheitsarbeiters, damals, und im Besonderen für Bellaagen Fix.

In den dreißiger Jahren des 20. Jahrhunderts wird Hahnes Knix, „Wäärt“ – Wirt in Hopsten, wegen exzessiven Alkoholverzehrs mit Delirium tremens, zeitweiligen Geistesstörungen und gelegentlichen Aggressionsschüben ins Sankt-Anna-Hospital in Hopsten eingeliefert. Als „Wäärt“ bekommt er den „Ssluck“ zu Einkaufspreisen. Selbsttrinken steigert den Umsatz.

Zuviel Eigenverzehr schadet jedoch der Gesundheit, das hat der „Ssluck“ nun mal so an sich.

Was macht man nun mit einem randalierenden „Süüper“, einem mit Delirium tremens?

Feldhues Willem, „Holling Buur sien Knech“ – Hollings Knecht und Rass Lux helfen in Nachbarschaftshilfe und überwältigen Hahnes Knix und schleppen ihn ins Krankenhaus.

Er muss „drüüge läch wärn“ – trockengelegt werden.

Schwester Gerolda vom Sankt-Anna-Krankenhaus verpflichtet Bellaagen Fix als Aufpasser und Betreuer, der den randalierenden Hahnes Knix in Schacht halten soll, was den Nonnen verständlicherweise schwerfällt.

Fix macht das prima; er ist stark genug, um den Hahnes Knix, der von Statur „männ bloss so’n Ssnieder iss“ – die Statur eines Schneiders hat, d. h. nicht besonders groß und kräftig ist, bändigen zu können.

Auch ist Knix stark gehandicapt: Das linke Bein ist 15 Zentimeter kürzer als das rechte. Daher nennt man ihn überhaupt „Knix“, weil er bei jedem Schritt einen „Knicks“ macht; es sieht so aus, wie wenn früher die kleinen Mädchen einem Erwachsenen mit einem höfischen Knicks das Händchen gaben.

Im Krankenhaus nimmt alles seinen Lauf. Die Entwöhnungstherapie schlägt an. Hahnes Knix wird wieder rundum gesund: „Hee iss drüüge“ – er ist trocken.

Statt „Ssluck unn Beer“ verkauft er nach seiner Heilung Milch, er versorgt die Haushalte im Dorfzentrum mit dem harmlosesten aller Getränke: „Mellek“.

Fix lebt von Aufträgen gegen Entgelt, versteht sich. „Tweij Daaler“ – zwei Taler pro Tag. (Das Land rechnet mit Talern, wobei ein Taler gleich drei Mark sind.)

Schwester Oberin Gerolda fragt ihn nun: „Herr Berlage, was schulden wir Ihnen? Schreiben Sie mir doch auf einen Zettel, wie viel Geld ich Ihnen geben muss.“

Sie braucht halt eine Quittung – ein Erfordernis einer ordentlichen Buchhaltung, die in Händen von Fräulein Schmale liegt.

Fix hatte bis dato immer mündlich abgerechnet. Wenn Schwester Oberin nun einen Zettel will, dann eben auch schriftlich.

Fix schreibt dann:

„Wilden Hahn bändicht – 10 Daaler.“ – Wilden Hahn gebändigt. – Unterschrift Viktor Berlage.

Dee Keddel iss döörbrannt – Der Kessel ist durchgebrannt

Ein bekannter Spruch im Westfälischen – zumindest aber in den plattdeutschen Gegenden – lautet: „Dee Keddel is döörbrannt" – der Kessel ist durchgebrannt.

Wenn das von einem Mann gesagt wird, dann heißt das soviel wie: er hat seine Gesundheit durch allzu viel Alkohol ruiniert. Der Magen, die Leber und was sonst noch unter Alkohol leiden kann, vertragen keinen Alkohol mehr, sie rebellieren: „dee Keddel is döörbrannt!"

Das ist Staake Buur passiert. Lampen Chustaff, „dee Dokter" untersucht ihn:

„Hein, dienen Keddel iss döörbrannt!"

Staake Buur kann es nicht fassen:

"Chustaff, datt mott dann woll nachens passeert wiern" – Chustaff, das muss dann nachts passiert sein.

„Daagsörwer hebb ick egoal löschket" – tagsüber habe ich immer kräftig gelöscht.

Ähnlich war es auch bei Fieker Joop, auch „sien Keddel wass döörbrannt."

Er beschloss darob sein Leben sofort und radikal zu ändern: ohne Alkohol fortan.

„Wenn dee Keddel döörbrannt is, dann is hee eäbb'n döörbrannt" – wenn der Kessel durchgebrannt ist, dann ist er eben durchgebrannt.

So einfach ist das. Und man kann nichts daran ändern. Das bedeutet Neuanfang.

Am Anfang eines neuen Lebens ohne „Ssluck" steht diese Erkenntnis: das Beste daraus machen. Bei großen Umbrüchen im Leben manchen katholischen Mannes steht eine Beichte als Zeichen der radikalen Umkehr: Unmäßigkeit im Trinken ist ja auch Sünde und nicht immer nur eine lässliche, eine kleine Sünde. Jetzt beichten deutet an, dass man die Umkehr ernst meint.

Fieker Joops Mama ist erleichtert.

„Bichten. – Watt mott, datt mott!" – Beichten – was sein muss, muss sein.

„Datt mett denn Ssluck, datt höört nuh up“ – Schluss mit Schnaps, und zwar sofort.

Fieker Joop geht also zu Pastor Frye in den Beichtstuhl und klagt sich an: „Ja, Herr Pastoor, ich war wohl 300 Mal betrunken!“ Dreihundertmal!

Man stelle sich das mal vor! Dreihundert Mal.

Man beichtet auf Hochdeutsch.

Sich selber einzugestehen, dass man „wohl dreihundertmal betrunken“ war, fällt keinem Menschen leicht, vor allem keinem Gewohnheitstrinker. Fieker Joop macht da keine Ausnahme; er ahnt aber auch, dass es wohl auch mehr als dreihundertmal hätte sein können. Er hat vielleicht die Zahl ein wenig zu tief angesetzt. „Viel“ und „oft“ war es auf jeden Fall.

Der „Süüper“ – heute sagen wir: der Suchtkranke – trinkt meistens „stiekumm“ – heimlich und ist der Überzeugung, dass seine Umwelt es überhaupt nicht wahrnimmt.

Der Pastor empfindet voll und ganz mit Fieker Joop und baut ihm eine Brücke.

„Dja … wollen wir nicht eine Null dranhängen?“

Fieker Joop ist wirklich erleichtert: der Pastor versteht mich!

„Dee Pastoor, datt is'n hällern Kärl“ – ein ganz toller Mann ist unser Pastor, und tränenerstickt bringt Joop es raus:

„Jao, Herr Pastoor … wenn Sse sso freundlich sein wollen.“

Und dann gab es das „Ego te absolvo – ich spreche dich los.“

Und da wir gerade bei Fieker Joop sind, so sei auch noch von seinem Lebensende berichtet, denn nachdem er dem „Ssluck“ abgeschworen hatte, lebt er noch etliche Jahre.

Pastor Frye kommt, als es mit Fieker Joop zu Ende geht: Beichte, Krankenkommunion und „läste Öhlung“ – letzte Ölung – heute sagen wir: Krankensalbung.

Fieker legt so zum letzten Mal eine Art Lebensbeichte ab.

Und so wird es vom Volksmund erzählt – Pastor Frye hat das Beichtgeheimnis selbstverständlich gewahrt.

„Häär Pastoor: ick häbb in mien Leäbb'n woar een Ahlfättken Ssluck drunken.“ – Herr Pastor, ich habe in meinem Leben wohl die Menge von mehreren Jauchefässern voll Alkohol getrunken.

Das ist eine westfälische Mengenangabe: „een Ahlfättken Ssluck“ – ein Jauchefaß Schnaps, die der Pastor versteht.

Nun lieber Leser: leeren Sie mal ein Jauchefass pinnekesweise mit „Ssluck“ – schnapsgläserweise. Da arbeitet man lange dran, sagen wir: zwanzig, höchstens dreißig Jahre; das ist tagtäglich harte Arbeit, länger hält ein starker Trinker es sowieso nicht durch.

Der hartnäckige Trinker trinkt am Ende seiner Karriere als Alkoholiker meistens direkt aus der Flasche ohne den Umweg über Pinnekes. Das ist dann auch ein untrügliches Zeichen, dass „dee Keddel boale – bald – döörbrennt“.

Joop gesteht sich also ein: mehrere „Ahlfättkes“ Ssluck!

Das ist doch mal was.

Und der Pastor spricht die Absolution – die Lossprechung von den Sünden: Ego te absolvo – ich spreche dich los von all deinen Sünden.

Und nachdem das nun klar ist, fragt Fieker Joop seinen Beichtvater: „Häär Pastoor, iss nuh alles in Order?“ – Ist jetzt alles in Ordnung?

Pastoor: „Jau! Datt kann'se woll sägg'n!“ – Das kann man so sehen!

Fieker Joop jubelt, mehrere Steine fallen ihm vom Herzen:

„Dann kann mie dee Düübel an'ne Määse klaijen“ – dann kann mich der Teufel am Arsch lecken.

So sprechen erleichterte Seelen auf dem Lande: es kommt aus dem Herzen.

Auch Schütten Buur liegt schwer krank danieder, das hat Tante Sefa, Aobürcks Seefken, erzählt.

Schütten Bärnd, der Sohn von Schütten Buur, wird losgeschickt, um den Pastor für die Sterbesakramente zu holen: diese bestehen in einer Beichte, Kommunion und in der letzten Ölung, wie schon gesagt.

„Brängt datt Versäjhgerack menn mett“ – bringen Sie die Gerätschaften für die letzte Ölung nur mit, sagt Bärnd noch dem Pastor.

„Jie bruukt oarwer nich forts kommen“ – Sie brauchen aber noch nicht sofort kommen.

„Wie mött ärst noch denn Keller wittken“– wir wollen erst noch den Keller weiß anstreichen.

In der ersten Hälfte des 20. Jahrhunderts wurde der Pastor immer nur dann zu einem Sterbenden gerufen, wenn der Tod nach menschlichem Ermessen unmittelbar bevorstand. Der Pastor kam zu Fuß oder er wurde mit einer Kutsche abgeholt.

Dann kommt schließlich Pastor Frye mit einem Messdiener, nicht per Kutsche, sondern zu Fuß. Der Messdiener, der ihn begleitet, läutet ununterbrochen eine kleine Glocke. Dazu trägt er in der anderen Hand eine Laterne mit einer brennenden Kerze darin.

Alle Leute auf der Straße wissen jetzt: das ist „een Vesaijhgang“ – ein Versehgang; irgendjemand liegt im Sterben.

Aus Respekt und Verehrung für die heilige Hostie knien sich die Passanten hin, wenn der Pastor und sein Ministrant vorbeigehen.

Das Interesse aller am Wege ist geweckt: „Well liech de dann in’t Starrewen?“ – Wer liegt denn im Sterben?

Schütten Buur!

Bald weiß das ganze Dorf Bescheid, die mündliche Übermittlung der Neuigkeit klappt. Das ganze Dorf nimmt Anteil.

Auf dem Hof erwartet die Schütten Familie den Pastor und bittet ihn hereinzukommen. Alle Familienmitglieder – soweit sie nicht verhindert sind – haben sich eingefunden und umstehen das Bett des sterbenskranken Vaters. Er soll nicht alleine sterben, sie leisten ihm Gesellschaft und beten. Auch die Nachbarn sind hinzugerufen.

Der Pastor betritt den Raum, in dem der kranke Schütten Buur liegt, und alle Anwesenden müssen bei der Beichte den Raum verlassen. Das geht nur Schütten Buur und den Pastor was an.

Aber zur Krankenkommunion sind sie wieder dabei, wie auch bei der letzten Ölung. Keiner stirbt eben für sich allein. Auf dem Dorf stirbt man in Anwesenheit der Familie und auch der Nachbarn. Man lebt nicht allein, also stirbt man auch nicht allein!

„So, Herr Schütte, haben Sie noch einen Wunsch, bevor ich mich von Ihnen verabschiede“, fragt der Pastor.

„Jau, datt häbb'ick. Mama sall mie noch'n Müülken chiäbbn." – Ja! Meine Frau soll mir noch einen Kuss geben.

Das überrascht Pastor Frye doch sehr, denn Sterben ist doch eine ernste Angelegenheit. Und Schütten Buur will jetzt auch noch küssen! So platzt es aus ihm heraus:

„Schütten Buur, du ssass doat goan" – Schütten Buur, du sollst sterben – „unn nich määr Müülkes chiäbbn" – und nicht mehr rumküssen.

In den Zeiten von Pastor Frye gab es in Hopsten fünf Häuser, die sich um Fußbekleidung, Schuhe und Holzschuhe, kümmerten: Schuster August Heeke, August Stumpe, Winkels Willem, Bloomen Pick und „Holskenmaker" Veerkamp. Vier arbeiteten mit Leder, einer mit Holz.

Alle waren natürlich katholsk und in der Kolpingfamilie organisiert, nur Holskenmaker Veerkamp nicht, er hatte noch eine kleine Landwirtschaft dabei und war auch noch Kirchenschweizer.

Einmal im Monat gab es für die Kolpingfamilie eine Gemeinschaftsmesse am Sonntag. Vorher Beichte.

So geht auch Heeken August bei Pastor Frye in den Beichtstuhl.

Er sagt „sien Päcksken up" – er bekennt seine Sünden. Und Pastor Frye fragt dann, bevor er die Absolution – die Lossprechung gibt: „Ist das alles, was Sie beichten wollen?"

Und Heeken August sagt: „Nääh, Herr Pastor, datt iss nur die Hällefte."

Pastor Frye ist überrascht: „Datt cheet aber nich" – das geht aber nicht.

Und Heeken Schuster sagt:

„Dee annere Hällefte bichte ick bie Vikais Schleinheege" – die andere Hälfte beichte ich bei Vikar Schleinheege.

„Ick reparäär emm ock siene Sschoohe" – ich flicke auch seine Schuhe.

5.

Volksmission in Hopsten, Ballett in London

In fast allen katholischen Dörfern wurden über Jahrzehnte hinweg in einem Rhythmus von zehn Jahren sogenannte Volksmissionen abgehalten. Diese dienen der religiösen Erneuerung, Stärkung und Aufrüstung. So war auch in Hopsten die Volksmission wieder mal fällig.

Hinten in der Dorfkirche unter dem Turm hängt ein großes Holzkreuz, und darauf steht mit dicken Lettern geschrieben: Rette Deine Seele! Und dann kommen die Jahreszahlen der jeweiligen Volksmissionen: 1927, 1937, 1947 untereinander geschrieben.

Das Phänomen der Volksmission geht auf Papst Pius X. zurück, der 1905 in seiner Enzyklika „Acerbo Nimis“ die Ignoranz in Fragen der Lehre als größten Feind der Kirche und der Menschen ausgemacht hat. Die erste Volksmission könnte es demnach im Jahr 1907 in Hopsten gegeben haben.

Die Volksmission hält das ganze Dorf für zwei Wochen in Atem und in Bewegung. Es kommen drei Patres von auswärts, die den ganzen Tag über einstündige Predigten für die verschiedenen Gruppen innerhalb der Pfarrei halten; alle lebendigen, halbwegs gesunden Kräfte des Dorfes nehmen daran teil.

Von morgens bis abends um sieben gibt es Leben im Dorfzentrum: Leute kommen aus der Kirche oder gehen in die Kirche. Sie kommen zu Fuß, per Fahrrad oder per Kutsche. Viele nutzen die Gelegenheit für kleine Besorgungen in den Geschäften oder auf der Gemeindeverwaltung.

Keiner bleibt außen vor: Sogar Vielhauers Emmil, ehemals Spieß im Hunderttausend Mann Reichsheer und dann später der Wehrmacht, schickt seine Kinder in die katholische Kirche zu den Predigten. Die Vielhauers sind die einzige evangelische Familie im Ort bis 1945. Dann kamen auch Protestanten aus den Ostgebieten.

Da Hopsten 1947 etwas mehr als zweitausend Einwohner zählte, waren es abzüglich der Kleinkinder und der wenigen Protestanten 1599 – der eine oder andere war vielleicht noch krank –, die an der Volksmission teilnehmen konnten. Und wenn man die zwei Kinder von Vielhauers Emmil noch dazu zählt, dann waren es 1601. Alle gehen dann auch noch zur Beichte, minus die Kinder von Vielhauers Emmil natürlich.

Der Ablauf eines Tages der Volksmission sieht an einem Nachmittag etwa so aus:

Es predigen die Franziskaner-Patres aus Werl in Westfalen:
13 bis 14 Uhr Jungfrauen, ältere Abteilung
14 bis 15 Uhr Hausfrauen
15 bis 16 Uhr verheiratete Männer
16 bis 17 Uhr Jungfrauen, jüngere Abteilung
17 bis 18 Uhr Männer – danach Schlusssegen.

Auf der Kanzel expliziert ein agiler Prediger in Franziskanerkutte. Der Pater spricht eine kräftige Sprache, er prangert Missstände an, wie beispielsweise den Schwarzhandel und im Besonderen das Schwarzbrennen von Schnaps. Loben tut er wenig, denn das macht stolz. Am Ende der Volksmission muss jede aufrechte Seele zerknirscht und umkehrbereit sein.

Ungesetzliches Schnapsbrennen, wie auch unerlaubter Handel mit Produkten wie Eier, Butter, Schinken, Wurst und Fleisch – um diese Waren geht es in erster Linie auf dem schwarzen Markt – gibt es natürlich im Jahre 1947 auch in Hopsten.

Etwas von der Erbsünde haben auch die Hopster mitbekommen. Allerdings nicht so viel, aber es genügt, so dass der Pater mit derber Schelte dreinschlägt.

Dic Nachkriegsjahre waren sowieso Jahre, in denen das Überleben im Mittelpunkt des täglichen Kampfes aller Deutschen stand. Die Ordnungsmacht „Staat" funktionierte noch nicht wieder so, wie es sein sollte. Und die Volksmission, von der es zu berichten gilt, ist erst im Jahre 1947.

Nach dem Einzug der britischen Truppen im Jahre 1945 erhielten einige unbescholtene Bürger von Hopsten, die nicht in der braunen Partei oder anderen Vereinigungen waren, wie Stumpen Schuster und Evers Alfons, eine Armbinde von der Militärkommandantur: sie sollten Polizei spielen und dafür sorgen, dass das Ausgehverbot eingehalten wird. Geschnappt haben sie nie irgend jemanden. Solidarität!

Schwarzhändler waren hauptsächlich nachts oder bei Dunkelheit unterwegs, um sich ihre Waren zu besorgen. Und dann schliefen die beauftragten Zivilpolizisten. Für sie galt außerdem, was eher sizilianisch als westfälisch ist: Nix sehen, nix hören und nix sagen.

Der ein oder andere Bauer hat in dieser Zeit eine selbst gebaute Destillieranlage und brennt meistens nachts auch für seine Nachbarn Schnaps mit. Die Behörden sollten das natürlich verhindern. Sie kontrollieren auch sporadisch einzelne Schwarzbrenner mit wechselndem Erfolg. Diese Kontrolleure kamen immer von auswärts, aus Unna in Westfalen nämlich.

In Hopsten wohnt nach dem Krieg ein Lebensmittelchemiker, ein Verwandter von Onkel Ewald Nieland. Dieser Nieland Verwandte hat in einem staatlichen Forschungslabor daran gearbeitet, aus Brennnesseln Brot herzustellen. Ob das stimmt, ist nicht sicher. Es wird wenigstens so erzählt. Es bringt ihm aber Hochachtung ein.

Er ist auf jeden Fall von seiner Qualifikation her der geeignete Mann, um mit erprobt chemischen Methoden sauberen Schnaps herzustellen. Denn Amateure im Schnapsbrennen haben schon mal Methylalkohol hergestellt, und einige Trinker sind daran gestorben – allerdings nicht in Hopsten. Man las gelegentlich davon in der Zeitung.

Viele Hopster vertrauen seinen Fachkenntnissen, bringen ihm die Rohstoffe für die Schnapsproduktion, und er produziert richtig süffigen, guten „Ssluck" – Schnaps.

Da er Wissenschaftler und Forscher ist, ist er als Chemiker fein säuberlich zu arbeiten gewohnt. Er notiert pedantisch die angelieferten Rohstoffe, die produzierten Schnapsmengen und auch die Namen der Auftraggeber.

Das ist fatal. Pingelig soll man in diesem Geschäft nun wirklich nicht sein. Es geht ja um Aufträge am Rande der Legalität. Aber er ist Chemiker und wickelt eben nur Aufträge ab.

Mehr Vorarbeit konnte er in seiner Gewissenhaftigkeit und gleichzeitigen Ahnungslosigkeit für die Razzien nicht leisten. Alles wurde offenbar, als des Nachts die Fahnder zu ihm kamen. Und diese Fahnder waren – wie gesagt – aus Unna angereist und waren spezialisiert auf Zulieferer des Schwarzen Marktes.

Ein Polizist der örtlichen Polizei, Gelhaars Karl, begleitete als Ortskundiger die Spürhunde aus Unna bis zum jeweiligen Durchsuchungsobjekt. Vorwarnen konnte er die Schwarzbrenner nicht, was man eigentlich erwartet hätte.

Alles fliegt auf. Für diese Art von Business eignet sich ein penibler Chemiker weiß Gott nicht. Es ist für einen Bauern auch unvorstellbar, dass unser Schnapshersteller so genau alle Mengen an Rohstoffen und die produzierten Liter aufschreibt. Er wäre überhaupt nicht auf die Idee gekommen.

Welche Strafen die Erwischten und Überführten zu zahlen hatten, ist nie öffentlich bekannt geworden. Sie wurden aber bestraft – was aber nicht besonders ehrenrührig war. Es war einfach nur Pech, dass sie erwischt worden waren. Es waren einfache Geldstrafen, die Reichsmark war sowieso nichts wert. Also alles halb so schlimm.

Aber es gibt auch Schlaumeier, die unerwischt bleiben. Sie offenbaren sich angesäuselt auf den Volksfesten, deren es einige im Laufe des Jahres gibt. Nach den Jahren des Krieges sind alle begierig auf Volksfeste, die im Krieg untersagt waren. Nie wurden in Hopsten so unbändig Feste gefeiert wie in den ersten Jahren nach dem Krieg.

„Wenn auf Capri die rote Sonne im Meer versinkt, und der Bauer des abends beim Mondschein die Runkeln zu Schnaps verbrennt“, so singt man triumphalistisch auf der Kirmes, „Hopster Karremste“, wenn die Kapelle den Schlager spielt: „Wenn auf

Capri die rote Sonne im Meer versinkt". Und die schnapsselige Stimmung kommt eben von den Runkeln – die zu Schnaps geworden sind.

Moralisch und von der Volksgesundheit her betrachtet, ist Schwarzbrennen bestimmt nicht unbedenklich. Das finden nun alle erneut in der Volksmission bestätigt.

Also: Pater Ambrosius schimpft von der Kanzel herunter mit deftigen Worten auf die Schwarzbrenner, auf alle und ohne Ausnahme: „Und Du, elender Schwarzbrenner!", ruft er mit Drohgebärde und zeigt dabei energisch mit dem Finger nach unten in die Schar der frommen Zuhörer in den Kirchenbänken.

Der, auf den der Finger zielt, fühlt sich entdeckt ... bleibt aber gelassen und schaut sich ganz betont cool – das Wort gab es damals auf deutsch natürlich noch nicht, sagen wir also „frete" –, zugleich keck und gelassen zu seinem Hintermann um.

Hinter diesem sitzt ein weiterer Schwarzbrenner, Hülsmann Buur ... vielleicht ist er aber auch kein Schnapsbrenner – der bleibt auf jeden Fall ebenfalls cool und blickt sich um.

Der in der nächsten Reihe Huil Hein, Linnenssmitt – oder war es Strauen Buur? – fühlt sich auf jeden Fall ertappt und läuft rot an – bis hinter die Ohren – und fragt halblaut:

„Watt datt Pööterken nich alles weet?" – Was der kleine Pater nicht alles weiß?

„Well häff emm datt denn säch" – wer hat ihm das denn verraten?

Nun, der Pater, einmal im Predigerrausch, steigert sich in seinem missionarischen Eifer. Es geht ja darum, die Schwarzbrenner auf den Weg der Tugend zurückzuführen. Kein leichtes Unterfangen!

Es gibt ein einfaches Kriterium für den Prediger auf dem Lande, um die frommen Zuhörer und Gläubigen in seinen Bann zu ziehen: je lauter und je polternder, umso besser und desto größer sind die Chancen, dass der Sünder sich als Sünder erkennt und umkehrt: „Dee hefft ähr oaber säch" – der hat es ihnen aber gegeben. Das bewegt die Menschen und gerade die kleinen Sünderlein.

Drei Reihen weiter, vielleicht auch in der vierten oder fünften Reihe sitzt ein Bauer mit seinem 6-jährigen Sohn: Hackschmitz Buur. Er braucht nicht mehr rot anzulaufen, denn auf ihn zeigt der Finger des Pööterken nicht.

An dieser Stelle der Berichterstattung muss man jetzt einige Erklärungen einfügen, weil der normale Bürger unserer Zeit, vor allen Dingen aber der Städter, der mit der Landwirtschaft nichts am Hut hat, die Pointe sonst nicht versteht.

Es gibt auf allen Dörfern – so auch in Hopsten – einen Zusammenschluss von Bauern zu einer Bullengenossenschaft. Die Arbeit dieses Zuchtbullen kann sich jeder – auch der Städter – vorstellen. Da aber ein Bauer keine Vollbeschäftigung für einen Bullen hat, schließen sich mehrere Bauern zu einer Genossenschaft zusammen: Gemeinsam sind sie Eigentümer eines Zuchtbullen, der meistens den Namen Bismarck oder Hindenburg trägt.

Dieser besagte Genossenschaftsbulle Bismarck oder Hindenburg steht auf der Tenne des Hofes von Hackschmitz Buur, und zwar mit Blick auf die ihm gegenüber stehenden Kühe, „ümdat hee, dee Bulle, ock sschön sscharrep bliff" – damit er immer schön scharf bleibt.

Der Bulle hat also Sichtkontakt zu seinen potenziellen und tatsächlichen Partnerinnen. Und so sind Bullen oft verführt, Stärke und Bullenmännlichkeit zu zeigen.

Zuchtbullen sind angekettet und reißen sich dann und wann schon mal los; die Ketten sind reißfest, aber die Bullen sind viel stärker als es die Ketten überhaupt halten können … sie reißen sich also los, wenn beispielsweise der Bauer gerade eine „Stöttkoarn" – Sturzkarre voll Gras zur Fütterung der Rindviecher auf die Dellen kippt. Der Hunger überkommt den Bullen; er reißt sich los, um an das Grün zu kommen. Begierig stürzt er sich auf den Haufen Grünfutter.

Der Bauer muss dann vorsichtig und aus sicherem Abstand versuchen mit einem Haken, der an einer Stange befestigt ist, den Zuchtbullen am Ring – durch den Nasenring – wieder einzufangen.

Insgesamt ist das ein nicht ganz ungefährliches Unterfangen, denn diese Bullen sind keine Kuscheltiere.

Soweit die Erklärungen und nun zurück zum Franziskanerpater auf der Kanzel.

Pater Ambrosius hat sich losgerissen

Dieser Pater Ambrosius gestikuliert also wild, wirbelt seine Hände und Arme durch die Luft, ein Ausbund an Beredsamkeit und Energie ist er. Bei all dem Wirbel fällt dann die Kordel, die jeder Franziskaner um seine Kutte trägt, in hohem Bogen über den Kanzelrand.

Der 6jährige Hackschmitz Buur „sienen öllsten" (Hackschmitz ältester Sohn – auf Platt „sienen öllsten" – ein Beispiel für den westfälischen Akkusativ) erschrickt und sagt zu seinem Vater:

„Papa, loat uss men noah Huuse goahn" – Papa, lass uns nach Hause gehen.

„Hee häff sick all lossrätt" – er hat sich schon losgerissen.

Und das bedeutet: Vorsicht!

Genau, wie beim Zuchtbullen Bismarck.

Der Umgang mit Zuchtbullen ist also eine echte Schule fürs Leben, in der man lernt, wie man sich in gefährlichen Situationen verhalten muss. Und Gefahren lauern überall – auch unter dem Predigtstuhl! Pater Ambrosius „häff sick lossrätt" – hat sich losgerissen.

In allen Dörfern gab es diese zehnjährig wiederkehrende Volksmissionen, die tiefen spirituellen Eindruck auf die Teilnehmer hinterlassen soll und es auch tut. Was heißt das?

Es reift der Wunsch in jedem oder in vielen, vielleicht auch nur in einigen, sein Leben grundlegend zu ändern … selbst wenn das auch nur für kurze Zeit gelingt. Viele Vorsätze haben eine kurze Halbwertzeit – wie das so ist, aber das gilt eben nicht für alle Vorsätze.

So hat Pater Bonaventura bei Trääns Buur einen nachhaltigen spirituellen Eindruck hinterlassen. „Ora et labora – bete und arbeite“ ruft er seinen unter der Kanzel ausharrenden frommen Zuhörern zu. „Du sollst beten und arbeiten“ – dann lebst du gottgefällig. Und wenn du dein Leben lang viel betest und dazu den Auftrag Gottes aus dem Alten Testament – „im Schweiße deines Angesichtes sollst du dein Brot essen“, d. h. du sollst arbeiten – in die Tat umsetzt, dann kommt Freude in deinem Leben auf – eine tiefe innige Freude. Freuet euch!

Drei Dinge braucht also der Mensch nach Pater Bonaventura: Gebet – Arbeit – Freude.

Trääns Buur ist ergriffen von diesem Dreiklang, klingt er doch so ähnlich wie: drei Dinge braucht der Mann: Tabak, Pfeife, Fidibus. Jetzt aber als Pendant dazu: Gebet – Arbeit – Freude.

Den Heimweg tritt er mit seinem „Noaberbuur“ – Nachbarbauer Hümmelsken an. Mit „Päärd unn Kutschke sinnt se unnerwächens“ – mit Pferd und Kutsche gehts heim. Pater Bonaventuras „Präärke“ – Predigt ist Thema der Unterhaltung.

„Datt Pööterken häff räch“ – der kleine Pater hat Recht, meint Trääns Buur. „Watt hee säch, datt hä’ wie all lange in’n Huuse“ – was er sagt, das leben wir schon lange zuhause.

Hümmelsken Buur ist überrascht, „datt Trääns Buur nuh plötzlich soa fromm iss“ – dass Trääns Buur auf einmal so fromm ist, und fragt nach:

„Wuh männs du datt“ – wie meinst du das?

„Bie uss in’nen Huuse häbbt wie datt, watt datt Pööterken säch, updeelt“ – bei uns zuhause haben wir das, was das Pööterken sagt, aufgeteilt.

„Chanz eenfach iss datt: Miene Frau, dee beert full“ – meine Frau betet viel.

„Uuse Magett, dee aabeetet full“ – unsere Magd arbeitet viel.

„Unn ick häbb datt Spässken“ – und mir macht das Ganze Spass, die Freude lebe ich.

Da haben wir es Gebet, Arbeit, Freude … in Arbeitsteilung. Moderne Zeiten!

Die Volksmission hinterlässt, wie man sieht tiefe Spuren in den Menschen oder bestärkt Einstellungen, die schon angelegt sind.

Ja, es gab sogar internationale Ausstrahlungen dieser spirituellen Erneuerung vom plattdeutschen und westfälischen Land bis in die Weltstadt London hinein.

Nackte Beine in Covent Garden

Als 1951 der Westfälische Bauernverband auf Einladung des britischen Bauernverbandes nach London eingeladen wird, gibt es einen Höhepunkt in dieser deutsch-britischen Bauernbegegnung: Ein Ballett-Abend im Royal Opera House in Covent Garden. Die Engländer wollen ihren deutschen Kollegen eben etwas bieten. Da kann man nicht „Nein" sagen.

Jeder der Teilnehmer aus Westfalen weiß: Volkstanz auf dem plattdeutschen Land ist ganz was anderes als Ballett in der Weltstadt London. So auch Wameling Buur aus Rinkerode, der auch zu der westfälischen Bauerndelegation gehört.

Er hatte seiner Frau hoch und heilig vor der Abreise geschworen: „Wenn datt Ballett kummp, dann goah ick ruut" – wenn das Ballett kommt, dann gehe ich raus.

„Datt will ick mie nich ankieken" – das will ich mir nicht anschauen.

„Hallef nackichte Wiewer – datt iss unssittlich" – halb nackte Frauleute – das ist unsittlich.

So denkt auch seine Frau. Die guten Vorsätze der Volksmission wären dahin. Man sündigt auch durch die Augen. „Concupiscentia oculorum" – Wollust der Augen, nennt das der Evangelist Johannes.

Und dann ist es soweit, es kommt der Höhepunkt der westfälisch-britischen Bauernbegegnung: der Ballettabend in Covent Garden. Das ist eine ganz vornehme Adresse in London.

Und sie kommt leibhaftig: die Prima Ballerina!

Eva mit dem Apfel im Paradies ist nichts dagegen. Was kann es Größeres geben, als eine lebendige Primaballerina, dazu noch auf den weltberühmten Brettern von Covent Garden zu erleben? Die „Buuren" aus Westfalen haben nun dieses einzigartige Erlebnis, von dem sie zehren werden bis ans Lebensende.

Da ist sie tatsächlich! „Full häff se nich ann“ – spärlich angezogen ist sie schon.

Wamelings Buur bleibt mit weit geöffneten Augen ganz ruhig: „Sick nix anmärken loaten“ – sich nichts anmerken lassen; keine Bewegung, er geht aber nicht raus, wie seinem Weib versprochen: „Carpe diem“ würde der Lateiner sagen. „Datt süss du nich alle Daage“ – das siehst du nicht alle Tage. „Unn Mama iss wiet weg“ – seine Frau ist weit weg.

„Watt föör’n Wief!!“ – Was für ein Weib! … so kann man „Carpe diem“ vielleicht auch ins Plattdütschke übersetzen.

Und wie „lichfarrich“ – leichtfüßig sie daherkommt!

Oder wie es Heinz Erhardt 1963 in seinem Gedicht „Die Tänzerin“[5] ausdrückt:

> „Erst tanzt sie nach rechts, dann tanzt sie nach links,
> dann bleibt sie in der Mitte.
> Dann tanzt sie nach links und wieder nach rechts,
> sie hat so ihre Schritte.
> Dann hebt sie den Arm, dann senkt sie das Haupt,
> voll Schmerz sind ihre Züge.
> Dann hebt sie das Haupt, dann senkt sie den Arm,
> sie tanzt „Die fromme Lüge“.
> Dann geht sie zurück und dann geht sie vor,
> sehr schön ist dieser Vor-gang.
> Dann reißt sie sich hoch und dann fällt sie hin,
> und dann fällt auch der Vorhang.“

Er fällt zur Pause, der Vorhang.

Wameling Buur, watt sagst du jetzt?

„Nee, sschön was’t doch“, urteilt Wamelings Buur, noch ganz entzückt.

Aber jetzt geht es erst richtig los! Es gibt noch eine weitere Steigerung an diesem Ballettabend.

Das nächste Highlight wartet. Luft holen!

Dann ist es da. Die britischen Gastgeber haben sich etwas ganz Exquisites ausgedacht.

Alle deutschen Teilnehmer der deutsch-britischen Buuren-

Begegnung werden auf die Bühne gebeten, um der Prima Ballerina – Maureen O'Hara hätte sie heißen können – vorgestellt zu werden.

Da kommen sie nun die Stufen hoch, hinauf zu den Brettern, die die Welt bedeuten: die westfälischen Bauern mit den grünen Herzen unter grünen Loden.

Und vor ihnen steht der Weltstar, der Inbegriff einer Prima Ballerina in eher sparsamer Arbeitskleidung und langen „nackichten Beenen" – nackten Beinen.

Shake hands: may I introduce to you. Darf ich bekanntmachen?

Zuerst der Präsident des Bauernverbandes Westfalen/Lippe, Luster-Hageney, dann der Direktor der Ländlichen Centralkasse, Nordhoff, aus Münster. Dann ist Sschulze Riesfort aus „Ollenbiäge" – Altenberge – mit seinem schön gezwirbelten Kaiser-Wilhelm-Bart an der Reihe. Der Doppelname mit dem vorangehenden „Sschulze" bürgt für westfälischen Adel vom Lande.

„May I introduce to you": Mister Sschulze-Riesfort

Sschulze Riesfort gibt ihr nicht die Hand und fordert mit kräftiger Stimme: „Wief, blief mie van'nen Liewe!" – Weiche, Weib, komm mir nicht zu nahe, bleib mir vom Leib!

„Wie häbbt jüss Mission hatt!" – Wir haben gerade Mission gehabt!

Da ist sie wieder die Volksmission mit ihrer tiefen Wirkung auf die Menschen; „Sschulze-Riesfort uut Aolenbiäge" steht hier stellvertretend für alle, die mit edler Absicht an der Volksmission teilnehmen.

Wer es bisher noch nicht kapiert hat, der empfindet es jetzt: An dieser Begegnung auf internationaler Bühne kann man die Bedeutung einer Volksmission, die starke Spuren in der Seele eines Menschen hinterlassen hat, ermessen.

„Blief mie van'nen Liewe!" – Bleib mir vom Leib! Ein ernster Vorsatz.

Es sei noch nachzutragen, dass es diplomatische Verwicklungen aus dem verweigerten Handschlag nicht gegeben hat.

Auch ist nicht überliefert, wie die Mama von Wamelings Buur

auf den gebrochenen Vorsatz ihres Ehegespons reagiert hat. Papa hatte ja den besten Vorsatz, wie man gesehen hat.

„Ick häb bloss mett eenen Oage hennkecken“ – ich habe nur mit einem Auge hingesehen. Das gestand er ihr und sie akzeptierte offensichtlich diese Erklärung. Er ist ja nicht erblindet von dem Reiz der Primaballerina, also war es nicht so schlimm.

6.

Borstenvieh, Ssluck unn Rosenkranz

Eine wichtige Erwerbsquelle für die Landwirtschaft in den Jahren vor und nach dem 2. Weltkrieg ist die Schweinehaltung. „Des Lebens idealer Zweck ist Borstenvieh und Schweinespeck", so auch in Hopsten.

Für viele Bürger unseres Landes ist dieses an sich etwas schmuddelige Tier, das Schwein, ein sehr sympathisches Lebewesen, aber mehr im geschlachteten Zustand. Es hat in großem Maße zum laufenden wirtschaftlichen Unterhalt der bäuerlichen Betriebe beigetragen.

In den kälteren Monaten des Jahres werden ein oder zwei Schweine zum Eigenverzehr auf den Höfen geschlachtet. Es kommen die Hausschlachter auf die Höfe, und oft sah man dann ein geschlachtetes und aufgebrochenes Schwein zum Ausbluten draußen an einer Leiter hängen. Erst nachdem der Trichinenbeschauer Breckweg das geschlachtete Schwein untersucht und mit einem Stempel „Trichinenfrei" versehen hatte, konnte es der weiteren Verarbeitung zugeführt werden. An der Wäscheleine hängt die aufgeblasene Schweineblase.

Brunns Georg ist einer der Hausschlächter in Hopsten. Sein eigentlicher Beruf ist Maurer, außerdem hat er eine kleine Landwirtschaft. Von der Landwirtschaft alleine kann er nicht leben, deshalb ist er einige Monate im Jahr als „Mürker" – Maurer bei der Bauunternehmung Hagemann in Hopsten beschäftigt. Und wenn in der kalten Jahreszeit die Landwirtschaft und die Bautätigkeit ruhen, dann ist er Hausschlachter, und da gibt es viel zu tun. Schlachten ist seine Leidenschaft: „datt Sswienesslachten" – das Schlachten von Schweinen.

Brunns Georg ist auch in seinem dritten Beruf als Schlachter ein Fachmann. Das sieht man gerade an den Prinzipien, mit denen er seine Arbeit plant und angeht:

„Datt Water mott heet wiern – unn dee Ssluck koalt" – das Wasser muss heiß sein – und der Schnaps kalt.

Kein Schlachten ohne „Ssluck"; mit „Ssluck" geht die Arbeit besser von der Hand. Und der „Ssluck" wärmt den Hausschlächter von innen her, denn geschlachtet wird draußen, und da kann es in den Wintermonaten schon mal kalt sein mit einigen Graden unter Null.

Weshalb muss denn nun aber das Wasser heiß sein? Die Schwarte mit den Borsten des geschlachteten Schweines wird mit heißem Wasser übergossen und dann mit einem speziellen Schrapper bearbeitet und die Borsten abgeschabt.

Diesmal ist Brunns Georg nun bei Wierlich Buur. Die „Fraulüüde" haben alles bereitet. Zur Begrüßung gibt es den ersten „Ssluck", schön „koalt" – kühl, wie Georg es will.

Dann geht's nach dem Prélude mit dem Schnaps an die Arbeit. Und Mama bringt schon „dee Kanne mett datt heete Water" – die Kanne mit dem heißen Wasser. Und Papa holt gerade „dee Mutte" – die fette, schlachtreife Sau aus dem Stall.

So eine „Mutte" wiegt zwischen drei und vier Zentner, heute sind die schlachtreifen Schweine mit knapp zwei Zentnern eher schlanke Geschöpfe im Vergleich dazu. Die Mutte liefert mehr Speck, das heutige Schlachtschwein mehr Fleisch, und es hat dazu zwei Rippen mehr: Züchtung macht's möglich. Speck war damals der ideale Lebenszweck. Es machte sogar den kranken Bauern wieder gesund.

Wenn der Bauer mal krank und bettlägerig wird, dann verwöhnt ihn „siene Mama" – seine Frau mit Spiegeleiern und „Sschräwen" – gebratenen Speck und Schinken. „Hee mott chuut watt te etten krieg'n" – er muss viel zu essen bekommen – „datt hee währ bie Kräften kummp" – dass er wieder zu Kräften kommt.

Heute wird also bei Wierlichs geschlachtet. Endlich ist es soweit.

Alles passt, Brunns Georg kontrolliert noch das heiße Wasser, und er scheint nicht ganz zufrieden zu sein. Lauwarm ist das Wasser.

Soll das heißes Wasser sein? Heißes Wasser ist doch ein „Muß"! Er wird ungeduldig.

Und es grummelt aus ihm heraus:

„Watt wie jie denn? " – Was wollt ihr eigentlich?

„Georg, wuh männs du datt?" – Georg, wie meinst du das?

„Watt wie jie denn?", fragt er noch einmal, fast ungehalten.

Dann brummt aus ihm heraus:

„Wi jieh datt Sswien sslachten – off wi jie Oma baden?" – Wollt ihr das Schwein schlachten oder wollt ihr Oma baden?

Schlachtefest war immer ein Ereignis; es gab in den Familien dann jeweils herrliche Kostproben, auf die sich alle auf dem Hof freuten. Und da war dann der leckere „Sswienepepper" – eine Suppe, eine mit dem Blut des geschlachteten Schweines abgeschmeckte westfälische Delikatesse mit Rosinen, getrockneten Pflaumen und Fleisch drin. Die gab's natürlich nur beim Schlachtefest.

Leberwürste, Mettwürste und natürlich der gute westfälische Schinken sind Delikatessen. Der Schinken allerdings erst, wenn er mindestens ein Jahr zur Lufttrocknung im „Wiemen" – ein Ort zum trocknen – gehangen hat. Heute ist dieser gute westfälische Schinken eher eine Rarität in den Geschäften geworden. Die Herstellung ist zu kostenaufwendig.

Aber es gibt ihn noch: den guten westfälischen Schinken.

Als zu Beginn der fünfziger Jahre des vorigen Jahrhunderts der Bundespräsident Theodor Heuss zu einem Besuch in Münster war, wurde er neben den Honoratioren der Stadt auch vom münsterschen Kiepenkerl, Wim Stöckenholt, begrüßt.

Etwas Folklore ist das schon: Der Kiepenkerl ist der Münsteraner Handelsmann der vorangehenden Jahrhunderte, der jeweils eine große weidengeflochtene Kiepe auf dem Rücken trägt, eine derbe Manchesterbuxe oder Ribbelsamthose – heute Cordhose – anhat, dazu ein Büsserum und eine lange „Piepe" – Pfeife.

Er ist der Prototyp des alten Münsteraner „Poalbörgers" – Pfahlbürger.

So fragt dann unser Bundespräsident, der gute Professor Heuss: „Herr Stöckenholt, gibt es eigentlich noch den typischen lufttrockenen westfälischen Schinken?"

Und Wim Stöckenholt erklärt ihm: „Jau, denn gifft noch" – den gibt es noch – „denn frett dee Buurn vandaage oarwer süllems" – den essen die Bauern heute selber!

Er hat es dem Bundespräsidenten so ins Hochdeutsche übersetzt; denn vornehme Leute wie der Bundespräsident, „dee frett nich", die „essen oder speisen".

Hier soll aber jetzt von lebendigen „Sswienen" die Rede sein, die auf jedem Bauernhof anzutreffen sind und die erst später post mortem – geschlachtet – den guten westfälischen Schinken liefern.

Böschker Buur uut Hopsten und seine Frau haben sich in Ausgangsschale geschmissen, um des Morgens zum Sechswochenamt einer verstorbenen Tante in die Kirche „in't Darrrepe" – ins Dorf zu fahren. Sie treten vor die Haustür und – oh Schreck: „dee Sswiene sinnt loss" – die Schweine sind ausgebrochen. Sie durchwühlen den Garten und die Eingangsbepflanzungen in den Anlagen vor dem Hof. Da gibt es nur eins: sie einfangen!

Also flitzen „Heij unn Seij" – Er und Sie, Bauer und Bäuerin – in der Ausgehkleidung dahinter her! Statt zur Kirche heißt es jetzt: „dee Sswiene infangen" – die Schweine wieder einfangen.

Die Jagd geht ums Haus und auch über „dee Ahlkummps" – die Jauchegruben – auf der hinteren Seite des Gehöftes hinweg.

Mama, „mett'n Sschapotthoot up" – mit dem Prachthut – und dazu das Gebetbuch in der Hand, betreibt eine verwegene Jagd über die betonierten „Ahlkummps" ... und da tritt sie – oh Schreck – auf eine verrostete Abdeckplatte. Diese war nicht mehr so stabil: Und plumms!

Mama sackt durch und fällt mitten in die stinkende „lobberige" – wabbelige Jauche hinein!

„Düsse verdammten Sswiene!"

Holland in Not! „Papa, Papa … hellep mie, hellep mie, ick bin an't versuupen" – Papa, Papa, Hilfe, ich ertrinke „in'nen Ahlkump".

Papa sieht das Malheur und ist mehr als entschlossen, seine Frau zu retten; er holt eine „Ringsen" – Leiter – und ermahnt seine Mama:

„Mama, maak't Müülken toe" – Mama, mach den Mund zu – „du woss doch komzeeren" – du wolltest doch kommunizieren.

Katholiken wissen, dass es vor der heiligen Kommunion ein Gebot der Nüchternheit gibt, das damals um zwölf Uhr Mitternacht begann. Ab zwölf Uhr Mitternacht darf man keine feste Nahrung bis zur Kommunion am Morgen mehr einnehmen: also „Müülken toe!"

Das Nachthemd mit den zwei Knopfreihen

Brinkhues Buur war aus der „Buursschup" – ländlicher Ortsteil der Gemeinde – „zu Dorf" gegangen, nicht ohne Grund: die Jagdbezirke werden für jeweils neun Jahre neu verpachtet. Alle Genossen seiner Jagdgenossenschaft aus der Buursschup sind gekommen und treffen sich in der „Wäärtsschup" bei Brinkmanns Willem. Es geht hoch her. Obwohl es kalt ist im Januar, stehen die Fenster sperrangelweit offen; dicke Rauchschwaden ziehen nach draußen. Bei dieserart Veranstaltungen raucht der Bauer Zigarren, das Stück „twintig Pennich". Die Stimmung ist gut, sehr angeregt und manchmal laut bis äußerst erregt; „Beer unn Ssluck" helfen, dass das Stimmungshoch bis spät nach Mitternacht anhält.

Der Bauer hat im Winter viel Zeit. Auf den Feldern kann er nichts machen. Der Boden ist gefroren, Schnee deckt ihn zu. Da kommt die Vergabe der Jagdbezirke gerade recht. Erst im Monat März beginnt der Bauern Arbeit wieder draußen auf den Äckern und in der Flur.

So singt das schöne und alte Volkslied[6]:

Im Märzen der Bauer die Rösslein einspannt,
Er setzt seine Felder und Wiesen in Stand,
Er pflüget den Boden, er egget und säht
Und rührt seine Hände früh morgens und spät.

Auf den Feldern ist bis in den März hinein nichts zu machen. Im Winter steht das Vieh im Stall. Nur ab und zu muss der Bauer raus, um „Buusken te maaken“ – das heißt: die Wallhecken ausdünnen und das Holz zu Brennholz klein hacken.

Einige Stunden pro Tag nimmt auch das „Steckrööben trekken“ – Steckrüben ernten und „Runkeln haalen“ – Runkelrüben aus den Mieten holen – in Anspruch. Das Vieh zu versorgen, ist nahezu die einzige feste Arbeit in den Wintermonaten. Und es werden natürlich Reparaturen an Gebäuden und Stallungen durchgeführt.

Die harte körperliche Arbeit ist stark reduziert, die Ernährung ändert sich aber kaum. Im Frühjahr hat fast jeder Bauer zwanzig, dreißig oder vierzig Pfund oder noch mehr an Gewicht zugenommen. Die Buxen gehen dann nicht mehr richtig zu. Ein Gürtel oder ein einfacher Bindfaden geben dann der Hose den soliden Halt. Ein Dehnungskeil wird in die Buxe genäht.

Die Bäuerin ist stolz darauf, dass ihr Mann „chreut“ – zunimmt. Sich-Satt-Essen ist auf dem Land keine Sünde.

„Nenn Mann mett'n Buuk“ – ein Mann mit Bauch
„Iss ne Zierde fööрt Huus“ – ist eine Zierde fürs Haus.

Will heißen: „Dee Buurnfrau“ lässt ihren Mann nicht verkommen und meint's gut mit ihm. Er soll nicht darben. Liebe geht durch den Magen und der schwillt dann an. Sei's drum!

Der Bauer hat also im Winter viel Zeit und so kann er die Versammlungen für die Jagdverpachtung bis in die Puppen ausdehnen und richtig genießen.

Die Frage, die im Raume steht, ist: wie viel Geld soll der Jagdpächter pro Hektar Jagd zahlen? Die Beratungen dauern. Und noch eine Lage Ssluck für alle. Der potenzielle Pächter lässt sich nicht lumpen. Es kommt nach jeder Runde immer mehr Stimmung auf, und man trennt sich erst, nachdem man auch die Jagdpächter auserkoren hat. Aber nicht immer reicht eine Versammlung, manchmal bringt erst die zweite oder auch dritte Runde eine Lösung.

Jagdpachten festlegen ist ein interessantes Gefeilsche. Alle genießen es.

Der ein oder andere der Teilnehmer zieht dann nach einer langen Nachtsitzung mit leichten bis schweren Gleichgewichtsstörungen heim: ja, ja der Alkohol. Aber die Jagden werden nur alle neun Jahre verpachtet. Dazwischen gibt es lange Dürrezeiten, lange Jahre der Dürre.

Brinkhues Buur „siene Mama“ hat ihrem Gatterich vor der Sitzung eingeschärft, nicht zu spät heim zu kommen und vor allen Dingen nicht so viel zu trinken. Sie kennt die Sauftouren ihres Ehemannes aus anderen Anlässen, und droht: „Wenn du te laate kumms, dann ssluut ick dee Döörn aff“ – wenn du zu spät nach Hause kommst, dann schließe ich die Türen ab.

Das ist eine massive Drohung. In den Bauernhäusern schließt man in jener Zeit allenfalls den Haupteingang, den sowieso tagsüber keiner benutzt, ab. Es ist immer Haus der offenen Tür. So nimmt der Bauer nie einen Schlüssel mit, wenn er raus geht. Wenn Mama nun droht, „dann ssluut ick dee Döörn aff“, so ist das schon ernstzunehmen.

Brinkhues Mama erweist sich also „strangkiel“ – fest entschlossen und lässt Papa wissen:

„Dann kann'se in'ne Sschüürn sloapen“ – dann kannst du in der Scheune übernachten.

„Datt is mie dann een Doon“ – das ist mir dann auch egal.

Es ist nun spät geworden. Was kann man dran machen? Pech!

Da steht Brinkhues Buur nun als Heimkehrer, ja als Spätheimkehrer, vor der verrammelten Tür: tatsächlich „alles iss dichte“ – alles zugesperrt. Mama hat Wort gehalten.

Sie ist resolut: „se iss strangkiel unn will sick döörsetten“ – sie will sich durchsetzen. Aber das wusste Papa ja.

„Mama, watt sall datt?“ – Mama, was soll das?, stammelt er.

„Ick binn doch dienen kirchlich angetrauten Ehemann“, bedauert er sich selbst.

Aber dann kommt ihm die rettende Idee: „Achtern Huuse is villich noch loss“ – hinter dem Haus ist vielleicht noch offen, denkt er und wankt ums Haus. – „Ock toe“ – auch zu.

Doch an eines hatte Mama nicht gedacht. Die Luken zu den Stallungen der Schweine waren nicht verschlossen. Diese Öffnungen dienen normalerweise zum Entmisten der Schweineställe. Jede Schweineboxe hat eine eigene Luke nach draußen hin.

Allmählich merkt Brinkhues Buur auch: Alkohol macht nicht nur lustig, sondern auch müde. Die Beine werden bleiern schwer. Aber die Klappe zu einer Schweinestallung kriegt er noch auf.

Er muss sich bücken, um durchzusteigen, was eher ein Einstieg durch Reinkriechen ist, vergleichbar einem Einsteigen in eine Weltraumkapsel. Das ist schwer und doppelt schwer, da auch schon wieder diese verflixten Gleichgewichtsstörungen auftreten. Aber er schafft es und lässt sich reinplumpsen.

„Schnaps, das war sein letztes Wort, dann trugen ihn die Englein fort.“ Zum Glück hatte er gestern frisches Stroh eingestreut. Die Ruhelage ist daher bequem.

Er ist – Gott sei es gelobt – ins Haus gekommen, wenn auch in der Schweineboxe seiner produktivsten „Mutte“ – Muttertier, ein Städter nennt sie Sau, was sie aber nicht ist, nein, eine alte Sau ist sie nicht. Im letzten Jahr hat sie 22 „Farreken“ – Ferkel geworfen, seine Gerda, denn so heißt sie; und alle diese kleinen „Farreken“ schauen mit Stolz zu ihrer „Mutte“ auf; sie schämen sich nicht, wie einige meinen, weil ihre Mutte eine Sau sein soll. Nein, sie ist die „Mutte“ und nicht die Sau; man nennt sie auch „Ssurge“; bei ihr können die kleinen Farreken „ssurgen“ – saugen. Sie sorgt für Nahrung in den ersten Wochen der „Farreken“ und ist Tag und Nacht dazu bereit als nährende Mutte. Gerdas Zuhause ist ein plattdeutscher Stall und daher ist sie stolz auf ihre Titel: Mutte und auch Ssurge.

Brinkhues Buur ist in die Boxe unserer Gerda hineingestolpert „unn de daale ssloan“ – und hingeplumpst; er kommt nicht mehr hoch und er merkt es erst gar nicht; er fällt „stante pede“ in einen tiefen Schlaf – neben Gerda, was ja nicht verwerflich ist, allenfalls dumm.

Nun es war Wintertag, denn die Versammlungen der Jagdgenossenschaft finden immer – wie schon geschildert – in einer Zeit statt, in der es keine Feldarbeit gibt und alle Jagdanlieger Zeit für die gemeinschaftliche Suche nach dem besten Pächter haben: das ist eben im Januar – und alle neun Jahre der Fall.

Im Winter wird es erst spät des Morgens hell, aber Brinkhues Buur verspürt schon ein wenig Leben in seinem Körper. Dass er neben seiner Lieblingssau Gerda „de daale sloan wass" – hingefallen und eingeschlafen war, hat er noch nicht registriert. Es ist ja noch sehr dämmerig draußen und im Stall sowieso, und die Nebel im Kopf haben sich noch nicht gelichtet, er taut sehr langsam auf.

So denkt er: „Ett häff ja noch chuut goan" – es ist ja gut gegangen.

Und nach einer Weile konstatiert er mit Zufriedenheit:

„Mama häff örwerhaup nich sschännt und fuuterseert" – meine Frau hat nicht geschimpft und rumgemotzt.

Ein erster Erfolg!

In seinem verdötschten Zustand wähnt er sich sogar an der Seite seiner lieben Ehefrau, die ihn barsch hätte behandeln können, hat sie aber nicht.

„Mott ick Mama doch 'n bettken ströksken" – da will ich Mama mal liebevoll streicheln.

Er tut es, denn er weiß, was Frauen lieben und dass man etwas Nettes dabei sagen muss.

„Mama", sagt er voller Liebreiz, „häss du wäär datt Nachhemp mit de tweiij Knoppriegen an?" – Mama, hast du wieder das Nachthemd mit den zwei Knopfreihen an?

Irren ist menschlich, das sehen wir auch wieder an dieser Situation. Und daher müssen wir ihm alles verzeihen, unserem Brinkhues Buur. Jagden werden ja nur einmal alle neun Jahre vergeben.

Vanndennbänkens Buur mästet Schweine. Die moderne Landwirtschaft hat auch in Hopsten Einzug gehalten. Seine Ställe sind modern angelegt und über tausend Schweine werden hier schlachtreif gemacht. Das ist dann schon in den neunziger Jahren des vergangenen Jahrhunderts. Soviel zur zeitlichen Orientierung.

Er bekommt Besuch: „Is Hein in'n Huuse?"

Heins Frau Margret sagt: „Jau, hee iss in'nen Sswienstall" – er ist im Schweinestall.

„Woar fin'n ick emm dann tüschken all dee Sswiene?" – Wo genau finde ich ihn denn zwischen all den Schweinen?

„Emm kenn'se forts – hee häff ne Müssen up" – ihn erkennst du sofort, er hat eine Mütze auf!

Massentierhaltung in der Schweinemast ist in Hopsten ein Phänomen der letzten Jahrzehnte des 20. Jahrhunderts. Früher hatte man keine Mühe den Mäster unter der Schweinezahl zu finden.

In den Jahren nach dem Krieg gab es keine Spezialisierung in der Tierhaltung. Jeder Bauer hatte seine Pferde, Kühe, seine Schweine, seine Hühner, Gänse und Enten in überschaubarer Zahl. Da wurde dann schon mal nur ein Schwein verkauft oder drei, vielleicht auch mal fünf oder sieben. Mehr aber nicht. So war es auch bei Speckhues Kessling.

Kesslings Ewald hat bei Speckhues eingeheiratet. Speckhues Hedwig war eine „Stääbruut", und Ewald ein stattlicher, tüchtiger, gelernter Bauer. Er verstand sein Geschäft. Die beiden passen gut zu einander. Von den Arbeitkräften her klappt es hervorragend in diesem Betrieb.

Oma und Opa sind noch da und helfen mit: Oma in der Küche und Opa im Stall. Und jetzt kommt Ewald als junger Unternehmer und gelernter Bauer hinzu. Er übernimmt bald das Kommando, wie sich zeigen wird. Die Schweineställe werden erweitert.

Nun hat Ewald ein paar Schweine verkauft. Viehhandel ist Bargeldhandel. Nach dem Wiegen der Schweine wird gezahlt. „Dee Sswienhändler" blättert den Preis hin. Ewald steckt das Geld sofort in die Buxentasche.

In der Küche wartet schon Oma. Sie ist die alte Bäuerin und hat sich in ihrer neuen Rolle als zweite Kraft noch nicht richtig eingelebt. Sie fragt den eingeheirateten Schwiegersohn: „Watt hebbt dann dee Sswiene brach" – wieviel Geld haben denn die Schweine gebracht?

Ewald mag so eine Frage nicht. Viehhandel ist Männersache. So hat er es gelernt. Speckhues Oma will es aber wissen. Ewald ist kurz angebunden und ziemlich direkt: „Datt sägge ick die nich" – das sage ich dir nicht.

Und er hat sehr klare Vorstellungen vom Aufgabenbereich von Oma.

„Du draffs woll alles etten, bruuks oaber nich alles wetten" – du darfst wohl alles essen, brauchst aber nicht alles zu wissen.

Oma ist ein wenig überrascht. Bislang hat sie immer alles nachgefragt und auch Auskunft erhalten. Das ist die neue Zeit, die anbricht; Tochter Hedwigs Hochzeit hat die Wende eingeleitet. Ins zweite Glied zurückzutreten fällt Oma sichtlich schwer. So denkt Ewald auch und weist ihr einen neuen Aufgabenbereich zu.

Schwiegersohn Ewald fährt in seinen Belehrungen und Anweisungen fort und sagt: „Saijh du toe, datt du denn Pott kocks" – sieh du zu, dass du das Essen kochst.

„Unn wenn du dann noch Tiedt häss, dann bähr menn nenn Rosenkranz" – und wenn du dann noch Zeit hast, dann bete den Rosenkranz.

Ewald sieht klar, dass die spirituelle Seite auf dem Hof bis jetzt zu kurz gekommen ist. Das muss anders werden. Das ist Omas Aufgabenbereich und hier kann sie Abhilfe schaffen.

Ab jetzt herrscht absolute Klarheit. Die Markierungen sind gezogen. Mehr gibt es dazu nicht zu sagen.

7.

Feldhues Hüppi unn Brinkmanns Willem

Auf den westfälischen Dörfern war der Schnapskonsum früher beachtlich. Das ist zunächst einmal eine sachliche Feststellung, ohne dass sie eine Bewertung sein soll.

Wenn man in den 30er Jahren um die Dorfkirche herum einen Halbkreis mit einem Durchmesser von 400 Metern schlägt, so fallen in diesen Halbkreis acht Wirtschaften. Nur eine davon hat in den vierziger Jahren aufgehört und den Betrieb eingestellt, weil vermutlich „dee Wäärt“, Hahnes Franz genannt Hahnes Knix, den Umsatz durch Eigenkonsum allzu sehr gesteigert hat. Das war sein Fehler. Doch er hat daraus gelernt und von da an verkaufte er Milch statt Alkoholika und Ssluck. Das war gesüunder.

Er war der Milchmann – der Mister Milkman – im Dorf und gehörte mit seinem Fahrrad und den daran hängenden Milchkannen zum Dorfbild dazu. Am Klappern der Kannen konnte man hören, dass Hahnes Knix sich näherte. Ohne Hahnes Knix erfuhren die Frauen nichts von alle dem, was im Dorf passierte. Er war nicht nur „Milkman“, sondern auch „Communicator“, um zwei moderne Fachausdrücke zu benutzen. Schnaps ist nicht mehr sein Problem.

Es gibt in jedem Dorf des Mönsterlandes eine Anzahl von Männern – und vielleicht auch einige Frauen, aber sicher viel weniger – die von einer guten Portion „Ssluck“ am Tag abhängig sind. Sie brauchen wie Autos diesen Sprit. Nicht dass sie deshalb schon als vom Schicksal geschlagene Gewohnheitstrinker angesehen werden müssten. Nein, weiß Gott nicht.

Da ist zum Beispiel Feldhues Hüppi, der Friseurmeister im Dorf. Hüppi steht jeden Tag – um es in Termini seiner Zunft auszudrücken „sechs bis neun Stunden am Stuhl“ und schnippelt Haare und rasiert morgens einige ältere Herren. Witthaaken Huubett nennt ihn deshalb nicht Friseur, sondern „denn Boartsschrapper“ – Bartschrapper.

Seinen Friseur- und Barbiersalon hat er in einem Haus mitten im Dorfzentrum, direkt neben „dee Wäärtsschup“ von Kärssen Alwies. Die Giebelseite des Hauses liegt zur Straße hin. Das Haus streckt sich lang bis in den Hinterhof hinein, dort ist auch der Privateingang zu Hüppis Wohnung: Salon vorne – Wohnung hinten.

Die Arbeit als „Boartsschrapper“ verrichtet er hauptsächlich morgens; nach Einführung der DM kostet die Rasur mit dem langen Rasiermesser fünf Pennich. Seine „Boartsschrapper-Kunden“ sind ältere Herren wie Remmer Hein, Witthaaken Huubett, Wesselbernd, Oahrens Köster und Linnenssmitt, um nur einige zu nennen.

Sein Salon ist nun in all den Kriegsjahren und den Jahren danach nicht mehr gestrichen worden. Die Wände sind inzwischen fahl und farblos. Das zu ändern nimmt Hüppi sich dann vor. Das Geschäft soll aber nicht darunter leiden, also verlegt er seine Arbeit mit Friseursessel in den hinteren Teil des Hauses, in die Küche nämlich. Das ist eine praktische Idee, die Hüppi natürlich seinen Kunden mitteilen muss. So hängt er ein Plakat an die Außentür des zugesperrten Haupteinganges seines Friseursalons:

„Männer werden heute hinten rasiert.“

Das ist schlicht und doch deutlich genug ausgedrückt, die Kunden verstehen es mit einem Schmunzeln. „Honi soi qui mal y pense“.

Es ist schon eine beachtenswerte Lebensleistung, die des Feldhues Hüppi. In den fünfziger Jahren musste er sich noch einer schweren Operation unterziehen; man entfernte zwei Drittel seines Magens. Das war damals keine normale Operation. Dr. Dumpert aus Rheine hat ihn operiert. Hüppis Zustand war sehr ernst. Das alles hat er mannhaft ertragen und mit starkem Lebenswillen gegen den möglichen Abschied aus dieser Welt gekämpft. Es stand im wahrsten Sinne des Wortes auf der Kippe, in der Kirche wurde für ihn gebetet: „Lasst uns noch beten für einen Schwerkranken.“

Das ist Solidarität ohne Demonstrationen, echte Anteilnahme am schweren Schicksal eines Mitmenschen.

Jeder Besucher der Sonntagsmessen fragt dann mit Selbstverständlichkeit – und ein wenig Neugierde: „Well iss de dann krank?“ – Wer ist denn krank?

Das Gebet für Hüppi wurde vom Himmel erhört: er ist durchgekommen. Nach wiederhergestellter Genesung brauchte er in Zukunft weniger Nahrung; er aß wie ein Spatz und blieb deshalb rank und schlank. Schlanksein als Gesundheitsideal war auf dem Lande allerdings noch nicht modern. Er war es einfach.

Und es gab noch einen weiteren Vorteil für ihn: Schon wenige „Pinnekes Ssluck“ genügten, um ihn froh und glücklich zu stimmen. Das spart Geld.

Hüppi hat darüber hinaus noch einen kleinen Standortvorteil, wenn es darum geht seinen Durst zu löschen. Er benötigt nur fünfzehn Meter, um zur Theke von „Wäärt“ Kärßen Alwies zu gelangen. Friseur und „Wäärt“ sind engste Nachbarn. Diese Nähe nützt Hüppi aus, er verschwindet mal während der Öffnungszeiten schnell aus seinem Salon, trinkt zwei Pinnekes „Ssluck“ und in drei Minuten ist er wieder da.

Seine Frau, die darauf achtet, dass Hüppi gesund und nüchtern bleibt, verliert im Laufe eines Tages schnell die Übersicht und Kontrolle. Geschwindigkeit ist keine Hexerei, bestätigt sich hier wieder einmal mehr.

Und die „Wäärtsschup“ von Kärssen Alwies bietet darüber hinaus noch eine weitere Annehmlichkeit. Ein Handlauf unterhalb der Fensterhöhe – gedacht als Schutz der weißen Fachwerkwände gegen angelehnte Fahrräder – gibt Hüppi festen Halt, wenn es mal ein Pinneken zuviel war. Wackler sieht man so bei ihm nicht. Der Handlauf verhindert das.

New York und Hopsten schlafen nie

An manchen Tagen kann Hüppi morgens nicht mehr schlafen. Das kann bei zunehmendem Alter ja passieren. Dann steht Hüppi auf und geht um 5 Uhr in der Früh zu Brinkmanns Willem, der neben seiner uns schon bekannten „Wäärtsschup – bie Brinkmanns Willem“ einen Kolonialwarenladen besitzt und dazu eine Bäckerei betreibt. Frühmorgens backt der Bäcker, Brinkmanns Willem, höchst persönlich seine „Bröötkes“.

Kolonialwarenladen und Wirtschaft von Brinkmanns Willem haben eine gemeinsame Außentür, einen gemeinsamen Eingang. Wenn dieser Eingang durchschritten ist, dann muss man sich erst entscheiden: links geht's in „dee Wäärtsschup“ und rechts zu den Kolonialwaren und den Backartikeln. Zwei getrennte Wirtschaftseinheiten unter einem Dach. Hüppi nimmt natürlich die rechte Tür. So früh schon in der Wirtschaft: „wuh sütt datt uut“ – wie sieht das aus? Er will ja etwas für den Frühstückstisch kaufen: also rechte Tür.

Den Frühaufsteher Hüppi empfängt in der Abteilung Kolonialwaren immer ein aufmunterndes Bild mit einem Boxer in Kampfstellung als Linksausleger:

„Willst du dich mit Schmeling messen,
musst du Brinkmanns Schwarzbrot essen.“

Hüppi will sich aber gar nicht mit Max Schmeling messen, er will nicht mal das kräftige Schwarzbrot, sondern nur„Bröötkes“ kaufen.

Hüppi weiß, dass Brinkmanns Willem um fünf Uhr als Bäckermeister anfängt, die „Bröötkes“ zu backen. Das heißt auch: der Laden ist auf; er ist eigentlich immer offen, denn nur die Außentür wird abgeschlossen – auch nicht immer.

Das ist der Vorteil auf dem Lande: die Kundenfreundlichkeit. Man kann schon um fünf Uhr einkaufen, es ist immer jemand da, der bedient.

Auch abends noch bis nach Mitternacht ist das so. So mancher Ehemann will nach einer kräftigen Sauftour noch etwas „Drachenfutter“ für seine Mama kaufen, „datt se nich sschennt unn verarregert iss“ – dass sie nicht schimpft und sich nicht ärgert. Das kann man mit einer Tafel Schokolade verhindern und man kann sie bis Mitternacht und noch später kaufen.

„Doh mie noch watt Drachenfoor“, sagt dann Witthaken Chustaff, und Willem gibt ihm eine Tafel Schokolade. Schokolade ist was Besonderes; in den Kriegsjahren und danach gab es sie nicht. Jetzt in Form von Drachenfutter.

Die Öffnungszeiten sind von 5 Uhr bis 24 Uhr oder später, solange „in'ne Wäärtsschup“ Betrieb ist. Hopsten ist auf diese Weise fast wie New York – „The city that never sleeps – die Stadt, die nimmer schläft“, wenn man es mit Frank Sinatra hält.

Hopsten ist also das Dorf, das immer wach ist und sich keinen Schlaf gönnt. Brinkmanns Willem ist unser Beleg für diese These.

Doch auch er kommt in seinem Leben nicht ganz ohne Schlaf aus, wie man sich denken kann. Nachts verbleiben ihm wenige Stunden; so lebt er nach dem Mittagessen eine ausgeprägte Siesta, nicht im Nachthemd und im Bett. Er sitzt an seinem Schreibtisch in einem bequemen Stuhl mit einer Rundumlehne aus Holz in Bauchnabelhöhe. Dieser Stuhl öffnet sich nur so weit, wie Willem zum Platznehmen braucht.

Willem schläft im Sitzen und er schnarcht immer und sehr engagiert. Sein Körperbau erleichtert ihm ein kräftiges „Ssnorreken“ – Schnarchen. Er ist vielleicht 1,70 Meter groß und in dieser Statur verbirgt er etwa drei Zentner Lebendgewicht.

Dieser Resonanzkasten im Zusammenspiel mit einer eingefetteten Luftröhre bringt eine Vielfalt von Tönen hervor. Es ist eine ganze Oktav, angefangen vom einfachen C bis zum hohen C und noch darüber hinaus. Jedes Ein- und Ausatmen hat einen eigenen Klang. Er pfeift ganz hoch: Hhuuiii … und atmet dann ganz zart wie zum Klang der Äolsharfe aus. Dann klingt es auf einmal wie eine Balzarie des Auerhahns, dessen Gesang mit Knacken, Trillern und Wetzen umschrieben wird.

Willems Knacken bringt der Kehlkopf hervor, er trillert mit den Lippen und wetzt mit einem weiten Öffnen der Luftröhre, wobei es sich anhört, als schliffe der ausgestoßene Ton über eine handgedrehte Scherenschleifmaschine. Dann kommt plötzlich das „RRRRRRR“ eines fletschenden Kettenhundes, gefolgt vom Luftschnappen eines Ertrinkenden, der dreimal nach Luft schnappt und dann den Mund schließt, damit kein Wasser reinläuft. Es folgen drei Sekunden absoluter Ruhe und dann wieder volles Orchester in veränderter Ausführung und Tonfolge: Knacken, Trillern und Wetzen.

Auf der Hochzeit seiner Tochter Martha (1959) fassten die Nachbarn diesen Willemschen Schnarchgesang in einfachen Versen zusammen:

Brinkmanns Willem, dee kann ssnorreken,
Datt knappt unn datt knöört.
Nuh säch mie bloss Kinners,
Woar häff hee datt läärt?

> Brinkmanns Willem, der schnarcht,
> Und es knackt und es knarrt.
> Nun erzählt mir mal, ihr Kinder,
> Wo hat er's gelernt?

Wir waren aber immer noch bei Feldhues Hüppi, der morgens gegen fünf Uhr, um „Bröötkes" zu kaufen, den Kolonialwarenladen von Brinkmanns Willem betritt.

Willem fragt den Frühaufsteher, noch müde und laut gähnend: „Hüppi, watt sallt dann wiern?" – Was möchtest du?

Das ist eher eine Frage aus Höflichkeit, denn Willem weiß ja, was jetzt kommt und was Hüppi wirklich will. The same procedure as every day. Ritual!

„Tweij Bröötkes" – zwei Brötchen.

Das ist die logische Erklärung dafür, dass er die rechte Tür zu den Kolonialwaren gewählt hat. Er bestellt die kleinst mögliche Menge „Bröötkes" für sich und seine Frau. Die „Bröötkes" gibt es eben rechte Tür.

„Dee sinnt noch nich ferrich, datt duurt noch ne chuute Stunde" – die sind erst in einer Stunde fertig.

Die guten Brötchen benötigen tatsächlich eine Gärung von zwei Stunden, dann werden sie schön locker. Brinkmanns Willem ist ein Bäcker der alten Schule und hält nichts von kürzeren Zeiten der Gärung.

Damit hat Hüppi eigentlich schon gerechnet. Hüppi weiß, dass schmackhafte Bröötkes zwei Stunden aufgehen müssen, bis sie perfekt sind. Nur, Bröötkes waren aber sowieso nicht sein Begehr.

„Tja, watt nuh?“ – Was machen wir denn jetzt?

„Wuh laate iss ett dann?“ – Wie spät ist es eigentlich?, fragt Hüppi noch um Normalität zu heucheln.

„Hallef säss“ – halb sechs.

„Dann doo mie menn nen Ssluck“ – dann gib mir einen Schnaps. Den gibt es nebenan.

Willem gibt ihm ein leeres Pinneken in die Hand und holt die Schnapsflasche aus dem Kühlschrank unter der Theke hervor. Er gießt Hüppi einen ein, über den Strich, der ist auf dem Pinneken die Mengenangabe für eine normale Portion. Hüppi weiß das zu schätzen.

Hastig kippt sich Hüppi den „Ssluck in denn Nacken“, schüttelt sich ein wenig als Ausdruck, dass ihm der „Ssluck“ so früh eigentlich noch zuwider ist, und hält das Pinnneken weit von sich in Richtung Brinkmanns Willem.

Während Hüppi sich noch schüttelt und das Pinneken hinhält, schenkt Willem ihm wieder einen ein. Eben: The same procedure as every day – das ist lange eingeübt.

„Wuh? – Häss mie all wäär eenen drin doarn?“ – Wie, hast du mir schon wieder einen eingeschenkt?

Hüppi tut überrascht und sagt dann noch: „Mit kleinem fängt man an.“

Das sagt er, damit die Unterhaltung nicht abbricht.

So bekämpft Feldhues Hüppi schon ganz früh morgens mit Erfolg seinen ersten Durst.

Ganz vergessen hat er dabei, daß er eigentlich Bröötkes kaufen wollte.

Die Tagsüberwäärtschup für Hüppi, so hatten wir schon gesehen, ist Kärssen Alwies, sein Nachbar. Aber manchmal hat Hüppi beruflich Außendienst als „Boartsschrapper“.

Bei diesem Außendienst muss Hüppi auf dem Weg zu seiner Zusatzbeschäftigung gezwungermaßen bei Brinkmanns Willems Wäärtsschup vorbei. Es gibt wohl einen weiten Umweg, aber aus

Gründen der Arbeitsrationalität und des Zeitmanagements kann er ihn nicht gehen.

So begibt er sich in Richtung Krankenhaus mit einem sehr speziellen Auftrag. Er rasiert die verstorbenen und aufgebahrten Männer in der Leichenhalle am Krankenhaus. Das ist erforderlich, weil die Särge bis zur Beerdigung geöffnet bleiben und der Bart, ob lebendig oder tot, weiter wächst. Als Lohn erhält er für jede Rasur zwei DM, die er dann auf dem Nachhauseweg bei Brinkmanns Willem gegen „Ssluck“ eintauscht. Das ist ein reelles Tauschgeschäft und ist mehr Desinfizierung als Trinken, so versteht Hüppi es wenigstens. Als Zubrot, das er sich verdient, kann man es sicher nicht bezeichnen, eher schon als Zutrunk. Er befindet sich hier in einer echten Win-Win-Situation, so würde man heute sagen.

Einmal in seinem Leben bricht für Hüppi sogar die Eiszeit herein, ohne dass er es wirklich bemerkt hätte.

Das ist im Jahre 1950. Die katholische Kirche feiert in diesem Jahr das sogenannte „Heilige Jahr“. Viele Pilger nehmen die Gelegenheit wahr, um einmal in ihrem Leben Rom zu besuchen. So auch Feldhues Hüppi. Es ist die erste und bleibt die einzige größere Reise im Leben von Hüppi.

Eine so weite Reise ist auch zugleich Ausdruck eines kleinen materiellen Wohlstands, den Hüppi sich erarbeitet hat. Soldat war er wegen einer Gehbehinderung nicht: das linke Bein war um sieben Zentimeter kürzer geraten als das rechte. Er hinkte, und orthopädische Schuhe waren zu teuer für ihn.

Jetzt also eine Weltreise über die Schweiz nach Italien! Und er kann sie sich leisten.

Mit dem Pilgerzug geht es von Münster nach Rom. Ein Großerlebnis für viele, besonders natürlich für Hüppi und Ehefrau.

Was hat die Pilgerfahrt nach Rom nun mit Hüppis Eiszeit zu tun?

Um seinen geschätzte Kunden mitzuteilen, dass er zehn Tage auf Weltreise ist, hängt er einen großen Zettel DIN A 4 in das Schaufenster seines Friseursalons mit der Bekanntmachung:

Wegen Vereisung geschlossen!

Seine werten Kunden lesen das: Wegen Ver-Eisung geschlossen … und dachten: vielleicht hat er ein Schnäpsken zu viel zu sich genommen. Jetzt ist Eiszeit. Zehn Tage regt sich nichts in seinem Salon.

Eine grundsätzliche Frage steht aber im Raum. Diese Frage muss an dieser Stelle gestellt werden, damit das nötige Verständnis für die folgenden Anekdoten aufgebracht werden kann: Es ist eine grundsätzliche Frage, die wir stellen müssen: Ist die Abhängigkeit vom Alkohol eigentlich vererbbar? Werden „Drinker – Süüper" als solche geboren oder nicht. Haben die Gene was damit zu tun?

Datt sitt in'ne Pöste

Für den Mönsterländer ist das ganz klar: sie werden nicht als „Süüper" geboren!

„Datt sitt in'ne Pöste" – das sitzt in den Pfosten der Häuser. Suchtmediziner werden diese Erklärung vielleicht als nicht ganz unsinnig ansehen. Der Mönsterländer ist von dieser These überzeugt.

Die Schnapsbrennereien haben durch handliche Flaschen zum erhöhten Konsum beigetragen. Der „Flachmann" fasst etwa ein Drittel Liter „Ssluck" und hat an einer Seite eine konkave Delle. Man kann ihn so gut in der Jackentasche unterbringen. Der Flachmann passt sich dem Körper an, ja er schmiegt sich an. Er wärmt den „Ssluck" allerdings ein wenig an.

Eine normale dreiviertel Liter Flasche ist viel weniger praktisch und fällt auf. „Drinker" sind verschämte Trinker; sie sind der Meinung, dass die Umwelt sie nicht als „Süüper" wahrnimmt.

Wollheeken Hein hatte immer so einen Flachmann dabei. Er war einmal mit Schweegmanns Julius im noch von den Bomben zerstörten Osnabrück. Immer wenn die beiden an einem Trümmergrundstück vorbeikamen, verschwand Wollheeken Hein in den Ruinen. „Häff Hein te dichte an't Water baut?" – Hat Hein zu dicht am Wasser gebaut, fragt sich Julius. Er ist neugierig und geht beim nächsten Mal hinter Hein her. Er sieht ihn mit dem Pülleken im Anschlag. Durst ist eben schlimmer als Heimweh.

Einmal hat Wollheeken Hein es nicht mehr ganz bis nach Hause geschafft. Das war in den letzten Monaten des Weltkrieges. Wegen des nahen Fliegerhorstes waren in Hopsten ständig alliierte Tiefflieger in der Luft. Sie flogen etwa 100 m hoch und verschossen ihre Munition, mehr planlos als gezielt ab.

Als an einem Sonntagmorgen die Bauersfrauen „vann dee Ao“ – aus der Aabauerschaft zur Frühmesse um sechs Uhr gingen, treffen sie auf Wollheeken Hein, der im Straßengraben liegt – der Alkohol hatte ihn zu später Stunde einfach niedergedrückt, was gemein genug ist. Dass ausgerechnet die Weibsleut ihn da sehen, ist ihm mehr als peinlich, aber er ist nicht auf den Kopf gefallen und fragt Höss Sofie, seine Nachbarin: „Sinnt dee Fleegers all wäch?“ – Sind die Tiefflieger schon weg? Es sah danach aus: sie waren tatsächlich schon weg.

Vom Flachmann war schon die Rede. Doch auch eine normale Flasche kann praktisch sein, wie Konnerjanns Buur es vorgemacht hat. Es geht um eine Wette, wie immer: er könne an einem Vormittag zwölf Morgen Wieske – Weide – mit der Sense mähen.

Mit dem Krähen der Hähne zieht er los. Eine Flasche „Ssluck“ hat er dabei, dazu auch noch weiteren Vorrat. Wenn ihn der Durst überkommt, muss er jeweils zur Giegelaa – einem kleinen Fluss, Nebenfluss der Möllenaa oder auch der Hopster Aa genannt –, wo er die Flaschen zum Kühlen abgelegt hat. Das raubt ihm aber die Zeit, die nachher beim Mähen fehlt. Lösungen gibt es für jedes Problem, denkt Konnerjanns Buur: er bindet sich die Flasche mit einem Bindfaden ans Bein und zieht sie durch das noch kühle Gras hinter sich her. Er gewinnt Zeit.

Thomanns Buur und Stockmann Buur sind als Kontrolleure vor Ort. Sie passen auf, dass nicht gepfuscht wird, und versorgen den eifrigen Mäher mit weiterem „Ssluck“.

Nun verdächtigt plötzlich Konnerjanns Buur auch noch seinen Wettpartner, Thomanns Buur, Ricinus in den Schnaps gemischt zu haben. Ricinus gilt als Abführmittel. Das ist gemein und böse von den Wettpartnern. Es zwickt immer wieder im Magen. Wertvolle Zeit geht verloren.

„Hee mott egoal achter dee Strüüker" – er muss immer wieder in die Büsche. Die Wette kann er so nicht gewinnen.

Auch hier gibt es eine Lösung. Weg mit dee Buxe: unten offen. „Datt lange Hämp deckt datt bloate Chatt toe" – das lange Hemd deckt die Blöße zu.

Die Hemden gingen damals bis zu den Knien und waren an beiden Seiten noch aufgeschlitzt: Bewegungsfreiheit.

Der Weg für einen Triumph ist also frei. Er schafft es. Wir sind erleichtert.

Opas Uutfluch – Opas Ausflug

Kommen wir zurück zu dieser klaren westfälischen Feststellung: Trinken sitzt in den Pfosten der Fachwerkhäuser: „in'ne Pöste". Der Mensch wird nicht als Trinker geboren. Klar ist auch, dass die wenigsten Trinker – „Süüper – ihre Abhängigkeit vom Alkohol zugeben. Sie nehmen die Welt ganz anders wahr. Zum „Drüügeleggen" oder „Uutdrüügeln" – Trockenlegen – sind sie zu allermeist auch nicht bereit. Es sei denn, „Lampen Dokter" sagt ihnen: „Dien Keddel is döörbrannt" – dein Kessel ist durchgebrannt. Einige reagieren dann schon, wieder andere aber nicht.

Das war bei Holtmanns Opa der Fall: „sien Keddel wass döörbrannt"; doch er ist uneinsichtig. Die Familie wollte ihn immer wieder „drüüge leggen"; er sträubt sich mit Erfolg.

Doch dann kommt der Sonntag im Juni 1935. „Opa, wie willt nen Uutfluch maaken" – Opa, wir wollen einen Ausflug machen. Das hat es bis jetzt nie gegeben.

Opa freut sich. Mit dem Kutschwagen soll die Fahrt nach Mariaveen gehen; dort ist eine Trinkerheilanstalt, die von Patres betrieben wird.

Eine Trinkerheilanstalt wird im Volksmund auch als „Nasenbleiche" umschrieben.

Diese Details kennt Opa nicht. Eine herrliche Kutschfahrt

durch die Felder und auch durch einige Dörfer wie Hörstel, Bergeshöwede, Riesenbeck bis nach Mariaveen! Opa ist nicht abgeneigt: mal was Neues.

Mit einem aus Weiden geflochtenen Fresskorb an Bord geht es los; Opa hat auch an seinen Stoff gedacht. Ein oder zwei schöne „Püllekes Ssluck" – handliche Schnapsfläschchen hat er als kleine eiserne Ration dabei. Durst will er bei diesem Ausflug nicht leiden. Soll er auch nicht.

Die Fahrt geht durch die frische und duftende Natur der westfälischen Parklandschaft. Der Roggen steht gut; der Hafer auch. Und die Kartoffeln stehen in sattem Grün und treiben schon ihre kleinen weißen Blüten. Und dann das Vieh auf den Weiden, die „roatbunten" Kühe und Bullen! Opa erholt sich, riskiert dann und wann und hin und wieder ein „Sslücksken" aus seiner Pulle. Watt iss datt Leben doch schön!

Die Kutschenausflügler kommen in Mariaveen, dem Ziel der Reise, an; die Patres sind freundlich; es gibt Kaffee und Kuchen. Opa muss öfter mal zur Toilette; sein „Pülleken" hat er in der Binnentasche. Die Stimmung kann nicht besser sein. Man spricht über das gute Wetter, über die blühenden Fluren und Felder, die Frucht steht gut. Auch die „Pöterkes" – die Patres sind mit sich und ihrer Arbeit zufrieden. Sie betreiben auch eine kleine Landwirtschaft.

„Wi wie uss nich ock äss dee Zellen van dee Pöterkes ankieken unn dee Kapelle?" – Wollen wir uns nicht auch mal die Zellen der Patres und die Kapelle ansehen?

„Ssicher doch" – klar will man das.

Von der Kapelle geht es zu den Zellen der Patres. Opa wird als erster in eine Zelle geführt. Er ist ja derjenige, dem etwas geboten werden soll. Alles ist eher karg. Klosterleben ist eben Opferleben, das sieht auch Opa ein.

Es gibt für ältere „Pööterkes" eine etwas bequemere Zelle; Opa will auch diese sehen. Er ist wissbegierig. Der viele Ssluck hebt sein Gemüt und macht ihn beschwingt.

„Dies ist nun eine Zelle für Patres, die schon etwas älter sind." Opa steht auf der Türschwelle zu dieser Zelle; neugierig blickt er hinein, und dann passiert es. Sein Sohn Paul gibt ihm einen kräftigen Schups und kladderadatsch: Opa stolpert in die Zelle – mitten drin. Der Pater schließt schnell ab. Das wäre geschafft.

„Datt Drüügeleggen vann Opa fäng nuh an" – Opa wird jetzt trockengelegt. Er sitzt fest. Die Art der Einweisung ist allerdings nicht sehr schön. Aber es geht ja um Opas Gesundheit: gewalttätige Liebe, so könnte man den Vorgang bezeichnen.

Die Reisegesellschaft lässt sich noch zu einem kleinen Schnaps einladen, man hat ja Zeit und dann geht's zurück nach Hause.

Doch zuhause angekommen, werden die Ausflügler vom Schlag getroffen.

„Opa iss all wäär doar!" – Opa ist schon wieder da! Wie kann das passieren? Keiner weiß bis heute, wie Opa das so schnell geschafft hat. Opa hat das Geheimnis mit ins Grab genommen.

Eines ist jedoch inzwischen klar: Leider war das Fenster in der Zelle nicht abgeschlossen – das hatten die „Pööterkes" übersehen: Opa ist eben noch „swiss" – sehr rüstig. Er weiß, was er zu tun hat. Er hat schließlich bei Preussens gedient.

Eine Frage ist noch nicht beantwortet, und das wollen wir jetzt tun: „Warum hat Opa denn dem Alkohol soviel Sympathie entgegen gebracht. Waren es die „Pöste" von seinem Haus, wie wir es zu erklären versuchten? Was war es wirklich?

Die Antwort hat Opa letztendlich seinem kleinen Enkel Georg geoffenbart. „Opa, watt häss du föör ne roate Niersen?" – Opa, weshalb ist denn deine Nase so rot?

„Datt kummp vann dee Sschicksalssläage!" – das sind die Schicksalsschläge.

Die Schicksalschläge sind es also gewesen.

„Datt iss oarwer chemein!" – das ist aber gemein, empört sich Klein-Georg.

„Immer up dee selbichte Stier" – immer auf dieselbe Stelle.

Klein-Georg hat recht.

Hier iss ett deeper – hier ist es tiefer

Nicht weit von Holtmanns Buur liegt der Hof von Aobürcks August. Sein Hofverwalter heißt Witthake. Witthaken Hein und seine Frau Änneken sind kinderlos und wohnen auf dem Hof von Aobürcks August. Mit Witthaaken Huubett „van'nen Bülten" sind sie nicht verwandt. Sie arbeiten in der Landwirtschaft auf „Aobürcks Hoff".

Der Hof heißt von alters her Aobürcks Hoff. Das ist die Bezeichnung des Hofes. Die Nachbarhöfe heißen Bunneken, Dreägers, Grondiercks und Hackschmitz. Aobürcks August heißt mit bürgerlichem Namen eigentlich Schweigmanns August. Im Volksmund hat der Name des Hofes Vorrang, weil vor Generationen und über Generationen hinweg dort schon ein Aobürck Bauer war.

Also: Aobürcks August ist Tödde, westfälischer Kaufmann, und hat sein Geschäft in Leeuwarden im niederländischen Friesland, in Westfriesland genauer gesagt. Er ist in jedem Jahr monatelang in den Niederlanden, und das Vieh und die Äcker müssen betreut und bearbeitet werden. Also hat er Witthaken Hein und seine Frau als Verwalterehepaar eingestellt.

Hein empfindet manchmal einen unersättlichen Durst nach „Ssluck", das hat er mit Holtmanns Opa gemeinsam; seine liebe Gattin Änneken findet das weniger gut. Es gibt schon mal Diskussionen und heftige Worte, wie das eben bei Eheleuten der Fall ist, die sich wirklich lieben und ihren Ehebund, bis „dass der Tod euch scheidet", geschlossen haben.

Es haben sich für die Zeiten, wenn es bei Witthakens etwas hitziger zugeht, einige Rituale entwickelt, die dann auch ausgelebt werden.

Hein hat also wieder einmal mehr dem „Ssluck" nicht widerstehen können, obwohl er ganz feste Vorsätze bei der Volksmission gefasst hatte. Änneken ist verärgert. Das ist immer die Ausgangsposition. „Hee besoppen – unn see verarregert" – er besoffen und sie verärgert.

In ihrer Küche hängt ein großes Herz-Jesu-Bild mit einem immer brennenden, rot scheinenden Licht davor – wie in allen westfälischen Bauernhäusern. Änneken nimmt die Kniebank, die in der „Ssloapkaamer süss steht“ – die normalerweise im Schlafzimmer steht und stellt sie vor das Herz-Jesu-Bild.

„Du döss nuh forts Affbitte leist'n“ – du leistest jetzt sofort Abbitte!

Hein soll sich also hinknien und Abbitte leisten. Das erwartet Änneken.

Aber Hein ist widerspenstig, und Änneken setzt noch einen drauf:

„Du oale Ssleef vann Kärl, du verdeens datt Ssoalt in'nen Pott nich“ – du alter Lümmel von Mann, du verdienst nicht einmal das Salz im Pott.

„Knaij die henn“ – knie dich nieder – „unn doo affbaijn“ – leiste Abbitte.

Das ist heftig, aber Hein weiß es besser und wird auch noch „patzich – frech“; er gibt Widerworte:

„Frau“, lallt er, der Ssluck hat seine Stimme etwas träge gemacht: „Noah mien Dünken unn dien Doan“ – meiner Meinung nach und nach deinem Tun – „häss du ett noch heller mett mie droppen“ – hast du es noch verdammt gut mit mir getroffen.

Aber Änneken ist davon nicht überzeugt.

Nun fließt die Hopstener Aa – „dee Möllenao“ – in einem kleinen Bogen um Aaobürcks Hoff, grenzt ihn gewissermaßen zu dem Nachbarhof Hackschmitz und zum Löwenbad – einer von Sierings Oskar privat betriebenen Badeanstalt – ab.

Ja, Hopsten hat in den zwanziger Jahren des vergangenen Jahrhunderts schon eine Badeanstalt! Dessen unbeschadet galt für die Bauern das Prinzip:

„Loat denn Buuk uut ett Water“ – lass den Bauch aus dem Wasser – „unn datt Water uut denn Buuk“ – und das Wasser aus dem Bauch.

Beides lebten sie.

Aber wir haben den Eheknies bei Witthakens up Aobürcks Hoff noch nicht ganz abgehakt.

In regenreichen Zeiten führt „dee Ao“ schon mal Hochwasser. Das ist jetzt nicht der Fall. Und Änneken ist entschlossen, ihrem

Hein das Trinken ein für alle mal abzugewöhnen, und koste es das eigene Leben.

„Ick ssmiet mie in'ne Ao" – ich ertränke mich in der Aa, ruft sie und verlässt schnurstracks die Küche und das Haus. Und Hein hinterher. Besorgt? Eigentlich nicht! Alte Eheleute kennen sich in und auswendig.

Es sind etwa 200 Meter bis zum Fluss. Hein erreicht Änneken, die schon am Uferrand steht. Erleichterung! Sollte man meinen.

Doch Änneken ist fest entschlossen, ihrem Leben aus purem Kummer ein Ende zu bereiten: „Ick ssmiet mie nuh in't Water!" – Ich schmeiß mich jetzt ins Wasser.

Und Hein bleibt ganz ruhig, schaut nach links, taxiert den Wasserstand des Flusses und sagt dann: „Goah noch een bettken wierder noah links!" – Geh ein wenig weiter nach links – „doar is ett deeper" – da ist es tiefer.

Die Aa macht nämlich etwas weiter eine Kurve und da ist der Fluss wegen der Erosionen eben tiefer.

Aber wir können beruhigt sein: Sowohl Änneken als auch Hein sind viele Jahre später dennoch beide in einem Bett gestorben. „Marmor, Stein und Eisen bricht, aber unsere Liebe nicht", singt man viele Jahre später mit Drafi Deutscher. Rituale gehören eben dazu, damit die Ehe hält.

Wuh sall ett dann heeten – Wie soll es denn heißen

Ein Ritual ist auch, dass ein Papa die anstrengenden Tage vor der Niederkunft seiner Frau mental durchstehen muss. Er geht – wenn alles geklappt hat und das Kind da ist – dann darum sich „bien Wäärt" mit seinen Freunden zu entspannen. Der glückliche Vater muss sich großzügig erweisen und „eenen uutdohn" – sich das große Glück etwas kosten lassen: natürlich in flüssiger Währung mit „Beer unn Ssluck". „Datt Kiend äss pissen loaten", heißt die Devise dann.

Burings Blitz hat gleich mehrere Tage dafür angesetzt. Eine theologische Begründung findet er im Alten Testament: Exodus

13,13: „Jeden Erstgeborenen deiner Söhne musst du auslösen." Selbst wenn es kein Sohn ist, Töchter haben in Hopsten auch ihren Anspruch, ausgelöst zu werden.

Seine Frau und glückliche Mutter hat ihm den Namen der neuen Weltbürgerin nahegebracht. Das Mädchen soll Irmgard heißen, weil Tante Irmgard Taufpatin werden soll. „Häss'e höört? Irmgard!" – Hast du verstanden? Irmgard! Es ist Aufgabe des Vaters, das Kind auf dem Geburtenregister des Amtes Hopsten anzumelden.

Blitz geht, wie es seine Bürgerpflicht ist, zum Standesamt, um die Neugeburt seiner Tochter registrieren zu lassen. Er kommt nun auf dem Weg dorthin an fünf „Wäärtshüüser" vorbei. Für junge Väter, die ihre Frauen noch im Wochenbett wissen, eine sehr große Versuchung, die nicht größer hätte sein können! Dabei hätte die Versuchung von einem einzigen „Wäärtshuus" schon genügt. Und jetzt sind es fünf!

Wir müssen leider konstatieren, dass Blitz diesen vielen Versuchungen nicht widerstehen konnte. Es hat ihn einfach hineingedrängt. Auch um seine Vaterfreuden den Mitbürgern mitzuteilen. Und darüber hinaus musste er auch noch auslösen.

Aber Bürgerpflicht ist Bürgerpflicht: er kämpft sich schließlich bis zur Amtsverwaltung und dem Geburtenregister durch.

„Wuh sall ett dann heeten?", fragt Attermeyers Bernd als Standesbeamter. Blitz kommt nicht so schnell auf den Namen, den seine Frau ihm aufgetragen hat. Er will ihm partout nicht einfallen. Kann ja passieren. Vielleicht funktioniert sein Kurzzeitgedächtnis nicht; es kann aber auch der viele „Ssluck" gewesen sein.

Aber nach einer vollen Stunde intensiven Überlegens muss er sich entscheiden und das tut er.

„Miene Mutter hed'de Elisabeth" – meine Mutter hieß Elisabeth – „unn miene Oma, datt wass Ludovika" – und meine Oma Ludovika.

Ludovika – der Name ist 19. Jahrhundert. Also heißt das Mädchen jetzt Elisabeth Ludovika Buring.

„Te Huuse häff datt watt affsett" – Zuhause gab es massiven Ärger.

Massiver Ärger! Den gab es auch beim Schützenfest. Blitz hatte den Heimweg nicht ganz bis nach Zuhause geschafft. Am Straßenrand überkam ihn die Müdigkeit. Er fällt in den Graben. Beer Willy sieht ihn auf dem Nachhauseweg, wie er in tiefen Schlaf versunken ist. Freunde in der Not stehen sich bei. Bei Deppen August leiht sich Beer Willy eine Schiebkarre aus und fährt so den Blitz nach Hause.

Er rammelt an der Tür; die Ehefrau von Blitz öffnet. „Ick hebb dienen Blitz up de Stroate fuunen" – ich habe deinen Blitz auf der Straße gefunden. Unerhört!

Blitz ist plötzlich hellwach und ruft seiner Frau von der „Sschuufkoarn" – Schiebkarre zu:

„Nich fuunen, fuunen nich – droppen!" – Nicht gefunden – getroffen!

„Säch ähr datt doch richtig" – sag ihr, wie es wirklich war!

Das ist eben der feine begriffliche Unterschied, den Blitz noch herausarbeiten durfte.

Apropos: Kindtaufe. Auch Üffings hatten Grund zur Freude. Ein Junge: Georg soll er heißen. Auf dem Weg zur Kirche kehrt die Taufgesellschaft – wohlbemerkt ohne Mama, die noch als Wöchnerin im Bett liegt – am dritten Tag nach der Geburt bei Lusters Hubert, dem „Wäärt", ein. Hubert steht selbst hinter der Theke und fragt: „Wuh sall ett dann heeten?"

Und die Antwort: „Georg".

Soweit ist alles in Ordnung; dann sagt Lusters Hubert: „Wenn du emm Hubert nenns, dann sschenk ick die ne Pulle Ssluck" – wenn du ihn Hubert nennst, dann schenke ich dir eine Pulle Ssluck.

Eine Stunde später – nach der Taufe also – kehrt die Taufgesellschaft wieder bei Lusters Hubert ein. Nanu!

Hubert ist neugierig: „Wuh hett'et?"

Und Üffings Papa sagt: „Hubert!"

„Na also, ett cheet doch, hier häss du diene Pulle Ssluck!" – Es geht doch! Hier ist die Flasche Schnaps!

Der nächste Sohn von Üffings Buur wurde dann eben Georg genannt. Dafür gab es keine Pulle Ssluck.

Karl, sack die mettnemmen – Karl, soll ich dich mitnehmen

Bei soviel „Ssluck“ kann man schon mal die Orientierung verlieren. Das ist auch Karl so ergangen. Die ganze Geschichte ereignete sich auf einem Bauernweg dorfauswärts.

Aossmidt ist Bäckermeister in der Aabauerschaft – „up dee Ao“. Sein Brot verkauft er auch im Dorfzentrum von Hopsten, vor allen Dingen im Krankenhaus.

Er hat einen gummibereiften Flachwagen mit Lenkerbock. Ein strammer Belgier – das Pferd – zieht den Wagen. Sein Weg nach Hause – in die Aabauerschaft – führt über Bauernwege und durch Hollings Busch, dann über den Esch.

Am Waldesrand von Hollings Busch liegt vom „Ssluck“ überwältigt ein Mitbürger von der Aa – die Bauerschaft wird abgekürzt Ao oder Aa genannt. Armer Kerl – hat es nur bis hierher geschafft.

„Karl, sall ick die mett nemmen?“ – Soll ich dich mitnehmen, Karl?

„Jao“ lallt Karl.

Aossmidt’s Chustaff hilft ihm, und nun liegt Karl auf der leeren Ladefläche seines Fuhrwerks. Und Aossmidt „lässt den Gaul mal puupen“, das heißt das Pferd muss traben. Der Weg ist rumpelig – aber wer Alkohol getrunken hat, ist körperlich entspannt und so rutscht Karl im Rhythmus mit dem Holpern des Wagens immer mehr nach hinten. Er hält das Rumpeln spielend aus und schläft bald ein, bis er dann ganz allmählich, nahezu sanft vom Wagen runterfällt. Da liegt er nun, nichts ist an ihm verbeult und nichts gebrochen. Betrunken fällt man total entspannt. Und bald schläft er wieder. Aoschmidt hat nichts bemerkt.

Eine Viertelstunde später fährt Rutemöllers Buur mit dem Fahrrad dieselbe Strecke. Was ist das? Karl, der alte Kumpan, liegt mitten auf dem Weg. Rutemöllers Buur hält natürlich an. Ist erste

Hilfe nötig? Lebt Karl noch? Er rüttelt Karl wach: „Karl, watt is passeert?" Was soll schon passiert sein?

„Sall ick die noah Huuse brengen?" – Soll ich dich nach Hause bringen?

„Nää", sääch Karl" – sagt Karl – „datt bruuks'te nich" – das ist nicht nötig.

„Aossmidt's Chustav föört mie jüss noah Huuse!" – Nein, Aossmidts Gustav fährt mich gerade nach Hause!

Lassen wir unsere Erinnerung an früher noch ein wenig schweifen. Der Alkohol ruft immer wieder neue Geschichten ins Gedächtnis zurück. Sitzt man mit Freunden, Geschwistern und Weggefährten zusammen – bei einem Glas Bier, versteht sich –, dann kommen sie wieder: die alten Zeiten und ihre kleinen „Vertällkes – Döönekes – Erzählungen – Geschichtchen". Kardinal Ratzinger, der spätere Papst Benedikt XVI., hat dieses Phänomen einmal so erklärt: „Im Gedächtnis ist Vergangenheit als Gegenwart verwahrt."[7]

Die „Döönekes" werden also Gegenwart, als wären sie erst gerade geschehen. Genau so geht es uns.

Da ist Grimmse Buur. Jeden Sonntag nach dem Hochamt – einer feierlichen Messe – macht er einen ausführlichen Gang durch die „Wäärtsschups" auf seinem Weg nach Hause. Doch dann fehlt er unabgemeldet. Was ist mit Grimmse Buur los? Ist er krank? Tatsächlich!

Ihn bedrückt einen kleines Männerwehwehchen: Prostata – wobei auf dem Dorf nicht die erste Silbe, sondern die zweite betont wird: also Prostaata.

Grimmse Buur wird operiert. Aber nach ein paar Wochen ist er wieder da. Langsam kommt seine alte Form wieder. Er kann schon wieder mehrere Bierchen trinken. Er muss kämpfen. Aber er ist nicht mehr der alte.

Prostaata weg ist nicht wie Blindarm weg!

Für Blooms Alfred ist das klar. Wenn ihm das mit der Prostaata auch passieren sollte, dann würde er den Ärzten ganz klar sagen: kein Katheter!

„Warum nicht, Herr Blooms?"

„Doar unnen, goah jie mie nich bie" – da unten geht ihr mir nicht bei.

Das ist medizinisch unverständlich, das ist doch Stand der Technik. Aber die Chirurgen wissen natürlich nicht, was Grimmse Buur nach dem chirurgischen Eingriff passiert ist.

Blooms Buur weiß das genau; er hat es schon oft miterlebt.

„Grimmse Buur fänk noah feer Beer all unnen an te stinken" – nach vier Bier fängt Grimmse Buur unten an zu stinken.

Mit Vollgummi in die Polizeikontrolle

Ein großer Freund des Bieres ist auch Onkel Franz. Wie er mit Hausnamen heißt, hat sich nicht rumgesprochen. Jeder im Dorf und an seinem Arbeitsplatz auf dem Dickenberg kennt ihn nur als Onkel Franz.

Seinen Beruf kennt man dagegen schon: er ist Steinbrucharbeiter und unverheiratet, vielleicht auch verwitwet – Junggeselle also, aber kein „Öhm an'ne Müürn". Er wohnt bei einer seiner Nichten im „Hilligen Feele", auf halbem Weg zwischen Hopsten und dem Dickenberg. Dort sind die Steinbrüche.

Onkel Franz tritt jeden Werktag Morgen seine Arbeit um sechs Uhr an; pünktlich – das ist er. Die drei bis vier Kilometer zu den Steinbrüchen, wo der gute und harte Ibbenbürener Sandstein gebrochen wird, legt er mit seinem Fahrrad zurück. Er fährt auch in Zeiten des deutschen Wirtschaftswunders ein Fahrrad mit Vollgummireifen. Auch an der Beleuchtung wird gespart. Vollgummireifen platzen überhaupt nicht, und so ist das Fahrrad von Onkel Franz immer einsatzbereit. Das Radfahren ist allerdings ein wenig anstrengender, weil die Reibung bei Vollgummibereifung härter ist – aber er fährt ja jeden Tag nur wenige Kilometer. Sein Arbeitgeber ist die Otto KG aus Hopsten.

Das Wochenende beginnt für ihn mit dem Samstagnachmittag. Vormittags wird noch gearbeitet. Um Punkt zwölf Uhr kommt dann Ottos Hans als Arbeitgeber mit der Lohntüte: der Wochenarbeitslohn wird ausgezahlt. Onkel Franz wird also in dem Moment liquide, jeden Samstag um zwölf Uhr.

Er fährt nach Hause, wäscht sich und zieht sich um – denn jetzt beginnt die große Sause: das Wochenende eines unverheirateten Steinbrucharbeiters. Er macht sich ausgehfertig.

Mit seinem Drahtesel fährt er Richtung Hopsten und ist gegen vier Uhr nachmittags in seiner Stammkneipe bei Kockmanns Bärnd. Was dann kommt, ist jahrelang eingeübt und bewährt.

Er übergibt den Rest seiner Lohntüte an „denn Wäärt", ordert drei Tafeln Schokolade für seine Großnichten – und dann beginnt Onkel Franzens Wochenend-Sause: „Beer unn Ssluck" bis es nicht mehr geht. Diese Kombination aus Schnaps und Bier nennt der Fachmann: „Zement mit Steine". Zu jedem Bier gehört ein Schnaps.

Sobald er am Abend – etwa gegen Mitternacht – sein Pensum an Alkoholika, „Ssluck unn Beer", erreicht hat, geht er raus in „Kockmanns Bärnd sienen Stall" und übernachtet im Stroh. Am Sonntagmorgen geht's dann weiter, bis der „Wäärt" ihm sagt: „Onkel Franz, datt chanze Challt is wech" – das Geld ist restlos weg.

Aber einmal hat er Glück; sein Durst ist noch nicht ganz gelöscht. Da kommt Rosts Manfred rein. Manfred kann Automaten, Spielautomaten, leeren. Und Kockmanns Bärnd hat einen dieser Automaten in seiner „Wäärtsschup" hängen.

Onkel Franz gibt Manfred, der noch Pennäler ist, dreißig Pennich gewissermaßen als Vorschuss, damit er mit dem Spiel beginnen kann. Für Onkel Franz heißt das an diesem Sonntag: Verlängerung an der Theke. Er fühlt sich noch nicht ganz abgefüllt.

Der einarmige Spielautomat, den Rosts Manfred jetzt bearbeitet, hat drei sich drehende Rollen, auf denen Zahlen geschrieben stehen. Manfred wirft zehn Pennich ein und drückt den Hebelarm ganz langsam runter bis zu einem Anschlag. Dann folgt ein heftiger Schlag auf den Hebelarm. Die Zahlenräder erschrecken sich und beginnen ganz langsam zu rollen. Die erste Rolle pendelt nach einigen Umdrehungen aus, die zweite auch – aber die dritte. Mit einer sechs am Ende fallen sechzig Pennich raus. Aber wie erreicht man, dass die Rolle auch tatsächlich bei sechs stehen bleibt?

Manfred hat ein geübtes Auge, er kennt die Abfolge der Zahlen auf der letzten Rolle. Bei der letzten Zahl vor der Sechs, stößt er heftig mit der Innenkante seiner Hand an den Automaten. Bumms! – dieser erschrickt und die Sechs stolpert in die Endposition.

Klack, klack, klack, klack … sechzig Pennich werden ausgespiehen. Das macht zwei Glas Bier. Zehn Pennich Einsatz und fünfzig Pennich Gewinn: eine wunderbare Rendite von fünfhundert Prozent auf einen Schlag.

Jetzt geht es weiter, die nächsten zehn Pennich rein, solange bis der Spielautomat leer ist.

Was macht Onkel Franz alldieweil?

Er lenkt die Wirtin, die Frau von Kockmanns Bärnd, ab, verwickelt die anderen Gäste in Gespräche. Der Spieler will Ruhe haben, er benötigt Konzentration, und der Wirt oder auch die Wirtin brauchen auch nicht zu wissen, wie denn der Automat geleert wird.

Schließlich hat Manfred den einarmigen Banditen besiegt, ganz zur Freude und zum Nutzen von Onkel Franz.

Jetzt schreitet Onkel Franz zur Tat und geht schnurstraks zum geleerten Automaten; er darf das, weil er die dreißig Pennich Anfangskapital spendiert hat. Er greift in die Geldablage des Automaten mit den vielen Groschen, zählt sie und ordert: „Föör Manfred unn föör mie noch tään Beer unn tään Ssluck“ – für Manfred und mich noch zehn Bier und zehn Schnäpse. Der Tag hat sich gelohnt.

Dann kommt der Nachhauseweg – es ist schon spät am Sonntagnachmittag. Die Schokolade für seine Großnichten vergisst Onkel Franz nicht.

Aber es wartet noch ein kleines, nicht alltägliches Missgeschick auf Onkel Franz: es ist fast Abend und Ende November im Jahre 1953. Es dunkelt früh: „dee Daage kött’t“ – die Tage werden kürzer. Rapide.

Die Kreispolizei macht Straßenkontrollen und sucht Alkohol- und Verkehrssünder und Fahrradfahrer, die ohne Licht fahren. Sie steht an der Kreuzung, wo es von Hopsten aus links nach Recke und rechts nach Ibbenbüren geht. Geelhaars Karl, Polizist aus

Hopsten, ist als ortskundiger Ordnungshüter mit von der Partie, natürlich auf Seiten der Kreispolizei.

Da nähert sich im Dunkeln ein Etwas auf der Straße, schattenhaft; man kann es noch nicht genau ausmachen: es ist ein Fahrrad ohne Beleuchtung, schlingernd dazu.

Der forsche Kreispolizist ruft schon mal diensteifrig und in lautem Befehlston: „Absteigen, Polizeikontrolle – Halt! Absteigen."

Das ist eine Aufforderung, die Onkel Franz so nicht kennt und die er auch nicht eingeplant hat. Er hat ja noch zwei Kilometer vor sich bis nach Hause. Weshalb soll er denn jetzt schon absteigen?

Und noch mal schallt es laut und noch eindringlicher: „Polizei – absteigen!"

Gut, dass Geelhaars Karl aus Hopsten dabei ist; er kennt ja Onkel Franz. Und jetzt soll er den Onkel Franz, den alle lieben, so einfach ins offene Messer der Kreispolizei fahren lassen.

Und „Polizei Geelhaar" – wie man ihn auch nennt – erklärt dem Kreispolizisten:

„Datt iss Onkel Franz – den lasst menn durchfahren – den kriegen wir sonst nicht wieder aufs Fahrrad".

So geschieht's dann auch: die Polizei, dein Freund und Helfer! Dies ist ein schönes Beispiel!

Und so findet Onkel Franz ohne unnütze Zwischenstopps die nötige und unverkürzte Nacht- und Ruhezeit, um am anderen Morgen wieder um sechs Uhr im Steinbruch zu sein.

Der ist nicht betrunken!

Es ist so schön, wenn die Polizei so menschlich ist und Verständnis für die Schwächen der Menschen hat. Aber das kann leider nicht immer die Regel sein.

Petermeys Karlheinz hat nach Auswärts geheiratet; es fällt ihm schwer, Hopsten zu verlassen. Er wohnt jetzt in Püsselbüren, das ist nur ein paar Kilometer weit weg. Sein Stammtisch trifft sich immer noch bei Pruus Bärnd „up dee Buntestroate". Und er ist gerne dabei, wie auch sein Stammtischbruder Affings Paul vom

Dickenberg. Beide wissen wohl, dass Alkohol und Führerschein in Widerstreit treten können. Bis jetzt ist es aber immer gut gegangen. Karlheinz ist mit einem Opel unterwegs und Paul mit dem Mopedken.

Und siehe da. Die Zeit des Aufbruchs kommt auch für jeden Stammtisch einmal; Pruus haben noch einen Papagei in „dee Wäärtsschup" und der ruft hinter jedem Gast her: „Häss ock betaalt" – hast du auch bezahlt? Das hat er. Paul schwingt sich auf sein Mopedken und braust los.

Genau an der Stelle, wo Onkel Franz kontrolliert worden ist, steht wieder die Kreispolizei. „Halt – Absteigen – Verkehrskontrolle – Polizei!"

Affing hält an – man riecht es gegen den Wind – es ist ein Glas Bier zuviel gewesen. Reiche Beute für die Polizei!

Doch da kommt schon der nächste Verkehrsteilnehmer, ein Auto. Aber die Kreispolizei ist beschäftigt und lässt das Auto durchfahren. Sie will es zumindest. Es ist Petermeys Karlheinz. Er sieht seinen Freund Paul in Bedrängnis und hält an, dreht die Scheibe runter und sagt: „Der ist nicht besoffen, lassen Sie ihn weiterfahren."

„Aber dafür sind Sie es. Führerschein bitte!"

Die Folge: Führerschein weg – und vier Wochen Zwangsaufenthalt im Gefängnis wegen Trunkenheit am Steuer. Das ist doppeltes Pech! Führerschein weg, das kann man noch verkraften, aber das Gefängnis! Was denkt meine junge Frau, was sagen die Nachbarn?

Immer gibt es Auswege! Man muss nur drauf kommen! Petermeys Karlheinz heckt einen Plan aus: er ist urlaubsreif, das sieht man ihm an: „du ssüss soa sslech uut" – schlecht siehst du aus; und er will, ja, er muss sich in Bayern entspannen und dort einige Wochen relaxen. Seine Frau und Schwiegereltern können ja in dieser Zeit das Geschäft weiterführen.

Er schreibt eine Reihe von Ferienorten in Bayern an: Tegernsee, Rottach-Egern, Bad Wiessee, München und Starnberg und bittet um Ansichtskarten der Ferienorte. Das ist der erste Schritt.

Nun gibt es in Püsselbüren ein Fuhrunternehmen von Voßschulten Aki. Aki fährt jede Woche die Tour nach Bayern. Petermeys schreibt die Postkarten mit Urlaubsgrüßen, für seine Familie, für seine Eltern in Hopsten, für seine Stammkneipe Pruus Bärnd und für alle, die ihn, den Urlaubsreifen, vermissen.

Aki hat den Auftrag bei seinen Touren durch Bayern die Postkarten einzuwerfen – aber nicht alle auf einmal; der Poststempel bestätigt, dass sie aus den Ferienorten stammen.

Petermeys Karlheinz kommt doch viel rum und erholt sich gut, so liest man.

Nur braun geworden ist er nicht. Kann ja auch nicht, denn er sitzt ja im Kreisgefängnis in Ibbenbüren ein – nur sechs Kilometer von Zuhause weg. Aber er hat ja auch geschrieben, dass es viel regnet und dass es wenig Sonnenschein gibt.

Aber es gibt ein kleines Geheimnis um diesen Aufenthalt von Petermeys Karlheinz in unfreiwilliger Staatspension.

Nun, bei Gericht in Ibbenbüren, dem das lokale Gefängnis untersteht, arbeitet in ziemlich verantwortungsvoller Stelle Kreimers Joop aus Hopsten. Er sorgt dafür, dass der Häftling Petermeys ihm zur Hand geht. Der Justizoberinspektor Joop braucht sachkundige Unterstützung und Entlastung in seiner Arbeit.

Petermeys Karlheinz bekommt also so etwas wie eine Haftverschonung, nicht wegen guter Führung, sondern wegen guter Beziehungen. So erscheint er jeden Morgen ausgeruht im Büro von Kreimers Joop, dem Justizoberinspektor am Amtsgericht in Ibbenbüren. Abends muss er dann wieder in seine Zelle.

Damit Karlheinz nicht ohne Entschädigung arbeitet, bringt Kreimers Joop eine Flasche „Ssluck“ oder auch zwei mit; so kann die Zusammenarbeit harmonischer vonstatten gehen, wenn es denn tatsächlich Arbeit ist. Man sieht, es geht gerecht zu: keine Arbeit ohne Lohn.

Nur Kreimers Joops seine Frau wundert sich, dass ihr lieber Ehemann jetzt jeden Abend spät und leicht angesäuselt nach Hause kommt. Das war doch früher nicht so. Sie denkt, vielleicht hat er berufliche Probleme, die man nur mit „Ssluck“ lösen kann.

Ob Kreimers Joop sich irgendwann später einmal gegenüber seiner Frau geoutet hat, weiß der Chronist nicht. Wahrscheinlich nicht; denn es gilt das eiserne Prinzip: die Frauen dürfen wohl alles essen, aber nicht alles wissen.

Denn nämmt menn mett – den nehmt mal mit

Pütz Wärner „van 'nen Bräschken" – Ortsteil Breischen – ist im Krieg mit 16 Lenzen noch zur Wehrmacht eingezogen worden: Jahrgang 1928. An der Westfront geriet er in französische Kriegsgefangenschaft und musste dann in einem französischen Bergwerk Schwerstarbeit verrichten. Das Schicksal haben viele in französischer Gefangenschaft durchgemacht. Nur, Pütz Wärner sah einen Ausweg und meldete sich freiwillig für fünf Jahre zur Französischen Fremdenlegion.

Ein neues Abenteuer stand bevor. Die ersten Monate in der „Légion Étrangere" waren knochenhart. Er wurde im Nahkampf ausgebildet. Diese Härte hatte er nicht erwartet. Ausbildung in Afrika, weit weg von Hopsten. Eine größere Freiheit, wie er sie sich erhofft hatte, konnte er auch nicht genießen. Was sollte er also machen? Er plant die Flucht, nur weg von der Legion. Nach zwei Jahren gelingt ihm diese Flucht. Abenteuerlich, spannend und gefährlich. Endlich wieder Zuhause! Endlich wieder in Hopsten.

Aber diese harten Jahre des Krieges sind für einen Jugendlichen eine gefährliche Phase in der Entwicklung. Ein handfestes Trauma bleibt. Da liegt es auf der Hand, zur Schnapspulle zu greifen. Er ist aus der Spur geraten und verrichtet nur noch Gelegenheitsarbeiten, meistens auf dem Bau. Schlafen und Essen kann er auf dem elterlichen Hof. Aber der „Ssluck" bleibt sein Problem.

Doch mit der Zeit wird er für seinen Bruder, dem „Buurn up'n Hoff" – dem Bauern ein Problem. So kann es nicht weitergehen. In eine Trinkerheilanstalt will Wärner nicht, das ist zu ehrenrührig. Er will sich nicht „drüüge leggen loaten" – trockenlegen lassen.

In Lengerich im Kreise Tecklenburg gibt es eine Nervenheilanstalt, früher sagte man Verrücktenanstalt: „Du moss noah Lengerich" – du solltest nach Lengerich, was soviel bedeutet: Du solltest in eine Verrücktenanstalt – oder: du hast se nicht mehr alle auf dem Christbaum! In Lengerich werden auch Suchtkranke behandelt.

Von Lengerich könnte also Hilfe kommen. Den genauen Verfahrensweg können wir nicht nachzeichnen. Aber von Lengerich kam sie eines Tages.

Pütz Wärner feiert mit seinem Nachbarn Stöckenholt Buur an einem warmen Sommertag 1952 ein prächtiges Saufgelage auf dem elterlichen Hof. Wärners Bruder informierte die Lengericher Anstalt und diese schickte ein Einsatzkommando mit dem Auftrag, „denn Wärner“ einzufangen und in die Anstalt nach Lengerich zur Entwöhnung zu bringen.

Dieses Kommando kommt dann sehr schnell und wird von Wärner, der sich noch auf den Beinen halten konnte, selber empfangen.

„Wir suchen Wärner Pütz“, sagt der Einsatzleiter. Doch dieser Pütz Wärner ahnt und riecht den Braten, ihm schwant, was die kräftigen Herren aus Lengerich im Schilde führen.

„Jau, dee iss hier“, beruhigt er das Einsatzkommando aus Lengerich.

Wärner führt die Männer hinters Haus, dort liegt Stöckenholt Buur langgestreckt und schlafend auf dem Rasen. Es ist ein warmer Sommertag.

„Datt is'se, denn Pütz Wärner“ – da ist er, der Wärner Pütz.

„Hee kummp nich mähr hoch“ – er kann nicht mehr stehen.

Das Rollkommando packt an. Stöckenholt Buur wird wach, er strampelt, wehrt sich und weiß gar nicht, was ihm geschieht. Er wird abtransportiert. Und dann ist Ruhe.

Büchter Buur erzählt dann am Samstagabend beim Friseur:

„Ass Stöckenholt Hein in Lengerich anköömpt“ – als Hein in Lengerich ankam – „häbbt se emm dee Buxe afftrocken“ – haben sie ihm die Hose ausgezogen.

„Een Dokter köömp mett ne Sspritze“ – ein Arzt kam mit einer Spritze. – „Dee häff hee emm draimoal örwert Chatt strecken“ – mit der hat er ihm dreimal über den Hintern gewetzt.

„Unn dann affruck“ – und dann abgedrückt.

„Stöckenholts Hein lööt dann die Flüttkes hangen“ – dann ließ

Hein die Flügel hängen. Er gibt auf, er wehrt sich nicht mehr und soll ausgenüchtert werden.

So kann das Leben spielen.

„Eene Wecke häbb ick bruukt" – eine Woche habe ich gebraucht – „bett ick de währ ruut wass" – bis ich wieder raus war.

So ist das nüchterne Fazit von Stöckenholt Buur. Der Justizirrtum klärte sich dann auf.

Nüchternwerden dauert manchmal eine Woche, so die tiefe Erkenntnis von Stöckenholt Buur.

Ick binn hier bloss datt Päärd – Ich bin nur das Pferd

Es nähert sich der Tag, an dem die Hobbyfischer von Hopsten ihr „Petri-Heil-Fest" feiern. Vorndiecks Joop, Gress Theo, Spinnekers Ernst, Vogelsangs Töne, Pruss Walter, Rieken Joop und wer sonst noch mitmacht, rüsten auf, um dieses Fest geziemend zu feiern.

Es beginnt mit einem gemeinsamen Fischen an der Hopster Aa und in Wibbelts „Fischdieken" – Fischteichen. Das Angelgerät, Bungen, Bierkisten, „Wösskes" –Würste, Koteletts und andere Fressalien werden auf ein gummibereiftes, kleineres, vierrädriges Pferdefuhrwerk gepackt, das die Petri-Heil-Fischergesellschaft selber zieht und anschiebt.

Früh morgens geht es los. Am späten Nachmittag ist die Arbeit am Wasser geleistet. Mehrere „Snööke" – Hechte sind die Beute. Es geht heim, in die „Wäärtsschups", um das Fest ausklingen zu lassen. Stolz ist der Fischer des größten Hechtes. Gress Theo zeigt es dem Wäärt: „soon'nen langen Snook" – ein Hecht so lang, habe ich gefangen.

Er zeigt die Länge des Hechtes mit beiden Händen an – sagen wir 80 Zentimeter. In der nächsten „Wäärtsschup" dasselbe Ritual: „son'nen langen Snook" – der ist aber jetzt schon mindestens einen Meter lang.

Bei Kärssen Alwies's in der „Wäärtsschup" ist der Snook dann schon angezeigte 1,50 Meter lang. Und bei Pruß Bärnd seine „Wäärtsschup" ist er dann schon mindestens 2 Meter.

„Wenn datt soah wierder cheet, dann bruukt wie noch enn Ringsenwagen“ – wenn das so weiter geht, dann kann man ihn nur noch in einem Leiterwagen transportieren.

Dann folgt die letzte Station: „Bie Kockmanns Bärnd“ soll der Ausklang sein. Es ist schon arg spät und dunkel geworden. Gress Theo zieht den Gummiwagen an der Deichsel. Es geht über die Provinzialstraße, dorfauswärts. Alle sind fröhlich und beschwingt bis beschwipst; es wird geschrien und gesungen.

Dann plötzlich: eine Polizeistreife, Kreispolizei, die die Einhaltung der Polizeistunde und auch Verkehrswidrigkeiten kontrolliert.

Der Streifenwagen hält auf der Höhe des Mannes an der Deichsel und redet etwas herrisch Gress Theo an: verkehrswidriges Verhalten, keine Beleuchtung etc. etc., alles, was einer Polizeistreife so einfällt.

„Sind Sie sich dessen bewusst?“

Gress Theo ist sich dessen nicht bewusst und sagt:

„Mie moss du nich froag'n“ – mich musst du nicht fragen.

„Warum denn nicht“, herrscht ihn der Polizist an.

„Ick bin hier bloss datt Päärd.“ – Ich bin nur das Pferd.

Die Polizei soll mit dieser klaren Aussage zufrieden gewesen sein.

Nuh goah ick kapott – Jetzt muss ich sterben

Der Unfall von Schoaplux Hugo dagegen ist zunächst einmal ohne Polizei gewesen.

Was war passiert?

Hugo fährt zur Zeit der Roggenernte, die Jakobi (25. Juli eines jeden Jahres) beginnt, mit seinem Motorrad von Hopsten nach Hörstel. In der Kurve vor Robbes Hoff macht seine 125 DKW einen Satz, Hugo stürzt, das Motorrad jault auf und schabt über den Asphalt.

Die Bauern, die bei der Roggenernte sind, hören den Unfalllärm und lassen alles liegen und leisten erste Hilfe. Hugo ist verletzt:

Bein gebrochen, Schulter lädiert und viel Blut. Es sieht ernst aus. Und in dieser Situation rufen die Erntehelfer zuerst den Pastor: die „läste Öölung“ – letzte Ölung soll gespendet werden. Seine Seele muss gerettet werden.

Hugo, der noch bei Verstand ist, sieht den Pastor kommen und sagt:

„Leck mie an’t Chatt“ – nun leck mich am Allerwertesten.

„Nuh goah ick kapott“ – jetzt muss ich sterben.

Der Pastor beugt sich liebevoll über den Verunglückten: „Herr Schaoplux möchten Sie beichten, bevor ich Ihnen die letzte Ölung gebe?“

Und Hugo fragt: „Goah ick kapott, Häär Pastoor?“ – muss ich jetzt sterben, Her Pastor?

Pastor: „Das weiß ich nicht. Ich hoffe nicht.“

Hugo: „Datt mott ick aorber wetten“ – das muss ich aber wissen.

Pastor: „Warum denn?“

Hugo: „Datt ick weet, off ick alles vertellen mott.“ – Damit ich weiß, ob ich alles beichten soll.

8.

Karremste in Hopsten – Kirmes

„Karremste" kann man mit Kirchweih übersetzen, auf hochdeutsch: Kirmes. Das ist ursprünglich das Patronatsfest der Kirchengemeinde.

Die Pfarrkirche in Hopsten ist dem heiligen Georg geweiht. Am 23. April eines Jahres feiert die Kirche den heiligen Georg. Nur ist dieser heilige Georg bei der Reform des liturgischen Kalenders nach dem 2. Vatikanischen Konzil aus dem Heiligenkalender gestrichen worden: schlicht und einfach unter den Tisch gefallen.

Aber die Hopster Karremste gibt es seit einigen hundert Jahren. Auch hier gilt, was Bühnkers Buur in „Sschoale" – Ortsteil Schale exemplarisch erklärt hat: „Ett bliff alles bie't Aole – säch Bühnker van Sschaole."

Die Karremste wird allerdings nicht im April eines Jahres, sondern Anfang Oktober gefeiert. Im Frühjahr nimmt die Landwirtschaft alle Kräfte und Gedanken der Bauern in Anspruch, so verlegt man „dee Hopster Karremste" auf die Zeit nach der Ernte. Das ist zunächst der zweite Sonntag, später dann der erste Sonntag im Oktober.

In den regionalen „Blättkes" – Zeitungen wird für diese Karremste geworben unter der Überschrift: „Sluck up dee Hopster Karremste". Die Richtung ist somit vorgegeben. Kirmes ist immer ein Faszinosum, wo immer sie stattfindet.

Alle jungen Männer im Dorf und im ganzen Beritt haben den Jahres-Kirmeskalender der ganzen Gegend fest im Kopf. Die Reihe der Kirchweihfeste auf den Dörfern der Umgebung beginnt im Juni mit der Kirmes in „Steemke" – Steinbeck und endet mit der „Schlussandacht" am 3. Sonntag im Oktober; das ist die Kirmes in

„Varnroar“ – Varnrode. „Dee Karremste“ in Hopsten ist also das drittletzte Großereignis der Region. Auf allen diesen Kirmessen treffen sich die Junges – oder auch Bürls – aus Hopsten: von Juni bis Ende Oktober – das ist eine anstrengende Saison.

Es muss noch mal gesagt werden: in Hopsten gibt es doppelt so viele „Junges wie Wichter“. Wer von den Hopster Junges poussieren will, muss also auf die umliegenden Dörfer ausweichen. Das Angebot von jungen „Wichtern“ in Hopsten auf dem heimischen Markt ist schlicht und einfach zu knapp. Und auswärts ist es immer interessant.

Da sind auf allen Kirmessen Sonntag für Sonntag Cleem und Joop Veerkamp, zwei Brüder „uut Staane“ – Bauerschaft Staden – unterwegs, mit Rad natürlich – die Motorisierungswelle steht noch am Anfang.

„Dee kiekt noah dee Wichter“ – die schauen sich nach Mädchen um, sind aber nicht gerade sehr aktiv, wählerisch – „dee freijt nich richtig döör“ – die poussieren nicht konsequent genug, sagen Experten. „Dee Broers Veerkamp“ stehen meistens in Nähe einer Theke, haben aber alles im Blick. „Datt Freijen“ will überlegt sein.

Da kommt Pütz Wärner aus Hopsten vorbei.

„Cleem, doar steeht eene mett ne Masse Chewicht“ – da steht doch eine mit viel Gewicht, sagt er zu Cleem.

„Dee häff rächteforts noch watt an'ne Fööte“ – die hat echt noch was an'ne Füße.

„Iss datt nix? Sämmpzig Hektar.“ – Wäre das nicht was? Siebzig Hektar.

Cleem tut gleichgültig und überlegt: „Hieroarn unn uphangen kannse bloss eemaol“ – heiraten und dich aufhängen kannst du nur einmal im Leben. Gut Ding will Weile haben.

Auf jeder Kirmes nach dem Krieg gibt es Raufereien. Es geht fast immer um die „Wichter“, das zarte Geschlecht, mit unzarten Mitteln. Die Auswärtigen – überall sind es die Hopster, nur eben nicht in Hopsten – sind Eindringlinge in fremde Reviere und machen sich an „dee Wichter“ aus dem jeweiligen Kirmesdorf ran. „Datt chiff't nich“ – das darf nicht sein. Und endet jeweils in Raufereien.

In Draowoale, Hallewer oder Bevergern – im Volksmund „die Türkei" genannt – und überall sonst wo halten die Junges aus Hopsten zusammen: eine verschworene Gemeinschaft. Das gibt Sicherheit und stärkt den Zusammenhalt: „Wie binnt van Hopsten! Wie binnt van Hopsten – wie häbbt nen Piepken met'n Kanülleken dran" – wir rauchen ein Pfeifchen mit'm Kanülchen dran.

Vor allen Dingen, wenn Anft Herbert, Steinbrucharbeiter aus Hopsten und bärenstark, und Pütz Wärner, in der französischen Fremdlegion ausgebildeter Kämpfer vom Bräächken, dabei sind. Dem Hopster auf auswärtigen Kirmessen passiert nichts.

„Pütz Wärner van'nen Bräächken" hat einmal vier Bahnhofspolizisten von Rheine per „Handkantensslach" niedergestreckt – mehr Prestige kann man nicht haben. Und das weiß man in den Kirmesdörfern zu respektieren. Das Prestige ist unabhängig davon, ob das wirklich so war oder nicht. Auf jeden Fall geht die Legende so.

Auch Schütten Allwies ist stark, er nimmt es mit vier Mann gleichzeitig auf. Er steckt aber auch viel Prügel ein: „Aber einen oder zwei treffe ich immer, die sind dann k.o." Aloys selber ist meistens nur mehr oder weniger stark verbeult. Er ist stark im Nehmen, wie die Boxer sagen.

Und wenn dir mal einer die Nase blutig schlägt, dann musst du ihn umarmen. Reine Liebe ist diese Umarmung nicht, denn der Umarmte hat den Abdruck einer blutigen Nase auf seiner Jacke. „Unn dee Reenigung koss fief Marrek" – die Reinigung kostet fünf Mark.

Das sind die Jahre unmittelbar nach dem 2. Weltkrieg; viele junge Männer kehren vom Krieg und aus der Gefangenschaft nach Hause zurück. Krieg und Gefangenschaft haben Schäden in den Seelen der Menschen verursacht. Verwilderungen und Verrohungen sind spürbar. Auf Kirmessen und bei Fußballspielen spürt man dieses Nachkriegsphänomen: es wird viel gerauft.

So 1947 als eine Bande aus Rheine die Freude der Karremste in Hopsten arg trübte. Die Bande nannte sich – fast blasphemisch – „die Zwölf Apostel" – und kam aus einem Stadtteil in Rheine, der „Jerusalem" im Volksmund heißt: daher also die „Zwölf Apostel".

Und zu allem Überfluss hieß der Kaplan an der katholischen Pfarrkirche auch noch Pilatus, Kaplan Pilatus. Ein junger Mann aus Beesten wurde schwerst verletzt – und das auf der Hopster Karremste.

Dann gab es die kleineren Rangeleien in den Jahren bis zur Währungsreform 1948. Bier und Schnaps konnte man in den Wirtschaften nicht kaufen. So brachte jeder seinen selbst gebrannten „Fusel" mit.

Hinter Lusters Saal, dem großen Tanzsaal im Dorf, fließt die Flötte, ein kleiner mickriger Bach. Im Oktober führt die Flötte schon wieder Wasser, im Sommer nie. Und in dieser Flötte – versteckt natürlich – liegen die Flaschen mit dem selbst gebrannten Schnaps zur Kühlung. Alkoholika liefert der Schwarze Markt. Und dieser floriert. Jeder muss seinen Stoff selber besorgen und mitbringen.

Die Musikkapelle in Lusters Saal spielt auf, es wird getanzt, danach geht man raus, nimmt eine Stärkung aus der gut gekühlten Schnapsflasche und schon geht's wieder rein in den Saal. Das Versteck der Schnapsflasche wird durch den häufigen Besuch draußen offenkundig und verraten. Während nun die einen tanzen und den Mädchen schöne Augen machen, trinken diebische Elstern die Flaschen leer oder nehmen sie einfach mit. So sind dann Prügeleien vorgezeichnet.

„Wenn Karremste iss, wenn Karremste iss,
Dann sslach uuse Vaar nen Buck,
Dann dannzt uuse Moor, dann dannzt uuse Moor,
Dann wippket ähr dee Rock."

> „Wenn Kirmes ist, wenn Kirmes ist,
> Dann schlachtet unser Vater einen Bock,
> Dann tanzt unsere Mama, dann tanzt unsre Mama,
> Dann wackelt ihr der Rock."[8]

Karremste ist eines der Hochfeste in Hopsten und von alters her ein Fest der Familien. In früheren Zeiten kamen die gebürtigen Hopster zu diesem Fest nach Hause. Der Bauer schlachtet eigens ein Schaf – „nenn Buck", damit niemand zu hungern braucht und „dee Uutwäärtigen" – der Besuch der auswärtigen Verwandtschaft immer gerne wieder kommen.

„Dee Karremste" ist in die Herzen aller Hopster tief eingeschrieben. Aber nicht nur das. Karremste ist auch das Maß für Lebensbewältigung. Als in den 50er Jahren der Bruder von Wesslich Buur, Wesslichs Bärnd, nach seiner Pensionierung als Postbeamter die fixe Idee hatte, für den Rest seines Lebens in das Kloster der Benediktiner in Gerleve im Münsterland einzutreten, legte ihm Wesslich Buur nahe:

„Fier doch ärst noch moal anständig Karremste" – feiere doch erst noch mal anständig die Kirmes mit. Warum das?

„Dann kumms du ock up annere Gedanken" – so kommst du auf andere Gedanken.

„Wuh sütt datt uut wenn son'n ollen verhieroarten Mann noch Pööterken wätt" – wie sieht das aus, wenn so ein alter verheirateter Mann noch Pater wird.

„Dee Karremste" sollte seinem Bruder diese Idee aus dem Kopf schlagen. Seine Frau, seine Kinder und seine Geschwister konnten das nicht. Dee Karremste aber auch nicht – er wurde Pförtner im Benediktinerkloster Gerleve bei Coesfeld.

Es geht rund auf dem Päärdkes-Karussel

Wie läuft denn dee Karremste ab?

Nach dem Hochamt am Sonntag – so gegen elf Uhr morgens – geht es mit der Karremste los; die Schausteller öffnen ihre Schießbuden und Karussels. Auf dem Marktplatz vor der Kirche steht immer „datt Päärdkeskarrussel" für die Kinder und abends für die angesäuselten Eltern. Die Betreiber des Päärdkeskarrussels spielen immer und immer wieder dasselbe Lied: „Heini iss doof." Bei so einem einladenden Schlager muss jeder von Hopsten einmal „datt Päärdkeskarrusel" gefahren sein. Wer viel getrunken hat, ist einfach auch „doof" oder fühlt sich so. Und alle können mitsingen: Heini iss doof.

Viele Aussteller gibt es nicht: zwei Schießbuden, ein Hau-den-Lukas, eine Schiffschaukel, eine Würfelbude, ein Kettenkarussel und dann auch schon mal eine Raupe, wo man „datt Wich soa sschöön packen kann, wenn dee Vöörhang toe cheet“ – wo man das Mädchen so schön herzen kann, wenn der Überhang zugeht.

Nur einmal mussten die Aussteller ihre Kirmesbuden am Sonntagmorgen neu aufbauen. Das war 1952, als sich am Samstagabend vor der Karremste eine gemütliche Bierrunde in der „Wäärtsschup“ von Kärssen Alwies nur mal so traf. Doch dann gesellt sich zu ihnen ein Fremder, „kinnen Hiesingen“ – kein Hiesiger – mit einem besonderen Vorhaben. Er spendiert als Werbemaßnahme „Ratzeputz“; das ist ein besonders starker Schnaps mit ca. 65 Prozent Alkohol. „Alles umsüss“ – alles umsonst. Vielen hagelt diese Gratisgabe ins Kontor.

Drosten Onkel Au'us ist auch unter den Probanden. „Stööt ne in'nen Nacken“ – Kipp ihn rein, Au'us. Er tut es und streckt seinen Kopf weit nach hinten und es stöhnt aus ihm heraus: Huuiiii.

Er schnappt nach Luft. Und sein abschließender Kommentar: „Dee trekkt aorwer inn dee Hööker“ – der zieht bis in die letzten Ecken.

Vielen zieht er aber in den Kopf und sie haben dann draußen die Kirmesbuden abgerissen. Gerauft wird auch noch.

Wenn die Wichter vor der Karremste eine Wallfahrt zu Mutter Anna gemacht haben und dabei gebetet und gesungen haben: „Oh, Mutter Ann, doo mie nen Mann“, dann entspringen aus „Karremste-Freijereijen“ – Kirmesliebschaften, auch schon mal Bündnisse fürs Leben. Karremste ist die Umsetzung des Gebetes in Aktion. So hat „dee Karremste“ eine sehr praktische und lebensnahe Bedeutung, und die Raupe mit dem Überhang ist wie eine propädeutische Übung.

Manchmal aber ist es auch nur Liebelei – vor allen Dingen auf Seiten der „Junges“.

So wie bei Hagemanns Ötze, der sich um eine „Karremste Bruut“ bemühte; sie schlenderten nach Ötzes erfolgreicher Eroberung über die Karremste und Ötze sagt dann:

„Wich, goah ess draij Sschritt veruut“ – geh mal drei Schritt vor – „datt ick saij, off du ock lieke Beene häss“ – damit ich sehe, ob du auch gerade Beine hast – „süss kann't nix wäärn“ – sonst wird das nichts.

Man spricht eben Klartext ohne viel „Sscharrem“ – Charme.

Hier deutet sich eine andere Hopster Volkswahrheit an: „Karremste Bruut – iss Mondachs uut“ – ist am Montag zu Ende. Ötzes „süss kann't nix wäärn“ riecht schon von Anfang an danach. Das Phänomen gibt es auch im Karneval am Rhein: „Am Aschermittwoch ist alles vorbei, die Schwüre von Treue, sie brechen entzwei.“ Nur dass es in Hopsten heißen müsste: „Am Karremste Dingesdach – Dienstag – iss alles uut.“

Der Hopster, als Mönsterländer, ist da eben nüchterner, bei ihm zerbricht nichts, aber: „iss Dingesdach uut“. Punkt!

Das echte Kirmesleben spielt sich in den „Wäärtsschups“ ab. Auf den Sälen bei Luster und Nolte muss man Eintritt bezahlen: die Eintrittskarte ist ein Stempelabdruck auf der Hand. Dort ist vornehmlich die Jugend vertreten. Die Alten und schon Gesetzten tanzen bei Brons Fränzken – später Kärssen-Brons – oder Puhen Anton, dann Eppings Paul oder Wolffs Bärnd. Hier spielen Greven Hein („mien Takt iss einwahnfreij“ – mein Takt ist einwandfrei) und Tüütke Bärnd van Beesten mit ihren Trekkebürls. Einige Jahre später sind es dann Trios wie „Die Colibris“ oder „Die Starfighter“. Greven Hein und Tüütke Bärnd van Beesten sind nicht mehr. Die Moderne bricht an und ist schon da.

Hopsten hat aber eine Sonderheit für die „Karremste“, die den besonderen Reiz der „Karremste“ ausmacht; montags morgens ist Viehmarkt und auf allen Sälen Freitanz.

Schon um neun Uhr geht's los. Viele „Uutwäärtige“ – Auswärtige, die Lohnunabhängigen – kommen, der Viehmarkt zieht an, der Freitanz dazu. So ist der Montag der wichtigste Tag auf der „Karrremste“ und in der ganzen Gegend unerreicht. In Köln ist das der Rosenmontag. „Dee Hopster verstoaht watt van't Fieern.“ – In Hopsten kann man gut feiern, heißt es.

Aber zu Beginn der 50er Jahre stehen nur noch ein „Päärd unn eene Kooh“ und ein paar Karnickel auf dem Viehmarkt. Die

Landwirtschaft stellt sich um; die Zeiten des Viehmarktes auf der „Karremste“ sind vorbei. Eine Kirmesattraktion entschwindet langsam und dann unwiederbringlich.

Lusters Saal ist am „Karremstemoondach“ gerammelt voll: Freitanz. An den Tischen an der Wand lang sitzen die Wichter, an der Theke und auf der ganzen Tanzfläche stehen und lungern die Junges, die jungen „Bürls unn Kärls“ herum; diese alle mit einem Glas Bier in der Hand. Einige stehen auch strategisch dort, wo „datt Wich“ ihrer Kirmessehnsucht gerade sitzt. Nur ganz wenige Wichter und Frauen wagen es mit an die Theke zu gehen. Der Verzehr an den Tischen der Wichter ist gering, es sei denn der „Freijer“ spendiert mal einen „Curacao“ – ein süßliches likörartiges Getränk – einen Eierlikör in einem Schokoladenschälchen oder ein „Bommi mit Pflaume“.

Spielt dann die Kapelle auf, stürzen sich die tanzwütigen „Bürls“ an die Tische der Wichter. „Darf ich bitten“ muss man sagen und sich leicht dabei verbeugen – das ist Komment und im Tanzkursus eingeübt. Einiges wirkt ungelenk: galant sein, ist nicht der Westfalen Art. Sie sind eher wie „Hölternköster“ – hölzerne, steife Küster.

Die „moijen – schönen Wichkes“ haben die große Auswahl und sind ständig umlagert. Die jungen „Bürls“ – Burschen können sich aber nicht einfach zwischen die Mädchen an die Mädchentische setzen nach dem Motto:

„Wie lieblich ist's im Kreise, sähr dee Voss und sett'te sick tüschken de Höhner“ – sagt der Fuchs und setzte sich unter die Hühner.

Das lässt der Komment nicht zu.

Die Musikkapelle muss man als Mann, der mit einem auserwähltem Wich tanzen will, fest im Blick haben. Wenn es da Anzeichen gibt, dass der nächste Tanz kommt, geht das Gerangel und Geschubse unter den bereitwilligen Tänzern los: Dann kommen beispielsweise drei Junges mit ihrem „Darf-ich-bitten“ auf eines dieser „Wichtkes“ zu. Sie hat die Wahl, mit wem sie tanzen möchte; sie wählt den Tanzpartner aus. Emanzipation der Frau ist „datt noch nich“, vielleicht ein kleiner Schritt in diese Richtung.

Hackings Kalli uut Draowoale ist nicht damit einverstanden, dass er bei einem „fein Wichken uut Spelle“ nur zweite Wahl ist.

Er beginnt zu Raufen, die Hübsche wirft sich entschlossen dazwischen und will die Streithähne trennen. Unglücklicherweise trifft sie der Schlag von Hackings Kalli. Zur Beruhigung müssen wir sagen, dass sie nicht zu Boden ging; Hackings Kalli aber hat den Abdruck ihrer oberen Zahnreihe auf dem Handrücken seiner rechten Hand tief eingeprägt. Zwei Tage danach entzündete sich die Hand und wurde geschient.

Man sieht auch hier: auch auf der „Karremste" werden Aggressoren bestraft. Es soll ja ein friedfertiges Fest sein.

Bitter ist es für Wichter, die überhaupt nicht zum Tanzen aufgefordert werden, obwohl sie gerne tanzen möchten. Das gibt es auch. So ist zu verstehen, wie ein „Wichken", das mit seiner Schwester „Karremste Mondachs" beim Freitanz war und kein einziges Mal getanzt hat, den Eltern nachher erklärte: „Liesbett" – die Schwester – „heff draimoal dannzt" – Liesbett hat dreimal getanzt – „unn ick hebb ock dannst" – ich habe auch getanzt – „ick hebb baole dannzt" – beinahe getanzt. Die Betonung liegt auf „boale" – beinahe. „Boale dannzen" gilt auch schon als tanzen. Auf Karremste dabei sein, ist alles!

Eine Lösung für dieses Wichterproblem haben Rudniks drei Töchter „uut Schaopen". Ihr Vater betreibt eine großere Metzgerei und ist Vertriebener aus Schlesien. Was in den Jahren nach dem Krieg am meisten Eindruck macht, ist, er vertreibt sein Fleisch mit einem Mercedes, das dickste Mercedes-Modell, das es gibt.

Die Töchter waren alle eher vollschlank geraten, was Brinkmanns Geerd auf Platt so erklärt: „dee harren son'nen dicken Buusen, doar konn woll nen Ssnieder drupp sitten" – die hatten alle einen so großen Busen, dass ein Schneider darauf hätte sitzen können.

Also bei soviel Fleisch und soviel Mercedes, konnten sie es sich leisten, ihren nächststehenden männlichen Partner auf Hochdeutsch – denn sie sind aus Schlesien – aufzufordern: „Wenn du mit mir tanzt, dann gebe ich einen aus." Das war dann gewissermaßen Freibier „up de Karremste"; aber du musstest dafür tanzen.

Die Kapelle spielt jeweils zwei Tänze hintereinander: Walzer und Zitterfox oder Tango und Foxtrott oder Rheinländer und

Walzer. Ist aber Damenwahl sind es gleich vier oder fünf Tänze hintereinander. Das überfordert dann schon mal den bierseligen männlichen Tänzer, „dee Junges unn Bürls". Zuviel Bier getrunken – alles als durchlaufende Posten, versteht sich.

So sagt dann auch Hülzmanns Joop zu seiner Tanzpartnerin Alwine: „Eenen Dannz noch, dann mott ick ärst pissen" – noch ein Tanz, dann muss ich erst mal urinieren. So würde ein hochdeutsch sprechender Chronist die Not des Tänzers beschreiben. Wir befinden uns hier aber nicht auf der vornehmen Matinee eines Pariser Luxushotels, wie man versteht. Es geht deftiger, direkter zu, aber ehrlich.

Das weiß auch Brinkmanns Pizzi, der gerade mit einer sehr mobilen Tänzerin „uut Settrup" die Damenwahl abarbeitet und wie wild rumhüppt, besser: rumgehüppt wird. Nach dem fünften Tanz ohne Unterbrechung stöhnt sie, „datt Wich uut Settrup": „Ruuk äss, watt ick ssweet" – riech mal, wie ich transpiriere.

In den Jahren bis zum 2. Weltkrieg gab es noch „datt Ssolowaaren". Lusters Saal – wie immer am „Karremstemoondach" – ist wieder mal brechend voll. Die Tanzfläche wird zugestanden – wo soll denn nun getanzt werden, ohne dass man sich im Wege steht? Da hilft „Ssolowaaren".

Ein langes „Reep – Tau – Strick" wird durch die Mitte der Tanzfläche gezogen. Die Aktion wird mit einer Glocke eingeläutet, damit alle kapieren, was jetzt folgt: „datt Ssolowaaren!"

„Ssolowaaren! Ssolowaaren!" ruft der Organisator und läutet „heel unwies" – ganz wild und kräftig – seine Glocke.

An jedem Ende des langen Stricks ziehen Männer die eine Hälfte der Tanzflächenblockierer – das heißt die „Junges unn Bürls" mit den Biergläsern durch die großen Seitentüren des Saales nach draußen. So, jetzt kann man tanzen.

Dee Karremste iss vöörbie – die Kirmes ist aus

Am Kirmes-Montagabend sind alle abgeschlafft; es war ein langer Tag von 9 Uhr morgens bis weit über Mitternacht. In den frühen

Morgenstunden trotteln sie nach Hause: wobei alle eher mehr als weniger angesäuselt sind.

Brinkmanns Franz, Wessel Bernd, Remmer Hein, Erwers Cleem und Witthaaken Huubett haben denselben Nachhauseweg; sie sind einander Nachbarn. Und alle waren sie Kriegsteilnehmer im Ersten Weltkrieg und hatten beim 1. Westfälischen Infanterie-Regiment Nr. 13 in Münster gedient. Auf Kameradschaftsabenden in der Rekrutenausbildung und an der Front hatten sie den Gassenhauer: „Kiddewitt, Kiddewupp, Kiddewapp-Sassa“ singen und grölen gelernt. „Beer unn Ssluck“ passt dazu. So ziehen sie dann los.

Von Lusters Tanzsaal aus durch das Gässchen am Veerkampschen Haus sind es nur wenige hundert Meter. Brinkmanns Franz geht voran und lädt seine Nachbarn und alten Kriegskameraden großzügig noch zu einem westfälischen Absacker-Spiegeleier-Essen ein: bei sich „inne Köcken“ – Zuhause. Sie sind eben gut drauf.

„Miene Frau mäck vöör uss alle noch Spiegeleier, ssatt“ – meine Frau macht Spiegeleier für euch, soviel ihr wollt. So hatte Franz gedacht und es auch gesagt.

„Siene Mama“ hört die Kriegerkameradschaft sich nähern, sie wartet auf ihren lieben Ehemann Franz bei geöffnetem Fenster. Der Gefechtslärm nimmt zu – die alten Kameraden reden laut und angeregt und schmettern noch lauter den Gassenhauer:

„Kiddewitt, Kiddewupp, Kiddewapp-Sassa! Das kleine Murmeltier! Das kleine Murmeltier! – Und: Im Wald da sind die Räuber! – Halli, Hallo die Räuber“! Der Soldat und auch der ehemalige singt hochdeutsch.

Und Jannemanns Au'us am Wegesrand bemerkt noch: „Dee sinnt vedammt knülle“ – die sind ganz schön blau!

Dann bleibt Remmer Hein stehn und befiehlt: „Stilllll-gestanden, Ruhe!“

Alles schweigt. So war es auch bei der Rekrutenausbildung.

„Dann lött hee eenen trekken“ – dann pupst er laut und kommentiert: „Well soa küürt, dee lärwett noch!“ – Wer so spricht, der lebt noch!

„Datt stimmt!“ Alle nicken Zustimmung.

Brinkmanns Franz „siene Mama“ vernimmt den Anmarsch der

kampferprobten Krieger und steht zum Empfang in „Hab-Acht-Stellung" mittlerweile in der Haustür. Attacke heißt ihre Devise:

„Jie Suupläpse!" – Ihr Säufer! – „Jie ollen Böcke!" – Ihr alten Böcke! – „Jie Sslevs van Kärls!" – Ihr Tunichtguts von Kerlen!

Diese und andere sehr kräftige Liebeserweise bringen die beschwingte Kameradschaftsgruppe zum Stehen. Ernüchterung übermannt sie. Beschwichtigung und Friedensappelle bringen hier nichts mehr, das wird schlagartig allen klar.

Franz versucht es dennoch liebevoll:

„Iss ja bloss eemaol Karremste in't Joar, Mama" – Kirmes ist ja nur einmal im Jahr, Mama.

Alle ahnen ab jetzt: „Ssatt!" Spiegeleier: adé! Das war einmal! „Sschade drümm" – schade drum.

Es folgt ein geordneter Rückzug.

Witthaaken Huubett sagt in richtiger Einschätzung der paramilitärischen Lage hier vor Ort:

„Franz! Vöör Verdöng, watt wassen wie doar föör Kärls!" – Vor Verdun waren wir noch richtige Kerle!

Und der Begleitschutz von Franz zieht „Ssliepsterz aff" – mit hängenden Köpfen. Verdöng, war einmal.

Karremste Wallzer – Hopster Kirmes-Walzer

Es hat seinen Reiz, einen Rückblick von über hundert Jahren in die Geschichte der Hopster Karremste zu wagen. Georg Nieland hat in plattdüütschken Versen die Hopster Karremste in den 90er Jahren des 19. Jahrhunderts besungen; er betitelte seinen Hymnus mit

Karremste Wallzer[9]

Karremste up un dal,
Danzet in Lusters Saal
Libbetken mit ehrn Fraas
All men to Daas up Daas.
He häf den Hot up'n Kopp,
Sprink bet ant Ballekenschlopp,

Juchet un quiekt un schreit:
Kinners de Freud.
Grote Trumm bum bum,
Grote Baß schrum schrum,
Klarinet un Trompet,
Dat lut nett.

> Kirmes rauf und runter,
> Es tanzt in Lusters Saal ganz munter
> Liesbett mit ihrem Franz
> Unentwegt Tanz auf Tanz.
> Mit nem Hut, der seinen Kopf bedeck,
> Springt er hoch bis unter die Deck.
> Juchzt, quiekt und schreit:
> Watt für ne Freud.
> Die dicke Trumm – bumm, bumm,
> Der große Baß – schrumm, schrumm,
> Trompete und Klarinett
> Klingt fröhlich und nett.

Jöregen vän Börnebrink
Danzet galant un flink
Mit'n Wichtken vän Bräschken,
Dat dreiht flott dat Äsken.
Nen Ossenwöhlsken Mann,
De garnich danzen kann,
Steht öwerall in Weg
Un supp nich schläch.
Grote Trumm bum bum,
Grote Baß schrum schrum,
Klarinet un Trompet,
Dat lut nett.

> Jürgen vom Börnebrink
> Tanzt sehr galant und flink.
> Vom Breischen kommt die Maid,
> Die sich flott um ihr Popöchen dreiht.
> Aus Ostenwalde steht da ein Mann,
> Der überhaupt nicht tanzen kann.

Er steht natürlich allen im Weg,
Säuft dafür aber nicht schlech.
Die dicke Trumm – bumm bumm,
Der große Bass – schrumm schrumm,
Trompete und Klarinett
Klingt fröhlich und nett

Verwante ut Schaole,
Ut Hallewer, Drawohle,
Ut Beesen un Spälle
Un Schopen kommt välle.
Ut Hössel kommt wecke,
Ut Steemke un Recke,
Ok danzt dr'ut Fahrnrohr
Ne olle Beßmohr.
Grote Trumm bum bum,
Grote Baß schrum schrum,
Klarinet un Trompet,
Dat lut nett
Verwandte kommen aus Schale wie jedes Jahr,
Aus Halverde und Dreierwalde sind auch welche da;
Aus Beesten und Spelle sie herbeieilen,
Auch viele Schapener tun lang verweilen,
Von Hörstel her ist es nicht weit,
Aus Steinbeck und Recke sind viele bereit,
Genau wie aus Varnroh die Schwiegermama.
Sie will mal tanzen, jetzt ist sie da.
Die dicke Trumm – bumm bumm,
Der große Baß – schrumm schrumm,
Trompete und Klarinett
Klingt fröhlich und nett

Heelemols ohne Takt,
Mit de Arms ümgepackt,
Zigarre in'n Mund
Danzt twäi Kerls all men rund.
Ahl verdwäß dör den Saal,

Strumpelt un fallt der dal.
Stoht weer up, danzt weer mit
Ahl falsken Schritt.
Grote Trumm bum bum,
Grote Baß schrum schrum,
Klarinet un Trompet,
Dat lut nett.

> Ganz ohne Takt,
> Mit den Armen verhakt
> Und ner Zigarre keck im Mund
> Tanzen zwei Männer in der Rund.
> Gegen den Takt und gegen den Strich
> Strumpeln sie, und der eine begräbt den andern unter sich.
> Dann stehen sie auf und tanzen wieder mit
> Ohne Rhythmus im falschen Schritt.
> Die dicke Trumm – bumm bumm,
> Der große Baß – schrumm schrumm,
> Trompete und Klarinett
> Klingt fröhlich und nett.

De Wichter knabbelt es
Möppkes un Babbelkes;
Todrinken dat is fien
Mit Schluck un Beer un Wien.
So äs een jeder weet:
Pissen vör danzen geht.
Ober in Hopsten nich;
Wel dat segg, lügg.
Grote Trumm, bum bum,
Grote Baß schrum schrum,
Klarinet un Trompet,
Dat lut nett.

> Und die Mädchen naschen immer wieder
> Süßigkeiten und sind sonst ganz bieder;
> Sich zuprosten ist Spaß und auch fein,
> Mal mit Schnaps und Bier und dann mit Wein.
> Aber ein jeder auch versteht:

Pissen vor Tanzen geht.
Wer das in Hopsten sagt, sich aber trügt,
Oder anders gesagt: der lügt.
Die dicke Trumm – bumm bumm,
Der große Baß – schrumm schrumm,
Trompete und Klarinett
Klingt fröhlich und nett.

Un nen Kerl mot sik quäln,
Solo wahren un mot schellen.
In Hemdsmaun ganz in Schweet
Wäd up de Liekdörn trett.
He schennt un futtersseert,
Wor sik kein Mensk an stört.
He häf en Strumband fun'n,
An'n Posten Bun'n.
Grote Trumm bum bum,
Grote Baß schrum schrum,
Klarinet un Trompet,
Dat lut nett.
Und ein Kerl sich wirklich quält,
Der beim Solowahren auch noch schellt.
Total verschwitzt, aufgekrempelt die Hemdsmaun,
Tritt man sich gegenseitig auf die Hühneraug'n.
Er schimpft und brüllt ganz unerhört,
Nur daß sich niemand daran stört.
Dann hat er noch ein Strumpfband gefunden
Und einfach an'nen Posten gebunden.
Die dicke Trumm – bumm bumm,
Der große Baß – schrumm schrumm,
Trompete und Klarinett
Klingt fröhlich und nett.

In'n Danzsaal bie Nolte
Wäd'n Kerl ut'n Ostrolte
Vän'nannern ut Stane
Vertobakt stump wahne.

Bie düssen Knalleffekt
alles vän Lusters treckt,
Bisset up Nolten to
Jösmario!

Jeder Hopster freut sich auf die jährliche Karremste. Am besten hat das Brinkmanns Franz, „uuse Swienehändler", in Worte gefasst: „Up de Karremste sinnt bloss moije Wichtkes" – auf der Kirmes sind nur liebe Mädchen. Davon sind alle überzeugt.

Und weiter bemerkt dann Brinkmanns Franz:

„Nuh säch mie men bloss" – nun erzählt mir mal einer – „woar in'n Huuse all dee verdraijhten Wiewer häärkommt" – woher die verdrehten Weiber zu Hause alle herkommen?

Recht hat er.

Auch Berzbuur stimmt Brinkmanns Franz zu: „Up de Karremste sinnt bloss moije Wichtkes." Das hat auch er festgestellt.

Nun ist er aber verheiratet, wie er selber sagt über seine Ehe: die ist „chuut unn ock woll stramm" – gut verheiratet und auch ganz schön stramm, will sagen, seine Frau führt ihn an kurzer Leine. Das ist wohl notwendig und angebracht, denn Berzbuur „häff een Vöörkiend" – ein uneheliches Kind. Eine kleine Affaire – so nennt man das in gebildeten Kreisen; ein „Mallörchen" in Köln. Erst dann lernte er seine jetzige Frau kennen.

Aber seit seiner Hochzeit mit einer Bauerntochter „uut Biene bie Lingen" gilt für Berzbuur die alte Regel: die hat sie ihm beigebracht: „Etten wätt in Huuse" – gegessen wird zuhause. „Appetithaalen kanns du die buuten." – Appetitholen darfst du dir draußen. „Unnern Tuun häärfretten, datt chifft nich mähr." – Unter dem Zaun her fressen, das gibt es nicht mehr.

Seine angeehelichte Frau ist resolut, ohne viel Schnickschnack – auch nicht in ihrer Kleidung. Sie kommt deftig daher – eben aus Biene bei Lingen.

Berzbuur sieht nun auf der „Hopster Karremste" all die „moijen Wichtkes", die viel „sschnakkeliger doaher kommt" – eleganter und attraktiver – manche auch sexy – angezogen sind als „siene Mama uut Biene".

Das muss sich ändern, meint er.

„Karremste Dingesdach“ – Dienstag nach Kirmess geht er zu seinem Schulkameraden Pruß Bärnd, der ein Textilgeschäft im Dorfe führt.

Nanuh! Berzbuur im Laden – zum erstenmal überhaupt – kauft er ein? Er will Bärnd persönlich sprechen. „Watt datt woll chiff“ – was das wohl soll?

„Up Karremste häbb ick mie all dee moijen Wichtkes bekekken“ – auf der Kirmes habe ich mir all die jungen Mädchen angeschaut. Ein Bekenntnis unter Männern.

„Een Oage häb ick doarbie woll äss riskeert“ – mit einem Auge habe ich wohl mal hingesehen.

„Dee Wichtkes, dee haarn datt Kröhmken all soa fien hochstocken“ – will sagen, ihr Holz-vor-der-Tür fiel ihm angenehm auf.

„Datt oale Strämpken“ – dieser Hallodri, denkt Pruß Bärnd. „Hee kann ett nich loaten“ – er kann es nicht lassen. „Watt dee alles mett een Oage sütt“ – was der alles mit einem Auge sieht.

„Ick woll miene Frau nuh nen Büstenhalter koapen“ – einen Büstenhalter will er für seine Frau kaufen.

So fragt Bärnd sach- und fachkundig:

„Häff se denn full off häff se wenig?“ – Hat sie denn viel oder eher wenig?

„Watt hätt hier viel – unn watt hätt hier wenig?“ – Was heißt hier viel und was heißt hier wenig?, führt Berzbuur das Fachgespräch weiter: halb hochdeutsch halb Platt.

Pause. Und dann:

„Man häff ja vandaage kinne Vergleichsmöglichkeiten mähr“ – die Vergleichsmöglichkeiten fehlen einem ja heute.

Halten wir also fest:

„Dee Karremste“ hat ihr eigenes Flair, ihre eigene Stimulanz und eben nur „moije Wichtkes“. Und „dee Karremste“ animiert viele zu einem tieferen Nachdenken über die wichtigen Dinge im Leben!

So findet auch Niedermeiers Georg wieder Spaß an den „Frauluüden unn Wichtkes“ – Frauen und Mädchen. Auf der Hopster „Karremste“ kommt ihm die entscheidende Idee.

Seine Frau war schon vor vielen Jahren gestorben, und er hat auch schon 80 Lenze auf dem Puckel. Das Alleinsein ist er leid. Das wird ihm schlagartig beim Anblick der vielen „Fraulüüde unn moijen Wichtkes“ klar.

Jetzt müssen Fakten geschaffen werden! Gedacht und getan! Georg ist immer ein Mann der Tat gewesen.

Kirmesdienstag gibt er eine Heiratsannonce auf: Er sei noch rüstig, blicke optimistisch in die Zukunft und wolle noch etwas vom Leben haben: am besten mit einer rüstigen Altersgenossin, sie darf auch jünger sein. Für seinen Lebensabend sei gesorgt, er wohne bei seinen Kindern.

Wenn das nicht für einsame Frauenherzen attraktiv ist!

Nachbar Lüttenpruus Buur findet Georgs Träume äußerst kühn und gewagt:

„Georg, du biss doch full te aolt, ümm noch maol de hieroarn“ – Georg du bist doch viel zu alt, um noch mal zu heiraten!

„Nääh, datt nich“ – nein, so ist das nicht! Georg sieht das natürlich ganz anders.

„Doar verdöss du die“ – da vertust du dich!

„Ne aole Geige kann ock noch woll chuute Musiek maaken“ – eine alte Geige kann auch noch gute Musik machen.

Klar, Georg hat hier sicherlich eine Stradivari vor Augen.

Und so gibt er dann eine Heiratsannonce auf.

Und es meldet sich tatsächlich bald eine Heiratswillige aus Osnabrück: per Telefon. Sie suche neue Herausforderungen und auch nen Mann, fühle sich auch ein wenig einsam und noch unternehmungslustig. Ihr Aussehen sei noch recht jugendlich.

Opa, was willst du mehr!

Niedermeiers Georgs Schwiegertochter nimmt den Telefonanruf entgegen; Opa sei gerade unterwegs in der Flur, die Beine ein wenig zu vertreten. Aber nicht für lange.

„Opa freut sich bestimmt über Ihren Anruf; er ist noch gut drauf.“ Sie solle nur schnell kommen. Alle würden sich freuen; denn Opa schöpfe dann bestimmt neuen Mut auf seine alten Tage.

Die Heiratswillige geht in die Offensive: sie würde sich gerne mal mit ihm treffen.

„Selbstverständlich! –Wir freuen uns. Auch Opa wird sich freuen; er kann es gar nicht mehr abwarten.“

„Was kann ich dem Opa denn als Geschenk mitbringen? Worüber würde er sich freuen“, fragt die Heiratswillige aus Osnabrück noch.

Voll Liebreiz und ganz ehrlich sagt denn Georgs Schwiegertochter: „Eine Packung Pampers!“ Ja, Pampers, das wäre das ideale Geschenk für Opa.

Schluss und Ende mit der Heiratsvermittlung! Opa ist weiterhin ohne Gefährtin. So wird auch die schönste Inspiration von der „Karremste in Hopsten“ brüsk vernichtet.

Jedoch nicht jede Nach-Karremste-Anbahnung endet im Desaster! Die Illusion bleibt – sonst müsste man die „Karremste“ einstellen.

Raub der Sabinerin – up Platt

Rüschkenbuur hat ne Menge Kinder: acht Jungens und ein Mädchen, „datt Mariechen“. Mariechen ist hübsch, adrett, attraktiv: „een moij Wichtken, kanns men säggen“ – ein schönes Mädchen, kann man wohl sagen.

So fällt sie auf der Hopster Karremste auch einem jungen Mann auf. Er ist Ostvertriebener – „nen Flüchlink“ – und arbeitet als Weber bei der Fa. Biederlack in Greven. Die beiden finden Gefallen aneinander. Sie ist die typische Karremste-Bruut.

Der Freier aus Greven darf sie noch mit seinem Motorrädchen nach „Rüschken Hoff“ bringen. Dann beginnt das typisch westfälische Beschnupperungszeremoniell, bei dem die „Öllern“ – Eltern im Mittelpunkt stehen: „Ett chiff Spiegeleier mett Specköösken“ – Spiegeleier mit Speckscheiben, so heißt das Menu. Mama hatte schon „dee Kockmasschiene“ – den Küchenherd rechtzeitig vorher „anböötet“ – angezündet. Eier und Speck holt sie aus dem „Broat- unn Melleksschapp“ – Brot- und Milchschrank.

Doch der Freijer kennt sich in dem ersten wichtigen Schritt des Anbahnungsrituals nicht aus: Kann er ja auch nicht, denn er kommt aus Schlesien. Bei einer ungeraden Zahl von Speckööskes ist er nicht erwünscht, bei einer geraden jedoch wohl. Das Ritual kennt er nicht. Er ist ahnungslos und übersieht, dass Rüschken Mama Spiegeleier mit 5 Speckööskes macht: durchgefallen.

Auf Hochdeutsch heißt das: Papa und Mama sind nicht begeistert von dem Kavalier. Warum denn nicht? „Hee iss Aabeeter unn noch nen Flüchling". Mariechen soll einen Bauern heiraten und nicht einen hergelaufenen Weber, „dee nix an'ne Fööte häff" – der eher mittellos ist.

Am Samstag drauf zieht es ihn, den Ahnungslosen aus „Graiven" – Greven, wieder nach Rüschkenbuurs Hoff. Er hat die Zeichen nicht verstanden. Doch welch ein Empfang!

Die Brüder von Mariechen verwehren ihm den Zugang, gewaltsam mit der „Greepe" – Heugabel.

„Wenn du nich forts denn Hoff verlöss – steckt wie die mett dee Greepe in'nt Chatt" – wenn du den Hof nicht sofort verlässt, stechen wir dir mit der Heugabel in den Allerwertesten.

So bleibt dem ohnmächtigen Freiersmann nur der Rückzug – aber mit viel Sehnsucht im Herzen. Kann man verstehen.

Die Abwehrmaßnahmen von Rüschkenbuur werden noch rabiater: Tochter Mariechen darf ab sofort den Hof nicht mehr verlassen; Stubenarrest. Als Wachposten steht immer einer der acht Brüder zur Verfügung.

Mariechen hat nun viel Zeit, ihre Lage zu überdenken. Wer lieben will, muss leiden, so weiß auch der Volksmund.

Mariechen, „daor moss du döör"! – Mariechen, du musst da durch! Wir wollen sie ermuntern. Es arbeitet in ihr. „Ssee iss egaol an'nt ssimulieren" – sie denkt viel nach!

Immer mehr entdeckt sie jetzt die kleine, tief in ihrem Innersten verborgene Eva in sich. Mit Eva im Bunde erarbeitet sie die Lösung: Heimlich schreibt sie einen Brief an den geliebten und von der Familie verschmähten Karremste-Freier aus Graiven. Sie hat sich einen listigen Plan ausgeheckt, wie ihn nur eine echte Eva sich ausdenken kann.

Der Brief muss ja auf die Post. Aber wie? Es besteht Hausarrest.

Nach drei Wochen will sie nun zum Friseur in den Damenfriseursalon von Feldhues Hüppi. Das darf sie natürlich. Ungepflegtes Haar will die Männergesellschaft auf Rüschkenhoff auch nicht. Ein Bruder wird sie als Aufpasser begleiten: „ümmdatt se nich up dumme Chedanken kümmp" – damit sie nicht auf dumme Gedanken kommt.

Aber da ist ja der Brief mit dem geheimen Plan! Den hat sie im Büstenhalter versteckt, ganz dicht am Herzen. So sitzt sie unter der Haube in „Hüppies Frisier-Salon". Der Wachbruder sitzt in der Abteilung Männersalon und ahnt nichts. Alles unter Kontrolle. Was soll schon passieren?

Mariechen übergibt den Brief an „Hüppie siene Frau"; sie kennt Mariechens missliche Lage und hat volles Verständnis. „Wieverkomplott" – Komplott unter Frauen.

„Hüppie siene Frau" ist entschlossen: „Här mett denn Breef" – gib mir den Brief. So gelangt der Brief an den „Freijer uut Graiven".

Rüschkenbuur ist „katholsk", und so versteht es sich von selbst, dass auch Mariechen sonntags zur Kirche geht. Zwei Brüder sind sonntags immer als Wachhunde dabei. Auch diesmal.

Doch Mariechen hat viel Zeit gehabt, eine Strategie zu entwickeln, die ihr alle Ehre macht. Sie geht unter Bewachung in die Kirche und setzt sich in die allererste Bank. Männer sitzen dort in der Regel nicht. Männer stehen hinten unterm Turm bei der Weihwasserkolonie. Doch die zwei Brüder fühlen sich in der Pflicht und setzen sich vier Bänke hinter Mariechen. Ringsherum nur „Faulüüh". Sie schämen sich ein wenig: „Kärls" sitzen da einfach nicht! Allenfalls als Wachpersonal – die bodyguards von Rüschkenbuur. Peinlich für sie.

Die heilige Messe beginnt. Keine Zwischenfälle. Dann kommt der Höhepunkt des heiligen Geschehens: die Wandlung. Alle Messteilnehmer knien, es wir ganz still und erbaulich, alle kehren in sich. Die Orgel schweigt.

Der Priester spricht die Wandlungsworte: „Hic est enim corpus meum" – dies ist mein Leib, und dann wird es Mariechen schwindelig. Sie steht auf und geht raus, ein wenig schankend. Nanuh!

Ihr muss es wirklich schlecht gehen! Sonst ginge sie nicht in diesem heiligen Augenblick raus.

Alle sehen den Auszug von Mariechen, aber der Augenblick der Wandlung ist zu erhaben, als dass man ihr zu Hilfe kommt. Frische Luft wird ihr sicher gut tun. Sie kann ja noch gehen. Die Wachposten trauen sich auch nicht, ihr zu folgen. Das wäre zu auffällig.

Mariechen hat es so vorausgeahnt: genial!

Als einer der Bodyguards es dann nach der Wandlung wagt, sieht er draußen vor der Kirche nur noch das Rücklicht von „denn Freijers Motorrädken".

Mariechen ist geflohen oder auch entführt. Die Verfolgung können die Wachhunde mangels Fahrzeug nicht aufnehmen. Verdammte Weiberlist!

Einige Monate später kam dann die Heiratsanzeige – uut Graiven!

So wird der Leser verstehen, dass durch die Hopster Karremste Ehen gestiftet werden. Manchmal klappt es, manchmal eben nicht. Manchmal eben auch mit List. Ja einige dieser Lebensbünde finden ihren Beginn sogar in Einklang mit dem alten Rom.

Um 750 v. Chr. herrschte im gerade gegründeten Rom ein Mangel an Frauen. Romulus – mit Remus – Gründer der Stadt Rom organisierte ein Treffen mit den Nachbarstädten, deren Männer kamen. Sie wurden gefesselt und die heiratsfähigen Mädchen aus den Nachbarstädten wurden entführt und in den Stand der Ehe überführt.

In Hopsten wirkte viele Jahre statt Romulus eben „Feldhues Hüppie siene Frau" mit. Aber Romulus ist das Vorbild – in einer veränderten Welt und in Westfalen.

9.

Chuut Choan, Hopsten – Hopsten, Bye Bye

Der Hopster ist grundsätzlich skeptisch gegenüber Radio und Zeitung; Fernsehen gibt es noch nicht: „dee leeget alle – die lügen alle“. Das einzige, was im „Blättken“ – in der Zeitung stimmt, sind die Todesanzeigen – aber nur „datt eene doat iss“ – das einer tot ist. Was sonst noch in der Todesanzeige steht, ist auch gelogen. „Dein Leben war nur Arbeit, nie dachtest du an dich“ – mehr lügen kann man nicht – meinen die anderen.

Aber vor allen Dingen lügt das Radio. In den dreißiger und vierziger Jahren gab es nicht die große Auswahl an Radiogeräten. Es gab nur den Volksempfänger: schwarze Farbe, ein große Rundung in der Mitte mit Stoff verblendet – das war der Lautsprecher – links und rechts ein Knopf: der eine für die Tonstärke, der andere zur Sendersuche, dabei dreht sich eine kleine Scheibe mit der jeweiligen Wellenlänge weiß eingeritzt. Es gibt nur Kurzwelle, Mittelwelle und Langwelle. Der Volksempfänger ist das einzige Gerät, das man kennt. Wir sind noch in der Pionierzeit der Nachrichtenübermittlung.

Die Nazis haben ihre Ideologie, ihre Sondermeldungen im Krieg und ihre völkischen Ansichten per Hörfunk gesendet und verbreitet.

Wer aber in dieser Zeit Geduld hatte und mit dem rechten Knopf des Volksempfängers auf Sendersuche ging, konnte nach vielem „huihuihui“ – Wellensalat – auch BBC London empfangen: Germany Calling – die deutschsprachigen Nachrichten gegen das Nazi-Regime mit dem viermaligen Klopfzeichen, dreimal kurz und einmal lang, nachempfunden nach der „Schicksalsymphonie“, der 5. Symphonie von Ludwig van Beethoven: „So pocht das Schicksal an die Pforte.“

Der Empfang von BBC ist natürlich streng verboten und für den, der erwischt wird, natürlich mehr als gefährlich. Der Empfang des britischen Senders gelang aber nicht immer. Wer ihn dennoch hörte, sprach nicht darüber – nur im engsten Kreise, allenfalls. Aber, was der BBC vermeldete, war nicht immer falsch. Das gestand auch der kritischste aller Buurn ein.

Dennoch galt die Regel: „Uut't Radio kummp nix Chuutes – bloss Sslechtes" – nichts Gutes, bloß Schlechtes gibt es im Radio. Das saß tief eingeprägt in den Köpfen der Mönsterländer.

Nach der Währungsreform kamen die neuen Geräte mit UKW: Loewe und Grundig.

Schulten Poak, der älteste Einwohner Hopstens, wünscht sich ein neues Gerät vom Christkind. Und das Christkind hat es vernommen. Poak ist begeistert. Er hat drei Kriege überstanden: 1870/71 war er zu jung; 1914/18 schon zu alt und krank – er trug eine Bauchbinde für den wohltemperierten Bauch – und 1940/45 war er ein normaler Bauer im Reichsnährstand.

Und jetzt auf seine alten Tage bringt ihm das Christkind ein nagelneues Radio: Loewe Opta. „Ick hebb de dee heele Nach vöörsetten" – ich habe die ganze Nacht vor dem Gerät gesessen.

„Ett köömp de nix Sslechtes ruut" – es kam nichts Schlechtes raus. Ein Paradigmenwechsel!

So wollte Poak seine misstrauischen Frager beruhigen, die ihn alle verdächtigten „Sselchtet" hören zu wollen: „Datt oale Strämpken" – der alte Tunichtgut; denn was kann aus dem Radio schon Gutes kommen?

Wenn du dich bei der Wettervorhersage danach richtest, und gutes Wetter angesagt ist, und du dann Heu mähst – das einige Tage trocknen muss – fängt es bestimmt an zu regnen.

So hat ein Bauer aus dem hannöverschken Brümsel seinen Radioapparat „mett dee Bielen" – mit dem Beil aus Wut zerdeppert: „Datt Sschietding duch nich" – das Mistding taugt nicht – „ett lüch!" – lauter Lügen. Hühneraugen dagegen können dir genau sagen, ob das Wetter sich ändert oder nicht. Aber die hat nun mal nicht jeder.

Es ist bei Schulten Poak ein echter Mentalitätswandel: das

Radio bringt nichts Schlechtes mehr. Und Poak ist ein großer „Communicator“ – „poaken“ heißt auf Hochdeutsch: reden, sprechen. Schulten Poak redet also gerne, er teilt sich vielen mit, auf Hochdeutsch würde er heute heißen: Schulten Communicator oder Schulten Rundfunk statt Schulten Poak.

Zu dem einfachen „Poak“ gibt es noch eine Steigerung in der Charakterisierung eines Menschen, der viel spricht: „datt iss'n Poakääs“ – der ist wie ein Hintern, der ständig brabbelt. Ein „Poakääs“ war Schulten Poak nicht. Aber dass aus dem Radio jetzt auch Gutes kommt, haben viele zur Kenntnis genommen – weil Schulten Poak es jetzt so sieht.

Schulten Poak ist um die Mitte des 20. Jahrhunderts der älteste Einwohner in Hopsten. Einen Hundertjährigen hat es in Hopsten bis dahin nie gegeben. Neunzigjährig werden nur einige wenige.

In den vierziger Jahren war das Drosten Opa „uut Rüsschkendarrep“ – Bauerschaft Rüschendorf, der stramme 95 Jahre alt geworden ist.

„Wuh cheeht ett dann juhn Opa?“ – Wie geht es denn euerm Opa?, wurde Drosten Au'us gefragt.

„Uuse Opa, dee wett egoal jünger“ – unser Opa wird immer jünger.

„Wenn datt so wierder cheeht“ – wenn das so weiter geht, – „dann mö wie emm woll noch doatsscheeten“ – dann müssen wir ihn wohl noch totschießen!

Und jetzt überschreitet auch Schulten Poak die magische Altersgrenze von 90 Jahren.

Auf dem Weg von der Sonntagsmesse nach Hause trifft er Aobürcks Seefken. „Seefken, wuh oalt biss du dann?“ – Wie alt bist du denn?

Diese Frage nimmt auf die Eitelkeit von Seefken, die unverheiratet ist und Mitglied der Jungfrauenkongregation, ältere Abteilung, keine Rücksicht. Sie schwindelt ein wenig und sagt: „Sämmpzig – Siebzig“.

Schulten Poak spricht ihr Mut zu: „Ooh, dann häss du ja noch sschööne twintig Joar föör die" – dann hast du ja noch schöne 20 Jahre vor dir.

Alles der Reihe nach: nun feierte Schulten Paok selber zunächst einmal seinen 80. Geburtstag, denn vor dem 90. kommt zunächst einmal der achtzigste. Der Achtzigste ist schon eine stramme Leistung für Schulten Poak; für den Ersten Weltkrieg als wehruntauglich eingestuft, wie wir schon wissen. Und jetzt der 80. Geburtstag! Das ist eine stramme Leistung.

„Ick lärwe immer noch!" – Ich lebe immer noch! Das muss gefeiert werden.

Seine Frau – „siene Mama" – meint das auch und sagt:

„Datt sall uss ne Kooh koss'n" – das darf uns wohl eine Kuh kosten!

So sagt man, wenn man bereit ist, anständig zu feiern und nicht auf die Kosten zu achten.

Aber Mama riskiert noch mehr: „Wie willt nuh jeden Cheburtsdaag vann die heller fiern" – wir werden von jetzt an jeden deiner Geburtstage tüchtig feiern.

Das ist mal ein Vorsatz, der auch „Poak" gefällt.

Die Recheneinheit ist nicht der Taler – „dee Daaler", nicht die Deutsche Mark, sondern „dee Kooh". Jeder Geburtstag von Schulten Paok ist „eene Kooh wäärt" – eine Kuh wert.

Das funktionierte auch prächtig. Dann kam schließlich der 90. Geburtstag – die 11. Feier mit jeweils „eene Kooh". Mama gratulierte dann auch dem Geburtstagskind – nicht mit einem Kuss – „een Müülken". Warum nicht?

Das westfälische Land küsst nicht in der Öffentlichkeit, wenn andere dabei sind; und die Bauern erst gar nicht: „datt höört sick nich" – das gehört sich nicht.

Sie gab Papa die Hand und sagte dann:

„Harren wie wetten, datt du soa ollt wödd'es" – hätten wir vorher gewusst, dass du so alt wirst, „dann wassen wie watt lääter met dee Kooh anfangen" – dann wären wir mit der „Kooh" später angefangen.

Klar, in elf Jahren hatten sie einen kompletten Kuhstall verjubelt!

Erst gegen Ende des 20. Jahrhunderts gab es dann auch in Hopsten die ersten 100. Geburtstage. Sie waren alle Patienten vom Dorfarzt Lampen Dokter, der offensichtlich eine gute Medizin betrieben hat, aber schon einige Jahre tot war.

Möller Heinken, der im Krieg und den Jahren danach das Stöpseltelefon auf der Poststelle Hopsten betrieben hat, war der erste; und dann kam seine damalige Chefin, Landwers Berta, die es auf 103 Jahre brachte. Die Post also als Lebensbronn! Und woher kommt das: „dee harren bie dee Poss ne sittende Aabeet" – die konnten bei der Arbeit sitzen.

Bis zu ihrem 97. Lebensjahr begegnete Landwers Berta jeden Morgen ihren letzten noch lebenden Klassenkameraden aus der Volksschule: Kuperharrems Cleem. Sie gingen beide jeden Morgen zur Kirche. „Wie hebbt jeden Dach Klassentreffen" – wir haben jeden Tag Klassentreffen. Wer hat das schon?

Mit hundert Jahren wurde Berta noch am Blinddarm operiert. Auf der „Hopster Karremste" hatte sie einen Rollmops samt Holzkeil gegessen.

Nun, bei Landwers Berta war dieser kleine Holzkeil direkt und ohne Umwege in den Blinddarm gewandert. Berta wird operiert, und da ist das Corpus delicti: der kleine Holzkeil aus dem „Karremste-Rollmops". Der operierende Arzt schenkt ihr den kleinen Übeltäter als Erinnerung.

„Berta iss uuttöögert wotten" – man hat Berta die wilden Triebe abgeschnitten.

„Uuttöögern" ist normalerweise die Behandlung von Bäumen im Winter, bei der die unnützen Zweige, die wilden und geilen Triebe „ausgezweigt – uuttöögert" werden.

Ihren 100. Geburtstag wollte Berta eigentlich nicht mehr feiern, ihre Nachbarn von der Buntestroate wollen es dagegen schon. Trotz ihrer hundert Jahre ist sie noch ein wenig eitel: wer will denn schon wissen, dass er hundert ist und dass die Jugend vorüber ist:

„Nää, nää – watt sall datt" – was soll das, so Berta.

Die Nachbarfrauen wollen Bertas Zustimmung für eine Feier gewinnen und erklären ihr dann: „Du brauchst dich um nichts zu kümmern, wir machen das bei Kärssen Alwies in der Wirtschaft." „Datt iss macklick" – das ist bequem, angenehm.

Der Gedanke gefiel Berta.

„Dann sächt men juhe Kärls" – dann sagt man euren Männern – „see bruukt mie kinne Bloomen te sschenken" – sie bräuchten mir keine Blumen schenken.

„See sollt mie men glieks ne Pulle Ssluck mettbrängen" – sie sollen mir am besten gleich eine Flasche Schnaps mitbringen.

Wie wir wissen, brauchte Berta den Ssluck nicht nur zum Gurgeln und zur Desinfektion, er regt den Kreislauf an. Das ist wichtig für alle, die 100 Jahre jung geblieben sind. Der Kreislauf muss funktionieren. Eine Steinhäger Schnapsfirma hatte das in einem Werbeslogan schön erklärt: „Trink ihn mäßig, aber regelmäßig". Daran hielt sich Berta.

Landwers Berta umfaßt mit ihrem Leben über 100 Jahre genau die Spanne in der Geschichte, aus der die Anekdoten und Erinnerungen in diesem Buch stammen: sie wurde Ende des 19. Jahrhunderts (1899) geboren und starb am Anfang des 21. Jahrhunderts (2002). Das 20. Jahrhundert war ihr Jahrhundert. Sie war dabei, vom Anfang bis zum Ende.

Aber sie hat noch einen weiteren Rekord aufgestellt, den wir nicht auslassen dürfen.

Der Leser wird fragen: „Wass Berta ne Tante an'ne Mürrn?"

Nein!

Sie war verheiratet.

Und der Rekord: sie war vorher 15 Jahre mit Dökers Heini, Schmiedemeister aus Recke verlobt. Das hatte es in Hopsten auch noch nicht gegeben. „Ach, dass sie ewig grünen bliebe, die schöne Zeit der jungen Liebe."[10]

Nach diesen 15 Jahren hieß sie dann auch Dökers Berta – nur dass sie keiner so nannte – mit Ausnahme des Finanzamtes.

So verabschieden wir uns aus Hopsten, aus seiner Umgebung, dem Land Pumpernickel und der Lebensspanne von Landwers Berta: Mönsterland iss Buurenland!

„Unn wie küürt Platt“ – wir reden Platt.
Wie lange noch? Oder schon nicht mehr?

So dichtete 1930 Katharina Brüggemann – eine Schulfreundin von Landwers Berta – in ihrem kleinen Gedichtchen „Hopster Gruß”[11]:

Unn wenn wie dann utenanner gaoht,
Dann segget wie nich Adjüs.
Wie roopet uss een „Chuut gaohn“ toe,
„Ock Chuut” dee Antwort iss.

Und wenn wir auseinander gehen,
Dann sagen wir nicht Adieu.
Wir rufen: Laß es dir gut gehen!
„Auch gut“ die Antwort ist.

„Chuut goahn!“ – Lass es dir gut ergehen! – Der alte Hopster antwortete damals „Ock chuut“ – und dir auch.

Aber er verabschiedete sich nicht mit „Adjüs“ oder „Tschüss“! – Das ist neu. Und dieser Moderne gehört heute auch das Mönsterland an; das schreibt und spricht sich heute: Münsterland mit „ü“. Wie sich die Zeiten ändern!

ENDE

Sollte jemand Lust verspüren, mir als Autor einen Kommentar zukommen zu lassen, so bedanke ich mich im Vorhinein. Meine Mailadresse: w.schmidt-emmil@web.de

Anmerkungen

1 Werner Schmidt: Emmil lass den Gaul ma puupen. Westfälische Reihe, 2014, S. 148
2 2. Strophe des nordmährischen Volkslieds „Im Märzen der Bauer". Erstveröffentlicht in: Walther Hensel: Das Aufrecht Fähnlein. Eger 1923
3 © Milli Löchte, unveröffentlichtes Gedicht; mit freundlicher Genehmigung der Verfasserin abgedruckt
4 © Willy Walter, unveröffentlichtes Gedicht; mit freundlicher Genehmigung des Verfassers abgedruckt
5 © Aus: ‚Das große Heinz Erhardt Buch', 2009 Lappan Verlag Oldenburg; mit freundlicher Genehmigung abgedruckt
6 1. Strophe des nordmährischen Volkslieds „Im Märzen der Bauer"
7 Aus: Joseph Ratzinger: Unterwegs zu Jesus Christus. 2. Aufl., Augsburg 2004, Sankt Ulrich Verlag
8 volkstümlich in Hopsten, Autor unbekannt
9 Georg Nieland (+1910), unveröffentlichtes Werk von 1900
10 Aus: Friedrich Schiller, Die Glocke, 1799
11 © Katharina Brüggemann geb. Pruss, unveröffentlichtes Gedicht von 1930; mit freundlicher Genehmigung des Erben abgedruckt